U0140559

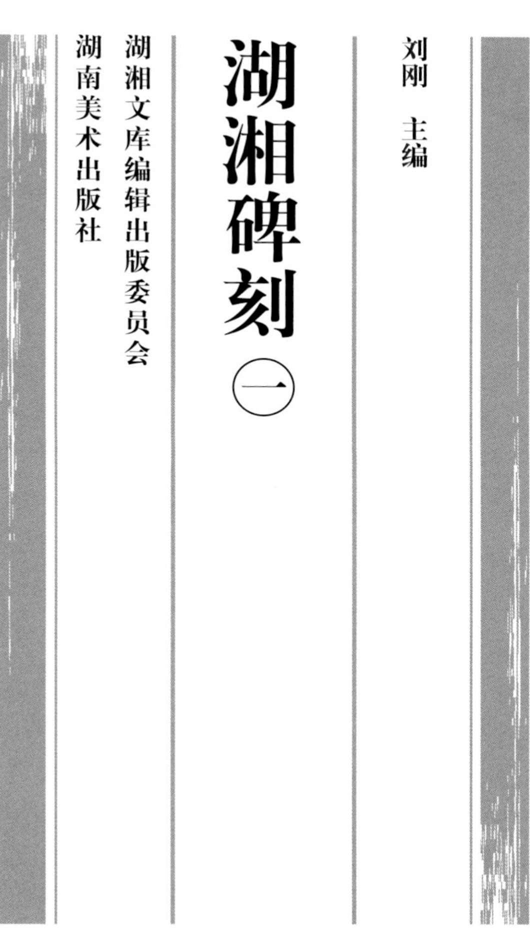

刘刚 主编

湖湘碑刻（一）

湖湘文库编辑出版委员会

湖南美术出版社

出版说明

湖湘文化源远流长，博大精深，是中华文化中独具地域特色的重要一脉。特别是近代以来，一批又一批三湘英杰，以其文韬武略，叱咤风云，谱写了辉煌灿烂的历史篇章，使湖湘文化更为绚丽多彩，影响深远。为弘扬湖湘文化、砥砺湖湘后人，中共湖南省委、湖南省人民政府决定编纂出版《湖湘文库》大型丛书。

《湖湘文库》编辑出版以“整理、传承、研究、创新”为基本方针，分甲、乙两编，其内容涵盖古今，编纂工作繁难复杂，兹将有关事宜略述如次：

一、甲编为湖湘文献，系前人著述。主要为湘籍人士著作和湖南地区的出土文献，同时酌收历代寓湘人物在湘作品，以及晚清至民国时期的部分报刊。

二、乙编为湖湘研究，系今人撰编。包括研究、介绍湖湘人物、历史、风物的学术著作和资料汇编等。

三、乙编中的通史、专题史，下限断至1949年。

四、甲编文献以点校后排印或据原本影印两种方式出版。

五、除少数图书以外，一律采用简体汉字横排。

六、每种图书均由今人撰写前言一篇。甲编图书前言，主要简述原作者生平、该书主要内容、学术文化价值及版本源流、所用底本、参校本等。乙编图书前言，则重在阐释该研究课题的研究视角和主要学术观点等。

七、对文献的整理，只据底本与参校本、参校资料等进行校勘标点，对底本文字的讹、夺、衍、倒作正、补、删、乙，有需要说明的问题，则作出校记，一般不作注释。

八、甲编民国文献中的用语、数字、标点等，除特殊情况外，一般不作改动。乙编图书中的标点、数字用法、参考文献著录规则等均按现行出版有关规定使用和处理。

《湖湘文库》卷帙浩繁，难免出现缺失疏漏，热望社会各界批评指正。

《湖湘文库》编辑出版委员会

前　言

中国文字的发轫时期，甲骨上所刻的文字，大多是“方”、“尖”的形状；而商周的钟鼎所铸的文字，则主要是“圆”的形状。西周晚期，铭文趋于统一成熟，其文字之俊秀，点画之圆浑，结构之严谨，体势之雍容，风貌之古朴，风格之多样，造就了中国古典书法艺术的基本格调。甲骨文和金文都有着自己的特殊风格，这对于培养碑刻艺术的独立性和多样性，起到了促进作用。这种独立性和多样性，成为碑刻艺术发展的源头。

初始碑是没有文字的，其用途有三：一是通过太阳运行的影子来观察时间；二是竖在宫庙，祭祀时用来系牲口；三是设在墓地，碑上有孔用来贯穿绳索下棺。早期的汉碑大都保留着圆孔，名曰“穿”。1986年陕西凤翔秦公大墓的墓道中，发现了四座巨型墓碑，为引棺入墓之用。汉以后，人们在碑上镌刻文字，述德纪事，树碑立传，逐渐演化为比较固定的形制。

碑刻在东汉时开始兴盛，碑的形制，可分为碑首、碑身、碑座三部分。汉代的碑较为简单，碑首与碑身连为一体，下有碑座。碑首有尖首、圆首、方首。尖首如古代的玉圭，如西安碑林藏的汉《仓颉庙碑》；圆首如汉《仙人唐公房碑》，碑中有穿，仍保存着施轱辘引棺下葬之遗意。方首如汉《曹全碑》，汉代的碑首有简单的纹饰雕刻，有瑞兽、四神等。至魏晋时，碑首演变为螭龙。碑首上有圭形的碑额，上刻碑的名称。碑座起初是长方形，至隋唐时出现了龟形，俗称“赑屃”。“赑屃”传为龙之九子之一，好负重，故用于碑座，有长久、吉祥之意。碑身的两边称为碑侧，多刻有各种纹饰图案、画像等，以线刻的手法为主，如唐《大智禅师碑》碑侧，刻有蔓枝莲花、菩萨像等，富丽华美；唐《兴福寺残碑》碑侧有表现唐代柘枝舞的形象，造型优美生动。碑从汉代以后，除了为历史研究提供资料外，还集书法、雕刻、文学等艺术为一体，具有很高的观赏、研究价值。

根据碑的性质、内容、用途可将碑大致分为以下三大类。（一）墓碑。也称神道碑，立于墓前。内容主要记载墓主的姓名、世系、履历等，赞颂其功德业绩。（二）宫庙碑。这类碑多立于宫殿、庙宇、寺观祠堂等，一是宫殿类所用；二是为先哲圣贤、祖先建祠庙等所立之碑；三是在宗教寺观所立之碑。（三）记功记事碑。这类碑的内容比较广泛，有铭刻帝王将相功德的蜀《诸葛武侯碑》、唐《记泰山铭》；有记载某些事件和战争的，如汉《敦煌太守裴岑纪功碑》记录了裴岑战胜匈奴王之事，西安碑林藏宋《京兆府新移石经记碑》记载了碑林建立的情况。此外一些圣旨、诏书、符节等官方文书也以碑刻的形式表现，以冀永久。还有许多修城、建桥、修栈道，祀福、兴教建学、典章契约等纪事碑，多由当地官员和书法家撰书，有很高的史料价值。

碑刻，除了刻在石碑上的文字以外，还包括刻在摩崖、塔身、造像、石阙、石碣、界石、桥柱、井栏等上的文字，其意在于将名人事迹、祖先功德、名胜沿革、宗教源流及律令禁约等宣告世人，以流传后世。

碑刻艺术是我国古代灿烂文化中的一个重要组成部分，尤其是汉唐盛世，书法艺术因反映时代精神而大放异彩。汉代碑刻书体的雄劲、简练，唐代碑刻书体的精美、圆润，都表现了中华民族进取、向上的气派和精神，在我国碑刻史上占有突出的地位。

湖南地处祖国之中南，山河壮丽，风景优美，历史悠久，人文荟萃，文化底蕴深厚。湖南碑刻遍布于三湘四水之间。

南岳衡山为我国五岳之一，有“五岳独秀”之称誉，这里寺庙林立，碑刻众多，古木参天，山明水秀。这里的摩崖石刻从唐、宋、元、明、清至今，延续不断，字体各异，书风遒劲，大气壮观。

南岳位于湖南省衡阳市境内，七十二群峰，层峦叠嶂，气势磅礴。南岳峰奇洞幽，四季景色宜人，春赏奇花、夏观云海、秋望日出、冬赏雪景，令人心旷神怡，流连忘返。衡山素有“中华寿岳”之称，宋徽宗在南岳御题“寿岳”巨型石刻，现仍存于南岳金简峰皇帝岩。康熙皇帝亲撰的《重修南岳庙碑记》首句即为："南岳为天南巨镇，上应北斗玉衡，亦名寿岳。"再度御定南岳为"寿岳"。历代史志也常以"比寿之山"、"主寿之山"等称谓南岳衡山。南岳因而誉称"中华寿岳"。

衡山既是风景名胜之地，又是佛、道二教和谐并存之地。历史悠久的南岳，是古代帝王巡狩祭祀的地方。相传尧舜禹来此祭祀社稷、巡疆狩猎；大禹曾在此杀马祭告天地，得"金简玉书"，立"治水丰碑"，现留下白马峰、金简峰和禹王城等古址。古今往来，李白、杜甫、韩愈、柳宗元、朱熹、王船山、谭嗣同等历代文人骚客慕名而来，在南岳留下了数以千计的诗、词、歌、赋和数百处摩崖石刻，是中华民族文化艺术的宝库之一。如唐代李泌题福严寺"极高明"石刻、宋代《还丹赋》摩崖石刻、宋代沈绅《南岳朱陵洞天》碑（石刻）、元代至元年间赵淇等题摩崖石刻、明代计宗道题"天下第一泉"摩崖石刻、熊开元"蓑云钓月"摩岩石刻、清代姜立广题"不舍昼夜"摩崖石刻、彭玉麟题"半壁烟云"摩崖石刻、李元度题"夏雪晴雷"摩崖石刻、民国邹鲁题"雍容大雅"摩崖石刻、宋哲元题"诚真正平"摩岩石刻等等。从历史角度看，这些摩崖石刻不仅年代久远，而且留有确切的公元纪年和名款，它是研究中国五岳文化和南岳地方发展史不可再生的实物资料，也是珍贵的文化遗产资源，具有很高的历史价值。从书法艺术角度看，这些摩崖石刻中所展示的书法风格，可谓浑厚古朴、大气壮观。对书法爱好者而言，如若观临，不仅可作研习临摹书法的范本，还可以得到一次欣赏古代书法艺术的熏陶和享受。

依山傍水、风景宜人的永州，文物古迹甚多，是湖南历史文化名城，碑刻题记不计其数。唐代诗人元结，为该地石刻题记密集的朝阳岩和淡岩写下了《朝阳岩下歌》，诗曰："朝阳岩下湘水深，朝阳洞口寒泉清，零陵城郭夹湘岸，岩洞幽奇当郡城。"

永州地处湘南，旧名零陵，为中国最古老的地名之一。就地理位置而言，系"荒蛮"地带，山势诡异，景致幽雅。早在唐宋时期，就有许多有文学天赋的官员遭贬，流放至此，他们在此留下了众多的诗文墨迹，这些墨宝被一一镌刻于碑石上，从而吸引了无数的文人墨客来此观游。许多文人在观游后，又再次留下诗文石刻。如此循环，不仅为记录历代名人在永州各地活动足迹留下了大量的珍贵史料，增添了碑刻的数量，而且还使这里文化种类繁多，历史文化底蕴更深厚，其中滥觞于唐代碑刻形成发展起来的碑文化，是永州最重要的地域文化之一，同时也是中国碑文化的重要组成部分。

唐代元结开浯溪摩岩石刻之先河，直至两宋，兴起了永州石刻艺术的空前繁荣。大唐元结、颜真卿等诸多名家纷纷在浯溪、阳华岩等地留下墨宝真迹；尤其是宋代苏东坡、黄庭坚、米芾、杨万里等人的碑刻书法，写下了对先哲名士的崇拜，写满了不拘守旧法的意气，写出了社会经济的一时繁盛，写美了永州的喀斯特地貌。如此的文化积淀，不但成就了浯溪、阳华岩、月岩、澹岩、朝阳岩等多处碑刻胜地，而且为后来人提供了一大批极富人文意蕴又极具历史价值的珍品。虽然这里曾经在蒙元近百年一度消沉，但是到明清时期，当地的碑刻艺术再次复苏、兴盛。明人由祭碑重振碑文化，清人何绍基、杨翰等以碑立史，功绩卓著。周敦颐后人的《先祖墓碑记》、万历四年的《抚瑶颂碑》、杨翰的得意之作《浯溪同话》以及吴大澂的三铭一诗，以镌刻的碑石为永州增添了一分古韵。碑刻，这一曾创造永州辉煌的文化艺术，再度弘扬和展示了碑文化的精髓，为我们感悟历史、解读永州、品味艺术作了诠注。

南岳摩崖石刻、永州碑刻（包括浯溪碑林），构成了湖南碑刻主体板块。除此之外，还有历史文化名城、湖南首府长沙（有唐代著名书法家李邕撰文并书、江夏黄仙鹤勒石的《麓山寺碑》、宋代何致摹刻的《岣嵝碑》等），山势奇丽、万木葱郁的湘南郴州（有秦观作词、苏东坡作跋、米芾书写、史称“三绝碑”的《踏莎行•郴州旅舍》摩崖等），湘北重镇、风光秀丽的常德（有唐代著名诗人杜牧、李群玉等的《桃源洞》诗碑），山势峻峭、景致如画的湘西（有《复溪州铜柱记》铜柱铭刻等）和险峰奇岩、碧水青山的张家界（有清代龙起涛《桑植凿茅岩记》碑等）等，都是历代名碑名刻集聚之地，为记载湖南乃至中国的历史文化，镌刻了宏伟的篇章。

《湖湘碑刻》一书，意在汇集上述碑刻的精华，弘扬兼容大气的湖湘文化，彰显独特诡异的湘楚艺术，揭示深厚的湖南历史文化积淀。

陈建明

2009年4月于长沙

目录

湖湘历代碑刻综述 …………………… 1
一、唐以前的碑刻 …………………… 4
二、宋元碑刻 …………………… 17
三、明代碑刻 …………………… 36
四、清代碑刻 …………………… 44
五、民国碑刻 …………………… 58

碑刻作品 …………………… 63
唐以前的碑刻 …………………… 64
宋元碑刻 …………………… 84
明代碑刻 …………………… 146
清代碑刻 …………………… 192
民国碑刻 …………………… 300

湖湘历代碑刻综述

湖湘历代碑刻综述

刘　刚

在中国几千年文明历史的进程中，湖南留下了丰富而灿烂的文化遗迹，湖湘碑刻就是其中的一部分。碑刻是历史文化遗存的载体之一，是占据物理空间的以雕刻为表现手段的造型艺术，是综合雕刻、书法、文学、历史，集实用性、观赏性与文献性于一体的艺术作品，也是研究和继承发扬我国传统文化艺术的珍贵资料。

作为中国书法艺术载体之一的碑刻，就是将书写好的墨迹复写于平整的石板（或石壁）或木板上，然后镌刻而成。后人经椎拓，以拓本形式供欣赏和观摩、临池，称碑帖。碑刻一般包括：碑、建筑刻石、摩崖刻石、墓志等。碑由底座、碑身、碑额组成，底座有时雕成赑屃（乌龟）形象，碑额则浮雕成双龙盘绕，碑身镌刻碑文，有时碑文背面，即碑阴处或两侧均刻有文字。著名的碑汉代有《张迁碑》、《礼器碑》、《乙瑛碑》，东晋有《爨宝子碑》，北魏有《郑文公碑》，唐有《九成宫醴泉铭》、《颜勤礼碑》等。建筑刻石主要是在石质的建筑物上镌刻含有纪念性或题记性的文字，如汉代的石阙、石祠，北朝的石窟等均有刻石文字，著名的有汉代的《少室石阙》、《芗他君石祠堂石柱》，西晋的《枳阳府君神道阙》，北魏的《龙门二十品》等。摩崖刻石，一般刻在较平整的石壁或山崖上，著名的有汉代的《西狭颂》、《石门颂》，北魏的《石门铭》，北齐的

《泰山金刚经》，南朝的《瘗鹤铭》，唐代的《大唐中兴颂》等。有的摩崖刻石亦被列为碑，如北魏的《郑文公碑》。墓志专门用于丧葬，内容为墓主人行状，作为书法艺术来讲，以魏晋南北朝时期的墓志最为丰富，主要有《王浚妻华芳墓志》、《刘怀民墓志》、《刁遵墓志》、《张黑女墓志》等。

碑刻在中国古代文化中，有着重要的地位。在中国文明的进程中，当甲骨文消泯、金文衰微之际，古人用刀笔赋予冰冷的石头以艺术生命和历史内涵。碑刻开始成为文字的重要载体，记录着历史沧桑的脚步，折射着文字嬗变的过程，展现着中国古代灿烂的书法艺术，最终形成独特的碑刻文化。它是我国的传统艺术之一，是中华民族宝贵的文化遗产。它以独特的艺术魅力和风貌自立于人类社会的文化艺术之林。它的艺术价值体现在书丹镌刻（或直接奏刀契刻上石）构成汉字群体的优美造型，并形成各自的风格、面貌。简而言之，碑刻就是刻在石上的书法艺术。书法注重笔墨情趣，讲究用墨、运笔、结构、章法、气韵等表现手法；碑刻则讲究刻字的刀法，它保存了书法的笔法（笔画线条）、笔势、笔意和结构的形神。许多古代名碑上同时署有书者和刻者的名字。如唐《麓山寺碑》为唐代著名书法家李邕撰文并书、江夏黄仙鹤勒石；北宋韦弁《步瀛桥记》碑为韦弁记并书，周唐辅题额，唐弼召刊；蔡邕《九疑山碑》系南宋李袭之于淳祐六年（公元1246年）命李挺祖书以补刻者；元至元年间题摩崖石刻系赵仁荣同赵淇来游住山洞泉时题，法师费希升上石；明欧阳玉振《甘棠八景》诗碑为欧阳玉振书丹，八桂匠氏李永森刊；戴嘉猷《重修汨罗庙记》碑，原碑刻立于嘉靖二十年（公元1541年），已毁，现碑为同治八年（即公元1869年）湘阴虞绍南重书，黄世崇跋，延龄氏刻等。这说明契刻技法和镌刻者是为世人所重的。著名书家王羲之、颜真卿等曾怕有的刻工不佳而亲自书丹刻石，足见刻碑技术和书法艺术密不可分，相辅相成。可以说，碑刻艺术就是书法艺术的体现。

汉代碑刻书体的雄劲、简练，唐代碑刻书体的精美、圆润，都表现了中华民族进取、向上的气派和精神，在碑刻史上占有突出的地位。宋元明清的碑刻，都是在此基础上发展繁衍的。湖湘碑刻遍布三湘大地，湖南主要的文化名城和风景胜地，都是历代名碑名刻集聚之地，为记载湖南乃至中国的历史文化，镌刻了宏伟的篇章；为弘扬中华独特的经典艺术，留下了不朽的精神财富。

一、唐以前的碑刻

三国时期的石刻，虽与汉末的碑刻隶书差别不大，但其字形渐趋于方，其字势向纵的方向发展。因此，三国是隶书向楷书过渡的时期。三国魏的隶书，方笔直势居多，倘若笔画没有波磔的话，那就与楷书很相近了。吴国地处江东，其书险怪诡谲，大有楚风。所以，吴国出现了一些极为著名的书法家，并在湖南留下了艺术价值很高的石刻。

例如三国《吴故九真太守谷府君之碑》，俗称《谷朗碑》，书法端庄遒劲，颇具汉隶风趣。尽管名为分隶，而实际上其体势已与楷书非常近似，所以也有将之定为楷书的。虽说与后来的晋唐楷体相比，隶书的趣味还比较浓，但方整的结体，圆劲的笔画，质朴浑厚的体貌，与同时期中原和北方的诸碑还存在一定的差距，是我国难得的承前启后的重要碑刻之一。

吴故九真太守谷府君之碑　三国吴碑刻。额题“吴故九真太守谷府君之碑”。凤凰元年（公元272年）立于耒阳。字体介乎楷隶之间，是楷书初创时期的重要碑刻。碑由青石制成，高176厘米，宽72厘米。碑额11字，作隶书碑文18行，每行24字，字径3.5厘米，无撰书人姓名。此碑原在湖南耒阳县城东谷府君祠内，清代移置县城杜甫祠（今耒阳县第一中学）内，后又迁置蔡侯祠（传为蔡伦故居，在城内蔡子池畔）内保存。1966年被砸成三截，弃于水塘中。1979年捞起修复，中有断裂残破痕，仍置蔡侯祠内。碑之两侧原有谷氏后裔题名，清初尚存，后渐磨灭。

九真，南越赵佗置，公元前111年入汉，辖境相当今越南清化全省及义静省东部地区。三国吴末以后，辖境逐渐缩小。

考《吴志》：孙休永安六年（公元263年）五月，交趾郡吏吕兴等反，杀太守孙谞。遣使如魏，请太守及兵。七年，分交州置广州。孙皓元兴元年（公元264年），魏置交趾太守。吴宝鼎元年（公元266年），遣交趾刺

三国《吴故九真太守谷府君之碑》(局部)

史刘俊，前部督修则等入击交趾，为晋将毛炅等所破，皆死。兵散，还合浦。吴建衡元年(公元269年)十一月，遣监军虞汜等就合浦击交趾，三年，破交趾，擒杀晋所置守将。九真、日南皆还属。谷朗为九真太守，当在此时，即凤凰元年之前一年(公元271年)。谷朗病卒，当在凤凰元年，其立碑亦当在此时。

碑文除叙述谷朗生平及其德行，出仕经历与所作之贡献外，同时还记载了当时南方边陲之治乱情况，颇有史料价值。

碑主谷朗(公元218－272年)，字义先，东汉桂阳郡耒阳马水人，出身官宦家庭。谷朗成年后，正值三国鼎立时期。朗出仕吴国。先后任郎中、尚书令史、郡中正、长沙浏阳令、都尉、尚书郎。后调入朝中，拜五官夕郎中，迁大中正大夫，专司察举人才。平乱后谷朗迁九真太守。吴凤凰元年(公元272年)，谷朗病逝任所，归葬耒阳。为昭示其功绩，时人刻有此碑。

此碑文辞古雅，书法端庄，浑劲高古，绝去痕迹，不见起止转折之象，与其他汉碑一般隶法不同，实为隶书转变为楷书之始。它为省内唯一仅存之吴碑，亦有人认为此碑为楷书而多隶意。当然同后世魏碑、唐楷相比，它还带有较浓的隶味。其结体方整，笔画圆劲，书风浑朴古雅，与曹魏诸刻风格稍异，但同为开后世楷书法门的重要碑刻。此碑在清代以前，惟见欧阳修、赵明诚两家著录。翁方纲《两汉金石记》云："其字遒劲，亦有汉分隶法。"严可均谓其："隶法不恶，刻手极拙。"康有为称其古厚，为真楷之极。

魏晋时期因屡颁禁碑令，故碑刻数量不多。但也产生了一批较好的碑刻，如流传至今的魏《范式碑》、吴《天发神谶碑》、魏《上尊号碑》、魏《受禅表碑》等。据《寰宇访碑录》所载，有几十种碑刻，今皆不见。而其时民间小型墓碑却悄悄增多，大多为砖刻，为后世墓志的兴盛开了先河。南北朝时,碑刻再度兴盛起来，尤其是北魏统一黄河流域后，涌现出一批独具风格的魏体作品。魏《龙门二十品造像题记》，北魏《贾思伯》、《崔敬邕》、《张黑女》等墓志，北魏《石门铭》、北齐《泰山经石峪》等摩崖，都是魏碑的代表作。康有为《广艺舟双楫》谓："佳书妙制，率在其时。延昌正光，染被斯畅。考其体裁俊伟，笔气深厚，恢恢乎有太平之象。晋、宋禁碑，周、齐短祚，故言碑者，必称魏也。"魏碑多为正书，瑰丽谲奇，其运笔迅起急收，切笔抢锋，顿挫尽极笔力，有雄强之气。魏碑对唐代正书的发展影响很大，直至清代乾嘉以后，众多书家"莫不口北碑，写魏体"，出现了变革创新、书法中兴的局面。

晋朝距汉时尚近，石刻多完好者，可供晋人深造，发展书学有良好的基础。可惜由于曹魏时已禁立碑，晋承袭曹魏禁碑之旧习，故亦下禁碑之令，其理由以"妄媚死者增长虚伪，而浪费资财，为害其烈"为辞。故晋代遂向帖学发展，所立碑版不多。湖南的这一时期的碑刻更是难寻，唯东晋潘氏衣物滑石券在长沙的出土，填补了这一空白。而潘氏衣物滑石券上的字体，属于民间书法，为行楷类书体。

东晋潘氏衣物滑石券　1954年5月，长沙市北门桂花园基建工地发现了一座东晋墓。出土的文物不多，但却保存了一件极为珍贵的"墓券"，即东晋升平五年（公元361年）潘氏衣物滑石券（下简称"衣物券"）。衣物券现藏湖南省博物馆，为长方形灰白色滑石板，其石质较松脆，高23厘米，宽12厘米，厚0.9厘米，两面均为阴文，正面共刻191字，背面刻107字。记载了当时随葬的衣服、器物名称和一段“买地券”式的文章，这对我们了解墓葬的确切年代和晋代湖南地区殓葬的风俗，提供了新的可信数据。尤其是衣物券上的文字，无论是在研究汉语语法上，还是在研究民间书法“俗体字”的种种写法上，特别是当时民间流行的字体书法方面，都提供了重要的依据。

这块东晋的衣物券上所刻的字体，应是当时的一种民间行楷书体。这种民间书法，自然、淳朴，没有半点矫揉造作，极其率真可爱。它在形式上与东晋文人士大夫名家书法的风流华美形成鲜明的反差，虽然笔法朴拙，字体粗糙，但变化丰富；观赏后，让人感到清新自然，具有一种内在的情韵趣味美。为我们了解东晋的民间书法，尤其是这一时期民间书法中的行楷体，提供了极其珍贵的实物资料。

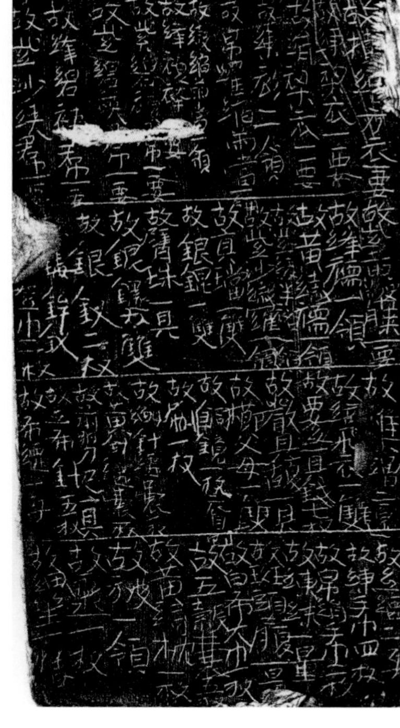

东晋周芳妻《潘氏墓石》正面

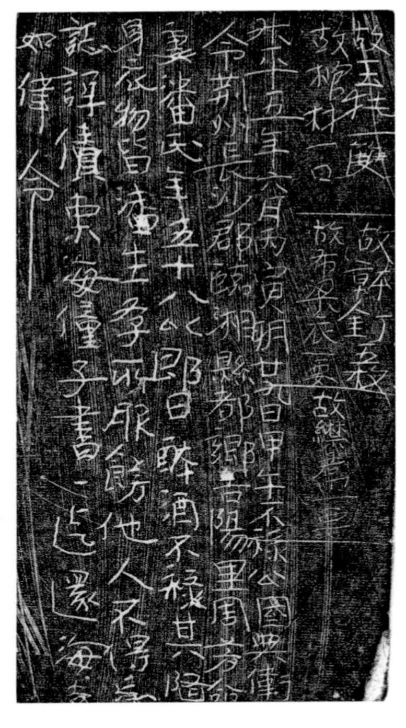

东晋周芳妻《潘氏墓石》背面

碑刻艺术发展至隋唐，进入了成熟和鼎盛时期。隋碑上承六朝，下启大唐，融合了北碑南帖的体势气韵。概而言之，隋朝承袭了魏晋的余风和六朝的风格，作了一番大加工，变为隋代的楷书。至于那种篆、隶书体的笔意早已销声匿迹，不复存在了。这个时期内，唯独楷书盛行于世，可以这样说，到了隋朝时期，楷书才逐渐规范化，成为中国书法界正楷的一种标准书体。它开创唐朝正书的先河，对唐朝写正楷的一派影响最深，其功劳也最大，所以隋代的楷书，在中国书法史上是极其关键的一种书体。这一时期在碑刻、书法方面，出现了综合南北的趋势，熔南北于一炉。于是立碑之事，又在各地盛行起来，直至今日，还遗留下为数较多、惹人啧啧称道的一些名碑，其书艺的高超，即使唐朝的一些名书家也不能超越。著名的碑刻有智永《真草千字文》刻石、《龙藏寺碑》、《董美人墓志铭》、《元公夫人姬氏墓志铭》、《贺若谊碑》、《陈思王曹植碑》、《苏孝慈墓志铭》等。但在湖南，目前尚未发现具有影响的隋碑。

唐代不仅是我国历史上最为强大统一的封建时期，亦是文化光辉灿烂、书法艺术大放异彩的时期。故这一时期的碑刻书法艺术有着很高的成就，可与书法昌盛的晋代相媲美。这时期书家辈出，流派众多，名碑、墨迹尚多，尤其是涌现出了许多著名的书法家。他们的书法既有继承又有创新，并对楷书进行了大加工。唐代的这种楷书是继魏碑之后，我国书法史上的又一大楷书体系，长久以来成为学楷书的正规风范。所以说这是任何朝代所不可比拟的。在我国书法史上可以说是群星闪耀、百花盛开、绚烂无比的一个时代。

唐代书法极盛，涌现出了许多著名的大书家，书写了大量的著名碑刻。湖南与全国其他地区一样，碑刻书法初期受初唐的四大家欧阳(询)、虞(世南)、褚(遂良)、薛(稷)书的影响，中期由于受大书家颜真卿的影响，终于打破了初唐时期的那种拘谨的局面，变得富有创意，其字的形态、风格变得肥厚一些，这与唐玄宗崇尚丰腴书风是分不开的。中唐末期及晚唐时期的书风与中唐的颜真卿不同，力求瘦健，来摆脱肥厚的风格。所以，中唐时期，无论颜真卿的肥厚书风还是柳公权等的瘦挺风格，都充分地体现了中唐那种创新的精神，是以往任何时代不可相比的。

唐朝碑刻之精、数量之多，远远超过秦汉、南北朝。孙星衍、刑澍《寰宇访碑录》所载不下8000种,清叶昌炽赞其“为唐碑渊薮，撰人书人，皆极一时之选，学书者所当奉为楷模也”。晚唐时，佑国军节度使韩健将《石经》等碑徙集一处，成为后代“碑林”之始。唐碑的形制、内容、品种、书体（正行草隶篆刻石）均超越前代，开创了一个清新博大、风格独特的新气象，令后世难以企及。正书碑刻代表作有：虞世南《孔子庙堂碑》，前人评为有唐第一楷书；欧阳询《九成宫醴泉铭》，高华浑朴，法方笔圆；褚遂良《雁塔圣教序》，法则温雅，美丽大方；薛稷《信行禅师碑》及《升仙太子庙碑》碑阴题名等，开拓出瘦硬通神之流派；颜真卿《东方先生画赞碑》、《麻姑仙坛记》、《李玄靖碑》、《中兴颂摩崖》等，纵横有象，沉雄奇伟，笔画巨细皆有法；柳公权《大达法师玄秘塔碑》、《神策军纪圣德碑》，字瘦而不骨露，筋骨遒劲而气象雍容。以上诸碑成为楷书之典范，楷法精绝，刀法精妙，将正书发展到了极致。李邕行书《云麾将军李秀碑》、《麓山寺碑》，体势方而韵味圆，笔势峻而气度舒，取法“二王”而跳出窠臼，参照北碑而自创一体，体现了强烈的创新精神和独特“如象”的风貌。

李邕《麓山寺碑》 位于长沙市岳麓书院教学斋后山坡上，1962年建有护碑亭。碑文为唐代著名书法家李邕于开元十八年（公元730年）撰文并书，江夏黄仙鹤（前人谓是李邕化名，真伪无考）勒石。碑石通高400厘米，宽144厘米，碑头为半圆形，额篆“麓山寺碑”四字，阳文。相传曾有龟趺碑座，实则已无。碑文28行，每行56字，行书。今碑石右下角脱落一小块，缺损三分之一，毁361字，左方断裂一角，上半截从16行起，只字不存；下半截尚存90字。据清代学者毕沅记载，乾隆末年碑石仍完好无损。袁枚观碑时，也只说了黄仙鹤三个字没有了。据清陶澍《观麓山寺碑旧拓本诗序》中，谈及碑石断裂原因：“嘉庆初年，有达官遣吏拓取，不以法，碑遂裂，或云达官欲题名，曳碑倒，将以摹刻，故遂折裂。长沙知府沈廷汉和油灰集残字（共94字）另置碑侧，不能复旧观矣。”今碑亭内壁上果然有残字。清光绪《湖南通志》载：“此碑共一千四百十三字，断裂漫漶者二百七十一字”。现查对，又损90字。

碑文书法，笔力沉雄，自成风格，间有不合六书者，如“究”作“宄”、“藏”作“蔵 ”、“搜”作“摗”、“阐”作“闸”、“矧”作“矤”，而“模”、“标”、“檀”等字本从木旁，碑上皆从手旁。实为书家写字随手结构，不必拘泥于六书。

碑文中所引史事，前人曾作考证，钱大昕《潜研堂金石跋尾续》：“元徽中，尚书令湘州刺史王公僧虔，右军之孙也。以晋、宋家史考之，僧虔为丞相导之元孙，于羲之族曾孙，不当云孙也。”

碑文叙述麓山寺创建以后，历代来此住持之名僧说法传经的情况，并一一列举名僧及有关官员对该寺的贡献。词章华丽，笔力雄健，刻艺精湛。因文、书、刻工艺兼美，故有“三绝碑”之称。书法雄健得势，可见其善运腕力，应为李邕生平之杰作，亦为不可多得之唐代名碑。又因李邕曾官北海太守，故亦称之为“北海三绝”碑。此碑是长沙尚存最早、价值最高的碑刻之一。麓山寺碑曾为历代艺林、文豪所推崇，宋代米芾于元丰

唐李邕《麓山寺碑》（局部）

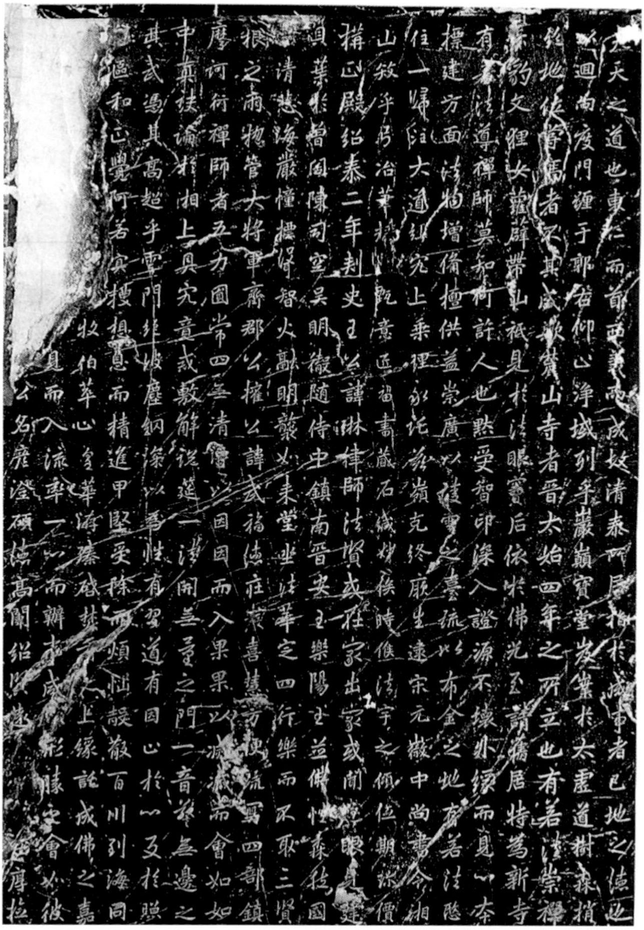

三年（公元1080年）专程前来临习，并刻“元丰庚申元日，同广惠道人来，襄阳米黻”。正书，在碑侧。

李邕（公元687－747年），字泰和，扬州江都（今属江苏中部）人。初为谏官，后为汲郡、北海太守，人称李北海。善书法，尤擅长以行楷写碑，取法王羲之、王献之父子，而有所创造。

碑阴所刻为衔名及赞，清瞿中溶据《金石文编》考证：“碑阴三赞，盖皆为窦彦澄作。彦澄时以潭州司马摄刺史事，故碑文中有‘师长阕官，摄行随手’之语，上截同赞之录事，参军等，皆其幕僚；次截同赞者，乃长沙一县属官，后同赞者，则皆隶潭州各邑之令、丞、簿、尉；又下一截所列之人，则皆似郡之绅士，但有衔名而无赞语，或其前后为宋以后人题名时磨去，亦未可定。字皆正书径六七分，较碑面文为小，然楷法端劲，当出北海同时手笔无疑。”

宋、元人在碑侧或碑阴题名数处，附录如下：

（1）宋米芾题名，文为“元丰庚申元日，同广惠道人来，襄阳米黻”。正书，在碑侧。

（2）宋程曄等题名，政和癸巳（公元1113年）四月十一日。正书，在碑阴。

（3）宋曾恩等题名，绍兴八年（公元1138年）三月晦，八分书，在碑侧。

（4）宋王仁甫等题名，岁在庚申（公元1140年）五月望日，正书，在碑阴。

（5）元梁全等题名，皇庆元年（公元1312年），八分书，在碑阴。

（6）元集贤侍讲学士题名，在碑侧。名裂去不可考，书法类米氏，以官衔考，殆为元刻，明以来在碑阴题名者不具录。

据上海书画出版社所出《宋拓麓山寺碑并阴》审正，并于“其五”下增“别乘乐公名光”六字。

《麓山寺碑》是最能体现李邕行书风格成熟的作品。古人有“右军如龙，北海如象”（明董其昌《跋李北梅缙云三帖》中语）的说法，这是唐代书法家中唯一一位让后人将其与书圣王羲之比肩并立的人物。所谓“北海如象”，大概就是指他的《麓山寺碑》这一类行书的风格特征。如果说《云麾将军李秀碑》于豪爽雄健之气中尚透出一股风流潇洒之气，那么，《麓山寺碑》则可说是雄放苍老，稳健奇崛。这种风格的形成，得之于他对魏晋南北朝书法艺术的学习和理解，更在于他有大胆创新的精神。他将二王一派行书的灵秀与北碑的方正庄严巧妙地糅合起来，吸收南帖的灵活多变，而不取其柔弱的一面；除却魏碑的呆板，而保留其厚重的一面，在广泛接受前人成果的同时，或者是不自觉地将他自己的性情和人格外化到笔墨之中。董其昌以“北海如象”来比喻李邕书法的力度，亦可谓形象传神。

唐“极高明”石刻

福严寺“极高明”石刻　该摩岩石刻位于南岳衡山福严寺虎跑泉上。“极高明”三字字体为阴刻楷书，字体端庄古朴、浑厚大气。石刻高330厘米，宽120厘米，字高100厘米，宽70厘米。大约刻于唐肃宗至代宗年间（公元756－779年）。

福严寺坐落在南岳衡山掷钵峰下，六朝陈光大元年（公元567年）由高僧慧思和尚创建。当时名叫般若禅寺，又名般若寺。唐朝先天二年，怀让禅师来到南岳，驻锡于此。今天福严寺的山门上有“天下法庭”的横额，两边有“六朝古刹”、“七祖道场”的竖联，即是指这一段历史。宋朝时，改名为福严寺，一直沿用至今。当时，寺中有位名叫福严的僧人增修寺院，并栽柏树10株，福严寺因此得名。明清时福严寺香火兴盛。

福严寺前后，有许多石刻，其中以“极高明”石刻最有名。此石台就是高明台。旁边岩石上另有一石刻，中间是“佛”字，两侧为“高无见顶相，明不借他光”。这是注解“极高明”石刻的含义，指佛像极高，佛光极明。题刻无款识，据清代光绪版《南岳志》记载为唐代宰相李泌所书。

李泌（公元722－789年），字长源，陕西京兆（今西安）人。历仕玄宗、肃宗、代宗、德宗四朝，官至宰相，封邺侯，是唐代中叶的政治家。其一生富有传奇色彩，出身于官宦之家，书香门第，七岁能文，被称为奇童。他生活于唐中叶，为平定安史之乱、讨伐李怀光、李希烈叛乱，以及联合回纥、云南、天竺等国抗击吐蕃入侵，在军事、政治、外交诸方面做出了卓越贡献，在治理国家上也颇多建树。公元757—768年间曾隐居于南岳。

元结《阳华岩铭有序》摩崖　此铭刻在江华瑶族自治县，沱江镇以东5公里竹园寨村之回山岩石上，高75厘米，宽290厘米，44行，以三种字体书写，序文用隶书；铭文中的每个字都是按先大篆、次小篆、再次隶书的顺序完成；最后所署的年月款是用篆书完成。刻石至今保存完好。

碑刻于唐永泰二年（公元766年），由元结撰文，江华县令瞿令问仿魏碑三体《石经》式，以大篆、小篆、隶书三体书之，为省内古碑中少有。

元结（公元719－772年），唐代文学家。字次山，号漫郎。汝州鲁山（今河南鲁山）人。天宝年进士。安史之乱时，任山南东道节度参谋，并组织招募义军，抗击史思明叛军，保全十五城。曾两度出任道州刺史，政

唐《阳华岩铭有序》 石刻

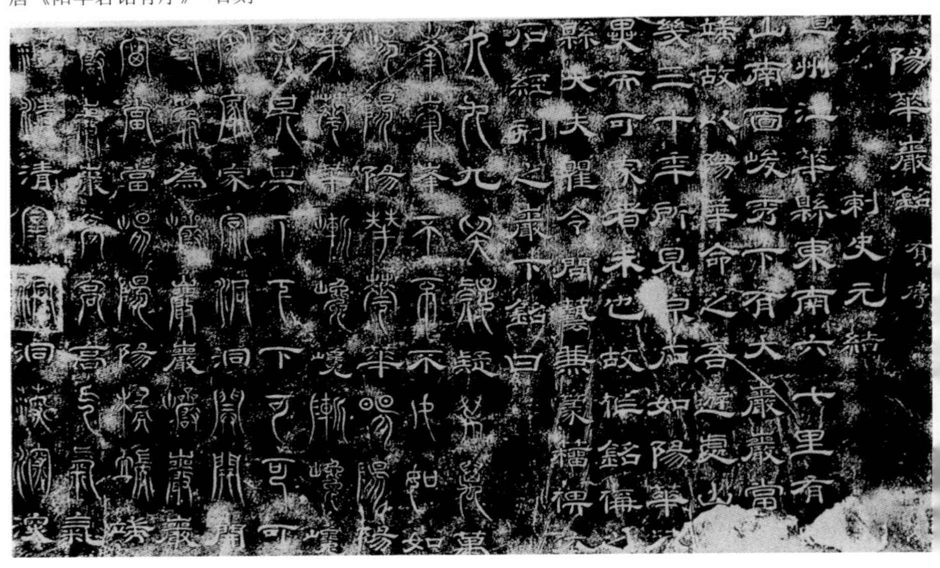

唐《阳华岩铭有序》 石刻（局部）

绩颇丰。元结主张诗歌为政治教化服务。他的诗文，质朴淳厚，笔力遒劲，颇具特色。著有《大唐中兴颂》等。

史载瞿令问为河北博陵人，工书法，尤善篆隶，时为江华县令。朱关田《中国书法史•隋唐五代卷》中亦称“有唐一代悬针之篆，当推瞿氏为第一”。

后至南宋时，江华县令安硅见阳华岩景色幽雅，又有元结的《阳华岩铭》，便令工匠对附近20余景点摹描容形，绘刻成一幅《道州江华县阳华岩图》，并作序以说明，由豫章罗晔书。这幅图文并茂的石刻为国内少有，亦是湖南境内仅存的摩崖图刻。

元结《春陵行》残碑 残碑从唐代道州府遗址（现道县县政府）地下发掘出，仅存《春陵行》中8句，为10行，每行4字，计40字。碑高40厘米，宽90厘米，楷书。现存道县文化局。

《春陵行》诗是元结于唐广德元年（公元763年）任道州刺史时，深谙民情，有感而作。碑文字体端正，颇具大家风范。

李群玉《桃源洞》诗碑 碑现藏于常德桃花源碑廊。碑于1966年被砸坏，修复高143厘米，宽72厘米，厚19.8厘米，行书3行，每行14字，字径13厘米，无年月。残碑文缺8字。

李群玉（约公元813—860年），字文山，澧州（今湖南澧县）人。生性旷达，好吹笙，不乐仕进，专以吟咏自适，诗篇妍丽，才华遒健，亦擅草书，是晚唐享有盛名的诗人。同代著名诗人周朴称赞说“群玉诗才冠李唐，投书换得校书郎”，另一著名诗

唐李群玉《桃源洞》诗碑

人李频也说他是“逍遥蓬阁吏，才子复诗流”。《全唐诗》录李群玉诗260余首。

杜牧《桃源洞》诗碑 碑现藏于常德桃花源碑廊。碑于1966年被砸坏，修复高170厘米，宽83厘米，厚17厘米。碑文行书，无年月。诗缺13字，款缺1字。

杜牧，字牧之，京兆万年（今陕西西安）人。唐文宗大和二年进士，历任监察御史，黄州、池州、睦州等地刺史，以及司勋员外郎、中书舍人等职。杜牧有政治理想，但由于秉性刚直，屡受排挤，一生仕途不得志，因而晚年纵情声色，过着放荡不羁的生活。杜牧的诗、赋、古文都负盛名，而以诗的成就最大，与李商隐齐名，世称“小李杜”。其诗风格俊爽清丽，独树一帜，尤其长于七言律诗和绝句。

胡曾《桃源洞》诗碑 碑现藏于常德桃花源碑廊。碑于1966年被砸坏，修复高143厘米，宽82厘米，厚23厘米. 碑文行书，无年月。诗缺11字，款缺1字。

胡曾，唐代诗人。邵阳(今属湖南)人。生卒年、字号不详。咸通中，举进士不第,滞留长安。咸通十二年(公元871年)，路岩为剑南西川节度使，召为掌书记。乾符元年(公元874年)，复为剑南西川节度使高骈掌书记。乾符五年，高骈徙荆南节度使，又从赴荆南。后终老故乡。胡曾以《咏史诗》著称,共150首，皆七绝，共3卷。《四部丛刊三编》本有胡曾同时人邵阳陈盖作注及京兆米崇吉评注。另有《安定集》10卷，今佚。《全唐诗》共录为1卷，仅存数首。事迹见《唐才子传》、王重民《补唐书胡曾传》。

五代是处在唐宋两大统一王朝之间的一个短暂分裂时期，也是唐末藩镇割据的继续。政治上动荡不安，经济上萧条。但是，在文学艺术史上却是一个特殊的阶段。文坛上，特别是词的兴盛和发展，产生了不少著名的大作家和脍炙人口的名篇。在艺术领域里，绘画方面呈现出光辉灿烂的景象，唯独书法艺术出现了衰落的趋势，而这时的书法大家除杨凝式，书有《韭花帖》、《神仙起居法帖》及《夏热帖》等，其他几乎寥寥无几。这一时期虽无著名的碑刻传世，但湘西的《复溪州铜柱记》，却是当时楷书铭刻中的佼佼者。

《复溪州铜柱记》铜柱铭刻　铜柱原在永顺县野鸡坨下酉水河岸，1971年因建凤滩水库，迁至王村，现在湘西民俗风光馆内。柱高约400厘米（内入地约200厘米），为八面形空心柱，每边宽17厘米，下端圆形，直径39厘米，重约2500公斤。保存完好。

铜柱铭文共41行，其中标题1行，6字；记20行，795字；前后年月3行，98字；题名10行，896字。均楷书。另各行下附列题名17行，390字。

据史籍记载，会溪坪为北宋下溪州故城。唐末至五代时期，湖南地区为楚王马殷父子所据，马氏委任土司彭瑊为溪州刺史，辖永顺、保靖、龙山等县。后马希范继马殷位，溪州由瑊子彭士愁袭刺史。楚王马希范于五代后晋天福中授江南诸道都统，又加天策上将军。天福四年（公元939年），溪州彭士愁领兵万余人进攻辰、澧二州，以反抗楚王统治。楚王马希范遣刘勍等率步卒五千迎战，彭士愁败走，遣其子率诸部降。次年，楚王马希范徙溪州于便宜之地，表彭为溪州刺史，以铜五千斤，铸柱高丈二尺，入地六尺，“立铜柱以为表，命学士李皋铭之”。铭誓状于上，立之溪州。上镌盟约规定各守辖地，互不侵犯。盟约中一些条文，符合汉族和土家族下层人民厌恶战争的愿望，有利于土家族社会经济文化的发展，这个铜柱是两个民族息战的盟证，故为历代统治阶级和溪州民众所共同尊重。铜柱既为双方所重，且在很长时间内产生过积极作用，故能保存至今，完好如故，具有珍贵的史料价值。1961年，被国务院列为全国重点文物保护单位。

二、宋元碑刻

宋元书风仍沿袭前朝，崇尚复古和帖学，对晋唐书法虽有所继承，但缺少自己的时代风格。虽然宋代有苏、黄、米、蔡“四大家”，但碑刻名作太少，且对碑刻有偏见。米芾《海岳名言》谓：“石刻不可学，但自书使人刻之，已非己书也。”在这类观点的影响下，自然束缚了当时碑刻的创作和发展。其实，如果书家能把古代碑刻中的字迹效果，通过毛笔书写，提炼到纸上来，未尝不是一个新的书风。在碑刻上，这一时期值得称道的主要有两个方面：一是刻帖之风的兴起，《淳化阁帖》被后世誉为中国法帖之冠和“丛帖始祖”，颇负盛名。它收录了先秦至隋唐一千多年帝王名臣书家103名、历代名帖420篇摹写刻石，再精拓成册。后来翻摹续辑者成风，有《绛帖》、《汝帖》、《大观帖》、《秘阁续法帖》等，其中虽然收录了一些精品名迹，由于辗转摹刻已失真貌，加之赝品不少，后世多有批评。但在某种程度上，对碑刻的发展还是有一定的促进作用。二是金石学蓬勃兴起，欧阳修《集古录》、赵明诚《金石录》、洪适《隶释》、薛尚功《历代钟鼎彝器款识法帖》、陈思《宝刻丛编》等，从碑刻书法理论上进行研究总结，其著录、考述、评价都比以前详备，对碑学的兴起和发展以及碑刻艺术的鉴赏，都起到了促进和推动作用。尽管由于刻帖的盛行，在勾摹、镌刻、拓法等方面有所发展，但宋元的碑刻，从体制、字体、形式上都沿袭前代已定的规模，基本上没有大的变化。尤其与隋唐的碑志形式无多大区别，没有任何突破，可以说只不过是隋唐的余风而已。据悉，碑刻在元代以前大都是在石上“书丹”，大约到元代才较普遍地出现和刻帖方法一样的写在纸上、摹在石上、再加刊刻的办法。专事模拟，往往拘谨守法，束缚了创造性，影响了碑刻艺术的进一步发展。湖南宋元碑刻的形制、字体等诸方面，与隋唐的碑志区别不大，无多大特色。加上这一时期的碑刻林立，除一些重要的碑刻具有较高的史料、艺术、书法价值外，碑刻普遍地在内容、形制和书法等方面都较平平，故一般不能引起人们的重视。尽管这些碑志未见于一些较为著名的金石著录中，可是却被一些地方志所载录，如各地的县志、乡志等都加以一一载录。只要静下心来，仔细琢磨研究，仍有不少可取之处。

《还丹赋》摩崖石刻　此石刻位于南岳镇泗塘村山坡的一块自然巨石上。石刻高2.3米，宽3米，共由三部分石刻组成，主体石刻《还丹赋》共25行，除标题3字和末行5字，其余23行每行15字，共353字。隶楷书体，字大20厘米见方。《还丹赋》所颂扬的是道教的神药仙丹——“还丹”，称“还丹”为“众药之宗，验已神通。盗日月运行之制，夺乾坤造化之功。变凡为圣，却老如童”，具有起死回生、化腐朽为神奇之功效。该赋为研究南岳道教文化和道教发展史，提供了宝贵的实物资料，同时，也弥补了历史文献的缺憾。从书法角度看，苍劲古朴、灵活多变的隶楷书体，明显承袭了汉魏大气浑厚的风貌，具有晋唐宽博庄重之态；从文学角度看，该赋文笔优美，对仗工整，音韵流畅，赋文仅用不足400字，就将还丹之神奇歌颂得淋漓尽致。《还丹赋》摩崖石刻和弥陀寺比邻，说明当时湖南南岳地区佛道二教和谐共存。

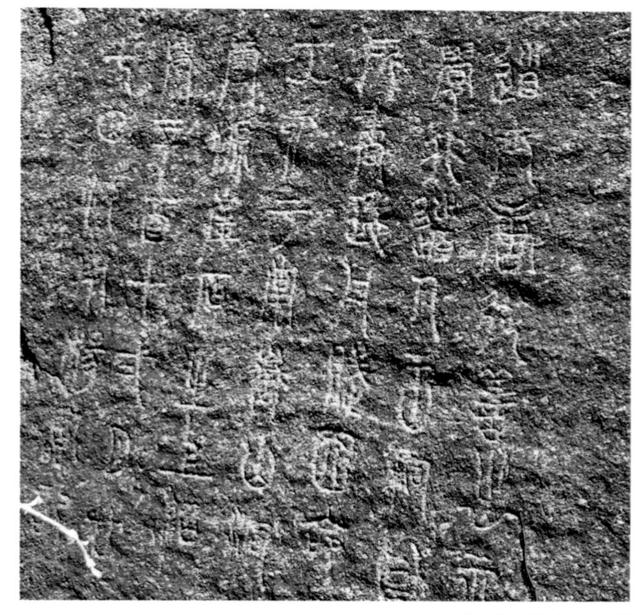

宋《还丹赋》石刻

《还丹赋》既没有落凿刻的年代，也没有署撰文和书丹者的名款。根据其后的两处宋人（分别刻于北宋壬戌年和南宋绍兴辛酉年）题记推断，该石刻的时间最迟不晚于南宋绍兴辛酉年（公元1141年）。据南宋杨临的题记，《还丹赋》是由一位名为唐从善的道士所书写并请人刻于这块巨石之上。文中还提到碑刻所载之处古名“洞灵缘”，乃史料记载的南岳三十六洞天福地之一。从现有相关实物史料分析，唐从善应为北宋时期的道士。

有关《还丹赋》摩崖石刻的确切年代、具体撰文和书丹者等相关问题，还有待进一步考证。

陈瞻永州《宣抚记》摩崖石刻 此记刻在永州市河西朝阳岩上方6米处，行书，16行，今字迹模糊，不可辨认。

陈瞻，湘阴人，宋太宗雍熙二年进士，官至大理寺丞。

北宋真宗景德元年（公元1004年），宋军抵御契丹南侵取得胜利。国内安定，边境和平，于是真宗命地方官吏巡视慰问百姓，以“忠孝农桑”相劝勉。这对于促进农业生产的发展是有益的。碑文记载陈瞻在永州“宣抚”的情况，可以证史。

陈瞻《题朝阳岩》诗碑 碑在永州市河西朝阳岩，楷书，6行，52字。碑高60厘米，宽40厘米。

北宋咸平年间陈瞻调任宣德郎守秘书丞，知永州军州事，骑都尉，镇永州。时国内安宁，边境和平，陈瞻游朝阳岩也是心境开朗，于是即兴写下了这首《题朝阳岩》诗：“岩面郡楼前，岩崖瀑布悬；晓光分海日，碧影转江天。向暖盘楼鹤，迎寒蔟钓舡；次山题纪处，千古与人传。”诗中字里行间充满阳光。

《送新知永州陈秘丞瞻赴任》诗碑 碑在永州市河西朝阳岩，高60厘米，宽40厘米，楷书。这组诗是陈瞻诸同僚为其赴永州新任所作。《送新知永州陈秘丞瞻赴任》中，尤其是朱昂、洪湛、刘马、孙冕等人的“此行君得意”，“太守南归得意年”，“锦衣照耀维来地”，“故乡重见锦衣归”，“桂林南面近微黄，又爱江乡出帝乡”诗句，更体现陈瞻此次赴任是春风得意，衣锦归乡。

周敦颐等游朝阳岩题名石刻 石刻在永州市河西朝阳岩，高82厘米，宽40厘米，楷书。系宋代理学鼻祖周敦颐治平三年（公元1066年）偕荆湖南路提点刑狱公事尚书职方郎中程濬同游朝阳岩的题名，石刻颇具颜真卿书体之庄重敦实、浑厚苍劲之风，在周氏的书法碑刻中，是不可多得的典范。

周敦颐（公元1017－1073年），北宋著名思想家、理学家、哲学家。原名敦实，避英宗旧讳改敦颐。字茂叔，号濂溪，道州（今湖南道县）营道人。早年聪颖过人，16岁精通经史。他与邵雍、张载、程颢、程颐并称为“北宋五子”。曾任分宁（修水）主簿，调南安军司理参军，移桂阳令，徙知南昌，历合州判官、虔州通判。熙宁初知郴州，擢广东转运判官，提点刑狱。所到之处，都很有实绩。周敦颐是宋明理学创始人，年轻时曾在月岩读书悟道，提出了“无极而太极”的宇宙思想。主要著作有《周元公集》、《太极图说》、《通书》等。

雷简夫《明溪新寨题名记》摩崖石刻 此记刻在沅陵县北明溪口乡沅（陵）凤（凰）公路河边石壁上，宽284厘米，高30厘米，楷书，字径7厘米。笔力苍劲，字迹工稳。因风雨剥蚀，其中20余字难辨认。

此记记述了辰州少数民族彭仕羲起义及被雷简夫率兵平定之事，对研究我省少数民族史有重要价值。又因旧府县志记载此碑记述宋神宗诏章惇察记湖北经制少数民族事。现存此记，乃可更正数百年之久的史事失实。

雷简夫，字太简，系雷德骧之孙，隐居不仕，因张方平荐，知雅州，后因土家族领袖彭仕羲起兵，三司副使李参侍御史朱抚约安抚不能定，会简夫往，至则督诸将进兵，筑明溪上下二砦，据其险要，拓取故省地石马岩五百余里，仕羲内附，简夫以功擢三司盐铁判官。其生平事迹附《宋史》列传二百七十八雷德骧传后。

沈绅“南岳朱陵洞天”碑（石刻） 碑位于南岳衡山水帘洞下砥柱石处，高140厘米，宽90厘米，篆书，字高35厘米，宽20厘米。

周敦颐等游朝阳岩诗石刻

在“南岳朱陵洞天”旁，题署“治平四年二月丙申转运判官沈绅题”。该石刻由沈绅题书，立于北宋治平四年（公元1067年）。

沈绅，字公仪，会稽（今浙江绍兴）人。宋仁宗景祐年进士，嘉祐年间曾任温州太守，后官至屯田员外郎、荆湖南路转运判官。神宗元丰中，知庐州。

蒋之奇《奇兽岩铭》碑刻　在江华县城南1公里的奇兽岩（俗称狮子岩），碑高120厘米，宽58厘米，额为篆书，正文为隶书，跋文为行楷。书体古朴奇峻、浑厚苍劲。刻于公元1067年。

该铭由蒋之奇撰，记述他陪沈公仪游奇兽岩，被奇兽岩“环怪诡异”的景色所迷，故于北宋治平丁未（公元1067年）勒铭石壁以告来者。

蒋之奇（公元1031－1104年），字颖叔。宋嘉祐年进士。官太常博士、监察御史、殿中御史，曾贬官为监道州酒税，后又任潭州知府、河北转运使、杭州知府等。蒋之奇长于理财，治漕运，以干练著称。当官为民，勤勤恳恳，做了不少有益于人民的事。他的著作有《尚书集解》14卷、《孟子解》6卷、《逸史》20卷、《广州十贤赞》1卷、《刍言》50卷、《荆溪前后集》89卷。他也工于书法，尤工篆书，作品有苏轼、黄庭坚笔意。传世墨迹有《辱书帖》、《北客帖》等。

赵不退《坦山岩劝农记》摩崖石刻　此记在今郴县安和乡坦山万华岩洞口的天然大石上，高250厘米，宽173厘米，厚54厘米。23行，楷书，碑额横题“坦山岩劝农记”篆体6字，现字迹清晰。

此碑系赵不退“敦劝农桑，以昭示务农重谷，天下之本之义行”，命门人安世隆记。碑末“时口元”，《郴州总志》作统元，“绍兴龙集戊辰，月应夹钟，蓂余三荚”，为宋高宗绍兴十八年二月二十七日，当为公元1148年。

时任郴州知军的赵不退带领部属、官员、门人等到郴州各处巡查，进行劝农“务农重谷”活动。当赵不退路经万华岩坦山时，见到此处山青水秀、风景秀丽、奇石甚良，不禁被眼前的美景所陶醉，即兴而来，遂命门人安世隆书以代记，在大石上作记碑文，以此记载自己在郴州进行劝农的活动。

《坦山岩劝农记》碑并非后人杜撰而出，实为难得的珍稀历史文物。在清朝嘉庆皇帝时的《郴州总志》中曾详细记载：“此碑在州西十里坦山万华岩内，宋知军赵不退劝农此……此昭示务农重谷，天下之本……”《坦山岩劝农记》碑刻是记叙劝农桑以昭示务农重谷为天下之本的重要标志，说明我国自古以来都非常重视农业生产，同时也是地方官员重视农业的见证。

《坦山岩劝农记》碑刻已历经八百多年的日晒雨淋，但今天展现在我们眼前的碑刻依旧是完整无损，碑文字迹清楚，书法遒劲有力、作文流畅，令后人叹为观止。像《坦山岩劝农记》碑刻这样表明当时官员能如此重视农业的宋代碑刻，在我省亦不多见，甚是珍贵。此碑刻具有很高的历史和艺术价值，现为省级文物保护单位。《坦山岩劝农记》碑刻作为郴州古城的历史见证，将被世人所瞩目。

此碑记述赵不退在郴州的劝农活动，实际上是劝农的仪式，可以证史。

安硅《道州江华县阳华岩图并序》摩崖石刻　阳华岩在江华瑶族自治县沱江镇以东5公里之竹园寨村回山上，石刻高98厘米，宽113厘米；分两截，上截图并篆额高56厘米，下截序高42厘米，40行，楷书。现存完好。

阳华岩，为唐道州刺史元结所发现，并为之命名，作《阳华岩铭》。宋安硅为江华县令，爱其幽胜，“斯岩敻出东南之美，其可不绘而图之，以传诸好事者哉”！于是，“乃命丹青之士，摹写形容勒之坚珉，以示无极，虽未能尽臻妙，亦可以见髣髴也”。现存画成的阳华岩，勒之于石，已成为湖南省仅存摩崖图刻。

从政郎江华县令主管学事劝农营田公事安硅为图刻作序并立石，豫章罗晔为之书丹。

周必大《题善德山》诗碑　此碑原在常德德山乾明寺，1979年迁至常德市滨湖公园碑廊内。高218厘米，宽137厘米，厚19厘米，字径7厘米，现有三分之二的字迹不清。宋绍熙三年(公元1192年)立。额题篆书“提刑判院张公德山留题”。碑文楷书，载枢密史鼎州判官周必大所作七律诗《善德山》二首。

其一：

闲来楚望见江山，水阔分流又一湾。

古刹经行修径里，孤峰环绕翠筠间。

昔人旧塔今虽在，道价高风不可攀。

因念丛林宛如旧，当年有愿几时还。

其二：

四望村深面面山，临流田舍满江湾。

僧居楼阁翠微外，人在烟波欸乃间。

露重天寒何太早，橙黄橘绿已堪攀。

风光无限吟难尽，他日重来且暂还。

清光绪《湖南通志》以此诗为张提刑所作，不知提刑何名。或以张缓、张演、张釜，不能断定。现依《常德府志》，定为周必大作。

周必大（公元1126—1204年），字子充，一字洪道，宋代庐陵（现江西吉安县）人，绍兴年进士，孝宗时官拜左丞相，宁宗庆元初以少傅致仕。其知识渊博，撰诗文，诗初学黄庭坚，后由白居易溯源杜甫；散文内容丰富，文辞典重雅正，颇富情致。与陆游、范成大、杨万里等都有很深的交谊。自号平园老叟，著书81种，有《平园集》200卷。

善德山现简称德山，为常德风景区，相传4000多年前尧舜时代，有一位高士善卷先生曾居此山，尧曾北面师之，舜欲以天下让善卷，善不受，逃至江苏宜兴一个山洞隐居。隋时樊子盖任朗州刺史，乃将此山命名为善德山，兴修善卷洞。善卷事迹在《庄子》、《吕氏春秋》二书中皆有记载。周必大二诗却未咏善卷史事，只咏游时风物，盖往古之迹，已难言之。

何致《岣嵝碑》 相传我国最早的碑刻——《岣嵝碑》（亦称《禹王碑》、《大禹功德碑》、《禹碑》），原刻于湖南省境内南岳衡山祝融峰上，原迹已无存。现位于湖南长沙岳麓山风景名胜区云麓峰左侧石壁，面东而立的《岣嵝碑》，属摩崖石刻，为南宋嘉定五年（公元1212年）摹拓刻本。碑高180厘米，宽143厘米，分9行，前8行每行9字，最末行5字，共77字。末行空4字处有径寸楷书“右帝禹刻”4字，南宋何致刊。碑顶有“禹碑”碑额，宽142厘米，高46厘米，花岗石质，并书“中华民国二十四年六月重建碑亭，周翰勒石”。全碑文字仍完整。碑文字形如蝌蚪，既不同于甲骨文和钟鼎文，也不同于籀文蝌蚪，可谓碑刻之始祖。由于其文字奇特，历代对其内容看法不一，古代多认为是记录大禹治水的内容，而近年一些学者则认为《岣嵝碑》并非禹碑。如曹锦炎先生认为《岣嵝碑》是战国时代越国太子朱句代表他的父亲越王不寿上南岳祭山的颂词。而刘志一先生则认为《岣嵝碑》为前611年（楚庄王三年）所立，内容是歌颂楚庄王灭庸国的历史过程与功勋。

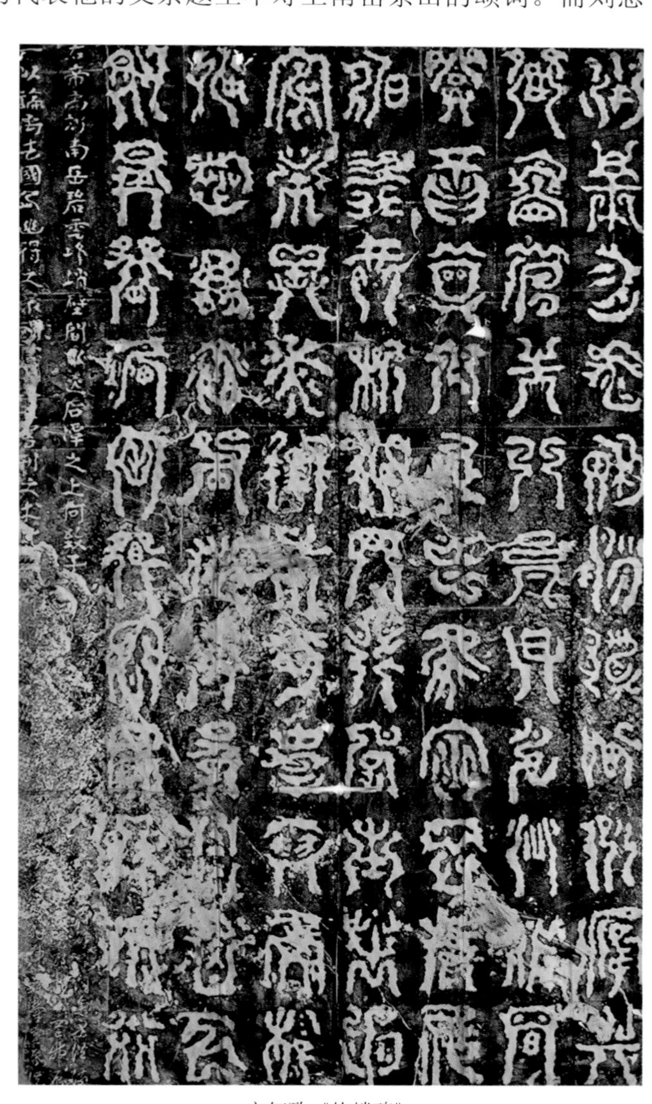

宋何致《岣嵝碑》

此碑相传原在南岳祝融峰上，至宋宁宗嘉定五年壬申（公元1212年）何致游南岳，闻樵人说“石壁上有数字”，怀疑是《岣嵝碑》，使他引路，至碑所读之，摹其文凑合成本，刻于长沙岳麓书院后巨石上，然仍隐蔽，到明世宗嘉靖十二年癸巳长沙太守潘镒始搜得之，剔土拓传，这是今日流行的《禹碑》来源。到明嘉靖三十九年（公元1560年），长沙太守张西铭建有护碑亭，明思宗崇祯三年（公元1630年）兵道石维岳重修亭台，增建石栏；清朝康熙年间，周召南、丁司孔重修。碑两侧增有明代刑部刘汝南“夸神禹碑歌”、清代欧阳正焕“大观”石刻；民国24年（公元1935年）六月周翰又重建碑亭，上覆盖水泥盖板，并增刻“禹碑”额。

兹将《岣嵝碑》的内容与释文，《岣嵝碑》的发现和传播，以及《岣嵝碑》的真伪，陈述如下：

（1）《岣嵝碑》的内容与释文

《岣嵝碑》的内容传说有二。其一，晋葛洪《抱朴子》，“吴王伐石以治宫室，于合石之中，得紫文金简之书不能读之，使使者持以问仲尼。仲尼视之曰：‘此乃灵玉之方，长生之法，禹之秘服，隐在水邦，年齐天地，朝于紫庭者也。禹将仙化封之名山石函之中。’”。这是以《岣嵝碑》所载为长生之方法。其二，汉人《吴越春秋》，“禹伤父功不成，循山沂河，尽济甄淮，乃劳身焦思以行。七年闻乐不听，过门不入，冠挂不顾，履遗不蹑。功未及成愁然沉思。乃东巡登衡岳，因梦见赤绣衣男子，自称元夷苍水使者倚歌覆釜之山，东顾谓禹曰：‘欲得我山神尽者，斋于黄帝岩岳之下，三月庚子登山发石，金简之书存矣。’禹退又斋，三月庚子登宛委之山（即天柱山），发金简之书，案金简玉字，得通水之理，复返归岳”。这是以《岣嵝碑》所载为治水的道理。《岣嵝碑》释文，大都偏重第二种说法，前后共有六家，为杨慎、沈镒、杨时乔、郎英、王朝辅、杜壹等，都是明朝人，译述的内容，相差不远，而杨慎译文比较文从字顺，兹录于下：“承帝曰咨，翼辅左卿，州渚与登，鸟兽之门。参身洪流，而明发尔兴，久旅忘家，宿岳麓庭。智营形折，心罔弗辰。往求平安，华岳泰衡。宗疏事裒，劳余伸禋，郁塞昏徙，南渎衍亨，衣制食备，万国其宁，窜舞永奔。”但是此碑字体奇怪，绝无偏旁义理可寻，不知诸家何所依据，断定某为某字，并且根据《吴越春秋》和《抱朴子》所载，《岣嵝碑》不是禹王自己作的，而释文都作为禹的口气，似乎变更了传说的精神。故清朝顾炎武辈皆以为妄，而不之取。

（2）《岣嵝碑》的发现和传播

《岣嵝碑》自唐以前，虽有传说，不过言在南岳而已，从没有人发现，到唐朝，才有道人发现，故韩愈诗云，“事岩迹秘鬼莫窥，道人独上偶见之”，又云，“千搜万索何处有，森森绿树猿猱悲”。因此也没有适当的考证。仅凭道人的话，描写了字体的奇特和雄壮罢了。到了宋朝，何致才说他亲至碑所读之，并一面摹拓，一面翻刻，于是《岣嵝碑》才有刻石传于世间。明嘉靖癸巳，潘镒搜得何致原碑拓传，从此翻刻何碑的很多，张襄刻之于金陵新泉精舍，容瑞刻之于扬州甘泉书院，杨慎刻之于云南安宁州去华山，又刻之于四川成都，杨时乔刻之于江宁栖霞山之天开岩；张应吉刻之于汤阴县安如山，又以杨时乔本翻刻于绍兴之禹陵。河南汲县也有刻本，传是万历中潞藩所镌。到了清朝，康熙中毛会建刻于西安府之大别山，李藩刻于黄县。又济南长山，西安府学及归德府署，均有摹本，于是《岣嵝碑》传遍国内。

（3）《岣嵝碑》的真伪

关于《岣嵝碑》的真伪，为古今尚未解决的难题。一般都认为，就现今出土的文物来看，《岣嵝碑》绝不可靠。因为《岣嵝碑》的文字，结体整齐，殷墟出土的甲骨文字，远不及它，殷后于禹将近七八百年，文字的工整反不如夏禹的时代，这与文字演进原则不相符合。金文的发现，始于商周彝鼎，至于刊碑勒石，到秦代才盛行，故断定《岣嵝碑》是后人根据《吴越春秋》等传说所假托。而另一种观点则肯定《岣嵝碑》存在的可能性。马贺山先生认为：《岣嵝碑》上的文字，看上去比甲骨文要成熟进步多了。为什么会出现这种极大的反差呢？夏朝文字应该比商朝文字还原始还落后才对。其实这只是事物发展的一般情况，有时还存在着特殊情况。杨慎先生认为，商民族是一个生活在黄河下游的东夷游牧民族，人数很少，没有文字没有文化，是一个很落后的民族，以玄鸟（燕子）为图腾，与以龙为图腾的人口众多的夏民族不可同日而语。夏民族已进入农耕时代，与之相适应的文字文化文明,取得了高度发展，从黄帝仓颉造字始，到夏朝灭亡前，已经有一千三四百年，文字十分发达，是水到渠成的事情。商人则不然，他们不喜欢文字，只擅长在马背上东奔西杀。从建国到迁都殷墟，商人的文字也没有造出来，不得不使用夏民族的民间俗体字。而商朝的那些巫师，往甲骨上写字的人，刻字的人，据推测，都是由夏人担任的。时代在发展，文字文化文明却停滞不前，这与后来的元朝的统治情况很相似。这正是造成夏朝官方文字比商朝民间俗体文字成熟进步的真正原因。也许正因为碑刻字体的这些原因，引起了上述对碑文内容看法不一。然而，无论《岣嵝碑》原碑存在的真实与否，就南宋嘉定五年的摹刻本至今，已经过了七八百年，自有它独立存在的价值。因为它是宋人摹刻，所以列置宋代。

韦弁《步瀛桥记》碑　碑现在永州江永县上甘棠村月陂亭，高163厘米，宽128厘米。楷书。韦弁记并书，周唐辅题额，唐弼召刊。碑立于北宋靖康改元丙午年（公元1126年）。碑文书体端庄挺秀，遒健俊逸。

步瀛桥在江永上甘棠村西南谢沐河上。为三孔石桥，初建于北宋宣和乙巳年（公元1125年）十二月，落成于北宋靖康改元丙午年（公元1126年）二月。步瀛桥是永州迄今为止最古老的石桥，桥之地系湖南通广西的官道。“夏之泛涨，无舟楫之渡”，“秋冬之凛冽，须揭厉后而涉行，人常苦之”。故周氏子侄倡议修桥，“斯桥之成，行人平步于飞湍旋汇之上，徘徊于嵌岛坞之间”，取“登瀛洲”之意，名“步瀛桥”。《步瀛桥记》碑则是记载建桥历史最古老的石碑，具有极其重要的史料价值。

林文仲乾明寺《请开堂疏》碑　此碑原在常德德山乾明寺故址，1979年元月移至滨湖公园碑廊内。高198厘米，宽116厘米，厚13厘米。额题“提刑权府寺丞请开堂疏”。常德知府林文仲撰文。碑文阴刻、楷书，记载寺庙“开堂”佛教僧徒受戒之事和寺庙田产数。碑阴列举了寺庙田产数字，是研究封建寺庙土地制度的重要资料。因风雨剥蚀，小字漫漶不清晰。

据清嘉庆《常德府志》职官及考略内载：“林文仲，字次章，江西抚州人。淳熙进士，任鼎州司法，刺史李焘称其职守靖共，荐于朝。”此碑系林文仲任常德知府时于南宋绍定元年（公元1228年）所立。

佛寺开堂为佛教僧徒受戒或佛寺释经授法之仪式。此疏文辞雅丽而勒之金石，省内尚不多见。此可以存佛教故实。

李挺祖刻蔡邕《九疑山碑》　此碑刻在宁远县九疑山玉琯岩壁上，高52厘米，宽66厘米，隶书。铭文作9行，字径约5厘米；跋语作5行，字较

《步瀛桥记》石刻（局部）

小，在铭文后，较铭文皆低一字。原文为东汉大文学家蔡邕游九疑山时，作《九疑山碑》歌颂舜德。铭文仅见于唐欧阳询所编《艺文类聚》：“岩岩九疑，峻极于天，触石肤合，兴播建云。时风嘉雨，浸润下民，芒芒南土，实赖厥勋。逮于虞舜，圣德光明，克谐顽傲，以孝蒸蒸。师锡帝世，尧而授徵，受终文祖，璇玑是承。太阶以平，人以有终，遂葬九疑，解体而升。登此崔嵬，托灵神仙。”现碑系南宋李袭之于淳祐六年（公元1246年）命李挺祖书以补刻者。碑文保存完好。

蔡邕（公元133－192年），字伯喈，陈留圉（今河南杞县）人。东汉文学家，书法家。灵帝时为议郎，董卓当权时，被任为侍御史，官左中郎将。董卓被诛后，蔡邕为王允所捕，死于狱中。蔡邕通经史、音律、天文、散文，长于碑记，工整典雅，多用偶句。当时颇受推重。又善辞赋，其《述行赋》揭露当时统治者的奢侈腐败，对人民疾苦有所反映。工篆、隶，尤以隶书著称，结构严谨，点画俯仰，体法多变，有“骨气洞达，爽爽有神”之评。熹平四年（公元175年），灵帝召许蔡邕与堂谿典等写定“六经”文字，部分由蔡邕自书丹于石，立太学门外，世称《熹平石经》，著有《蔡中郎集》（已失传）。

李袭之，陕西临潼人，时官道州刺史。李挺祖，宁远县志、道州府志无传，事迹不详。

李挺祖刻蔡邕《九疑山碑》

此碑碑文是我省现存最早的碑文。碑文既颂舜帝之德，亦颂九疑之功，文辞典雅，历代推崇。李挺祖书法，亦有定评，谓“取法汉隶，结构有体，在宋人中已不可多得”。

方信孺题“九疑山”摩崖石刻　石刻在宁远九疑山玉琯岩石室前北壁，前题为“大宋嘉定癸酉”，后款为“知道州军州事莆田方信孺题”。碑刻于宋嘉定六年（公元1213年），其字迹清晰，笔力雄浑。

方信孺（公元1177—1222年），字孚若，号紫帽山人，福建莆田人。以父荫补番禺尉，曾官通判肇庆府、知道州、提点广西刑狱等，后迁提点淮东刑狱兼知真州。著作大多已佚，今存《南海百咏》一卷，《两宋名贤小集》中收有《观我轩集》卷。

秦观《踏莎行·郴州旅舍》摩崖　此词在郴州市东北2公里苏仙岭下白鹿洞石壁上，宽50厘米，高30厘米，青石质地。秦观作词、苏东坡作跋、米芾书写。碑文11行，行8字，行书。下截为南宋咸淳二年（公元1266年）郴州知军邹恭跋，13行，行10字，正书，说明刻此词的始末。碑文1959年加深一次，弄坏二字，1980年据米芾帖修补。现依石壁建有护碑亭，石刻字迹清晰。

秦观（公元1049—1100年），字少游，北宋著名词人，号淮海居士，高邮（今江苏高邮）人，元丰年进士，曾任太学博士，国史院编修官。政治上倾向旧党，哲宗时“新党”执政，被贬为监处州酒税，徙郴州，编管横州，又徙雷州（今广东海康），至藤州而卒。其词华弱婉丽，为婉约词派正宗，与黄庭坚等同为“苏门四学子”，著有《淮海集》。

苏东坡（公元1037—1101年），即苏轼，眉州眉山（今四川眉山）人。北宋文学家、书画家，嘉祐年进士。曾任中书舍人、翰林学士，龙图阁学士、兵部尚书等。晚年被贬惠州、琼州，后徙永州，卒于常州（今江苏省）。其诗文清新雄放，豪气四溢，为“唐宋八大家”之一。善书，长于行楷，与黄庭坚等并称“宋四家”。

米芾（公元1051—1107年），即米黻，字元章，吴（今江苏苏州）人。北宋著名书画家。曾任太常博士，知无为军，官至礼部员外郎。其书法雄劲，擅各种书体，黄庭坚赞叹道：“如快剑斫阵，强弓射千里，所当

秦观《踏莎行·郴州旅舍》摩崖

穿彻。”为宋代书法“四大家”之一。其绘画擅长枯木竹石，尤工水墨山水。以书法中的点入画，用大笔触水墨表现烟云风雨变幻中的江南山水，人称米氏云山，富有创造性。

此词是秦观被贬在郴州时所作，词文道尽对故人的思怀之情，文情并茂，流传甚广。加上苏轼对此词的评语，米芾的书法，使此石刻历来有“三绝碑”之誉。原石不存，现存石刻为南宋时翻刻。该石刻1956年被列为湖南省省级文物保护单位。

张孝祥题摩岩石刻　石刻位于南岳衡山水帘洞石浪亭后侧山壁。内容为“镇岳飞天法轮，朱陵太虚洞天”楷书，字高100厘米，宽100厘米。书体峻峭挺拔、宏伟壮观。

该石刻之侧为卢宜之隶书题跋：“绍兴间，故紫微张公，射策君门，居甲科之前列；逮尘乙览，则又嘉其字画之雄杰，擢升第一。于是飞笺点墨，为时所珍。岁丙戌秋，还自桂林，经衡岳，凡所游观，不留诗则留字。而大书之揩者二题镇岳飞天法论，朱陵太虚洞天是已。后十有九年，知铨德观道士万如寿，乃摹刻于洞天之侧，并托诸不朽。淳熙甲辰二月之吉吴兴卢宜之谊伯书。”

张孝祥（公元1132－1170年），字安国，号于湖居士，历阳乌江（今安徽和县东北）人。南宋绍兴年进士。曾任都督府参赞军事、抚州知州、建康留守等职。乾道二年游南岳时所到之处均有词文或题留，收录所著《于湖集》，该集入《四库全书》。其词风格豪迈，是南宋著名爱国词人。亦擅长书法。

卢宜之，字谊伯，南宋乾道八年（公元1172年）进士。

何麒等《阳华岩诗》碑刻　碑刻在江华竹园寨阳华岩内，高95厘米，宽60厘米。额首篆书，碑文楷书。何麒等书作，刻于南宋绍兴十八年（公元1148年）。

《阳华岩诗》系何麒与刘思永、张扩等人来游竹园寨阳华岩时即兴所作。碑中以“语妙元次山，名高陶别驾，瞿君三体篆”之语道出了阳华岩碑刻之精华。

何麒，字子应，青城人。张商英外孙。绍兴十一年赐同进士出身，为夔州路提点刑狱。绍兴十三年知邵州，未几落职，主管台州崇道观，居住道州。自号金华隐士。

何麒《狮子岩诗》碑刻　在江华县城南1公里，与《奇兽岩铭》碑刻在同一洞穴。碑刻高140厘米，宽64厘米。额首为篆书，古朴苍劲；诗文为行书，字清秀流畅。南宋绍兴十八年（公元1148年）书刻。

何麒在诗中形容狮子岩：“石如狻猊状，蹲伏呀可畏，虽无嚬呻威，尚使百兽避。”

赵师侠《夏游阳华岩》诗碑刻　碑刻在江华县竹园寨回山下阳华岩，高50厘米，宽70厘米。行楷，姿势峻逸、疏密相生，有苏东坡体意趣。刻于公元1188年。

该碑刻是南宋道州郡丞赵师侠于淳熙十五年（公元1188年），游江华阳

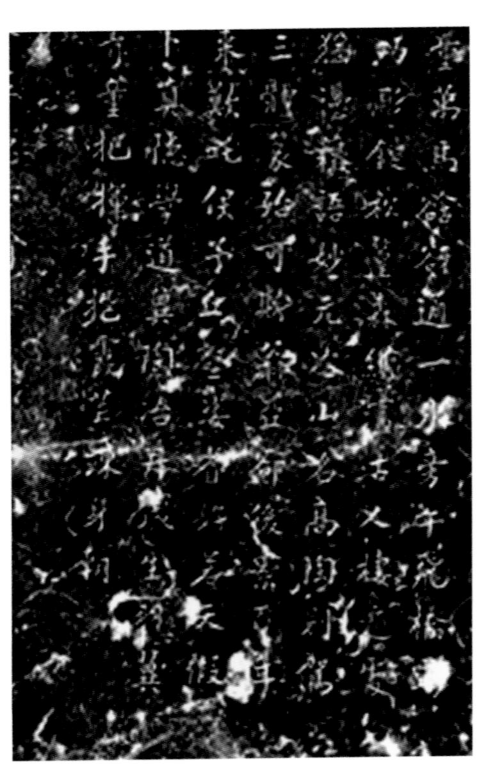

《阳华岩诗》碑 （局部）

华岩，即兴作诗并序。

赵师侠（生卒年不详），字介之，号坦庵，太祖子燕王赵德昭七世孙，居于新淦（今江西新干）。淳熙二年（公元1175年）进士。十五年（公元1188年）为江华郡丞。南宋孝宗时期的著名词人，有人夸赞他描绘风景，描写自然形态，都很精巧细致。又称赞他的词能够写得清新平淡。从上面这首词来看，他的写景本领确实是高超的，而尤其值得称道的是他在“清新平淡”之中，寄寓着浓浓情意。亦善书，师从苏东坡。著有《坦庵长短句》一卷。

卫樵题《淡岩诗》碑刻 碑刻在永州淡岩内，高105厘米，宽80厘米，楷书，字端正遒劲，题刻于公元1233年。

碑刻署款：“南宋绍兴定癸巳年（公元1233年）五月既望，郡守中吴卫樵山甫题。”书法为颜体。

卫樵，字山甫，昆山（今属江苏）人。吏部尚书卫泾次子，进士。理宗绍定五年（公元1232年）任永州知州军事（清光绪《零陵县志》卷一四），官至知信州。善书，字学颜真卿。曾书作《淡岩诗刻》、浯溪《寄题中兴颂下》等。事见《淳祐玉峰志》卷中。

李挺祖题“玉琯岩”摩崖石刻 石刻在宁远九疑山玉琯岩洞上首，高150厘米，宽90厘米，隶书，每字40厘米见方。旁署“淳祐丙午”、“李挺祖书”。

石刻于公元1246年，由李挺祖题书。

乐雷发《象岩铭有序》摩崖石刻 象岩原名丽山，在宁远湾井镇朵山石坂丘村，因山形酷似象，故名。宋邑人乐雷发于淳祐五年（公元1245年）撰《象岩铭有序》，李挺祖书刻于岩之内壁，石刻高61厘米，宽45厘米。

乐雷发（公元1210—1271年），字声远，号雪矶，湖南道州（今宁远县）人。少颖敏，通经史，长于诗赋。累举不第。宝祐元年（公元1253年），门人姚勉登科，上疏请以让雷发。理宗诏亲试，对选举八事，赐特科第一。然因数议时政不用，归隐雪矶，自号雪矶先生。所著《雪矶丛稿》五卷，《四库总目》称其诗有杜牧、许浑遗意。

《会真观记》碑 此碑在祁阳浯溪镇白沙村雷坛观（又名会真观）遗址内。碑高110厘米，宽130厘米，草书。碑立于元代至顺辛未年（公元1331年）。

据《祁阳县志》记载："李洞阳创建雷坛观于祁阳县城北郊，石刻亦多，有白玉蟾的《雷坛观记》，即《会真观记》。"又云"雷坛观始建于元"。《会真观记》较为详细地介绍了道士杜志玄的家世及其修行传道的过程。该碑是研究元朝时期道教在湖南永州传播的重要史料。

《维修登瀛桥》碑 碑在永州江永县上甘棠村西南谢沐河边将军山麓的月陂亭。碑高45厘米，宽87厘米，楷书。碑由僧人佛莹"标"，立于元代至元二年（公元1336年）。碑文字体苍劲浑厚、自然质朴，洋溢着民间书法无拘无束的稚拙新颖之美。

碑文记载了当地寺院僧人佛莹带领周边的周氏族人等维修登瀛桥的始末。据此可知，元代至元年间，登瀛桥已"历年滋久，圮坏极矣。"经过佛莹倡导的这次维修，登瀛桥又"已获完备，通济往来"。因"步瀛"、"登瀛"其意相近，故此登瀛桥可能即是北宋时期的步瀛桥。

元至元年题摩崖石刻 该石刻位于南岳衡山水帘洞雪浪亭侧石壁上，高300厘米，宽100厘米，行楷，字高30厘米，宽20厘米。刻于至元二十九年（公元1292年）。

石刻题记内容为"至元二十九年八月初四日资善大夫湖广行省左丞赵仁

荣同前湖南道宣慰使中奉大夫赵淇来游住山洞泉法师费希升上石”。

赵淇（约公元1252年前后在世），字符建（一作元德），号平元，又号太初道人，合称平初，又号静华翁，潭州（今湖南长沙）人。生卒年均不详，约宋理宗淳祐末前后在世。工画墨竹，好自度曲。宋末，任直龙图阁、广南东路发运使，加右文殿修撰、尚书刑部侍郎。入元，官行省承制，署广东宣抚使。入见元世祖，拜湖南道宣慰使。卒，封天水郡公，谥文惠。著有文集20卷，《绝妙好笺》传于世。

元大德年题摩崖石刻 石刻位于衡山县南岳水帘洞雪浪亭侧石壁上，高250厘米，宽150厘米，行楷，字高20厘米，宽15厘米。刻于大德四年（公元1300年）。

石刻题记内容为“正奉大夫、湖广等处行中书省参知政事兼两淮万户府达鲁花赤赤贯只哥，因赈济饥民至此。从行省禄霍周卿、杨茂卿剌剌武备大德四年庚子四月上旬谨志，门下向通上石”。

三、明代碑刻

明代书法以崇尚传统法帖、注重字体态势为基本特征。这一时期，尊法晋唐，归依宋元，人才辈出，被称为书法艺术的“守成时期”。况且，明朝各代皇帝和王公贵族，大都喜好书法。“成祖好文喜书，尝诏四方善书之士以写外制”，“仁宗则好摹兰亭，宣宗则尤契草书，宪宗、孝宗、世宗皆有书迹流传。孝宗好之尤笃，日临百字以自课，亦征能书者使值文华供内制。神宗十余岁即已工书，每携大令鸭头丸帖、虞世南临乐毅论、米芾文赋以自随。”（马宗霍《书林藻鉴》卷十一）上有所好，下必甚焉。由于帝王们的喜好和倡导，使得明代的帖学同宋代一样兴盛，而且大有超越之势。而且，王室率先刻帖，官府、权贵及民间争相效仿，于是，刻帖之风盛行于明代。

湖南的碑刻，经过元代近百年的沉寂，从明代开始，由早期的复苏向中后的兴盛发展。但这时的碑刻，其规模、体例、形制，除部分稍有变化外，大都承袭晋唐两宋，没有多大创新。而在这一时期，又由于王室的倡导，使得碑刻之风较为盛行，其数量之多，超越前朝。湖南这一时期的碑刻也是如此，尽管数量众多，但在艺术上风格明显、特色突出的碑刻却寥寥无几。更有甚者，时下流行的“台阁体”也有走向碑刻的趋势，造成一些碑刻更是缺乏生气，像印刷雕版一样呆板，失去了艺术情趣和个人风格。然而，从史料价值方面来分析，则不乏足以证史明辨的好碑名刻。例如明太祖《九疑祭碑》，系明洪武四年（公元1371年），明太祖朱元璋亲拟祭文，遣翰林院编修雷燧赴九疑祭舜，将舜庙从玉琯岩迁至舜源峰下，并立祭碑一方，为后世景仰。尔后，明祭舜成为一种定制，舜帝陵的祭碑也由明沿袭至今。

周元公《先祖墓碑记》 20世纪90年代末，发现了元公(周敦颐，谥元公)《先祖墓碑记》碑，该碑刻于明永乐九年(1411年)，由时任两浙监察御史何器宽作序。此碑在宁远舜陵镇湾头村（原属官桥乡）周氏故里，高180厘米，宽100厘米，厚20厘米，两侧刻有卷草莲花纹。碑额从右至左横排阴刻，碑文直书阴刻共15行，有大字483字，小字122字(记录各墓地范围)。碑文记录了《濂溪家谱》序中周如锡以下八位先祖及三位考妣葬于宁远各处的墓地和各墓的山林范围。

序文中所提到的周壎，字伯和，系周敦颐九世孙，居道州，幼好学，善谈《易》，长于诗词，元末隐居于营道山之阴。明洪武初，有司以明经举，不就。序文的书写者何器宽，字大器，号生甫，建文己卯年(1399年)乡举。撰写序文时为巡按两浙御史。

碑文中所记从远公为周敦颐曾祖，濂溪《周氏家谱》所记，自如锡公至敦颐公世系为：　如锡→宏(弘)谦→崇昌→瑀→惟简→壤→彦朴→虞宾→从远→智强→怀成→敦颐，共十二世。该碑与《周氏族谱》相互印证，是研究唐代金紫光禄大夫周如锡世家的最好史料，也是除《九疑祭碑》外，明代最早的记事碑。

欧阳玉振《甘棠八景》诗碑 碑在永州江永县上甘棠村西南谢沐河边将军山麓的月陂亭。碑高133厘米，宽113厘米，楷书。欧阳玉振书丹，八桂匠氏李永森刊。碑立于明代天顺庚辰年（公元1460年）。

《甘棠八景》诗碑，将上甘棠的景色概括为“昂山毓秀”、“清涧

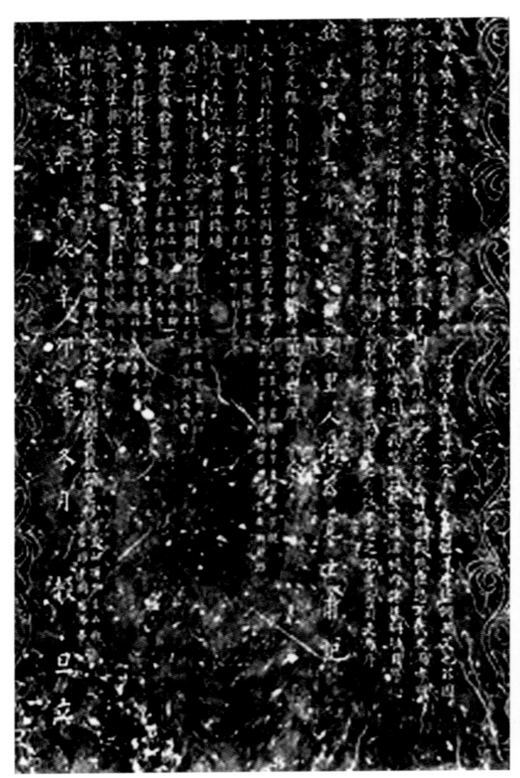

《先祖墓碑记》碑（局部）

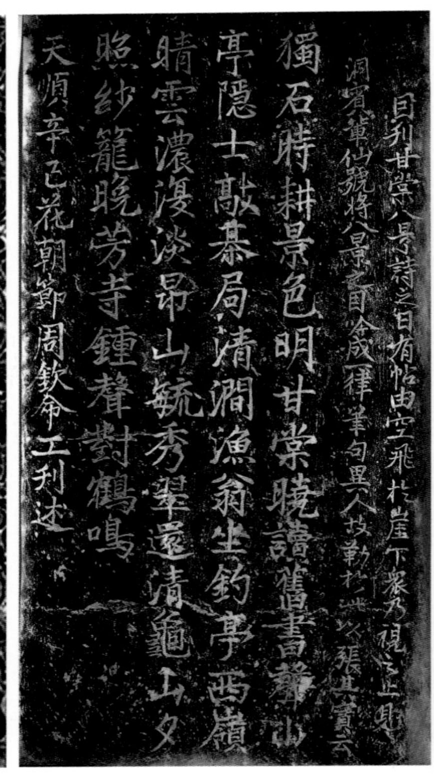

《甘棠八景》诗石刻

渔翁”、“甘棠晓读”、“独石时耕”、“山亭隐士”、“龟山夕照”、“西岭晴云”、“芳寺钟声”等八景。“甘棠八景”的自然风光被写成诗歌吟诵，是对当地田园景色最好的赞美。同时寓情于景，体现的也是儒家乐山乐水的胸怀，这让人们更能够在这样一个小小的村落中体味到浓浓的古意。该碑对研究本地的历史文化具有重要的参考价值。

计宗道题“天下第一泉”摩崖石刻　石刻位于南岳衡山水帘洞瀑布石壁处，高500厘米，宽120厘米，楷书，字高100厘米，宽100厘米。

在“天下第一泉”旁，款署“大明正德戊寅岁衡郡知府柳川计宗道书，衡山知县临川邹岗上石”。表明该石刻由当时衡州知府计宗道题书，衡山知县邹岗摹刻上石，刻于明正德戊寅年（公元1518年）。字体浑厚苍劲、

“天下第一泉”题刻

雄健端庄。

计宗道（公元1461—1519年）字惟中，壮族。马平县五都都亳（今柳江县福塘乡寨上）人。明成化十六年（公元1480年）举人第一，是马平县历史上第一位解元。弘治十二年（公元1499年）进士，任常熟知县，衡州知府等职。他英果有为，豁达持大体，为民请命，力争减免赋税。在常熟知县任上时，与诗文名流酬唱于虞山尚湖，筑雅集亭，建览翠楼，正德元年（公元1506年），主持重刻天文图、地理图碑。今存的《天文图碑》被评为“在我国古代天文历史上占有不可忽视的地位”。他还收藏“铜铸字”（铜活字），并亲自设计自动吸水机械桌，又校订宋人著作《诸史偶论》。

邹岗，明代临川（江西抚州）人，曾任湖南衡山县知县。

曹来旬《游愚溪》诗碑　碑现存柳子庙碑廊，高122厘米，宽84厘米，楷书。字体结构平稳、端庄劲挺，笔锋老道，在永州诸碑刻中属上乘之作。碑立于公元1511年。

明正德六年（公元1511年），永州知府曹来旬撰诗并书丹，诗中由愚溪的“愚”字引发，道出了柳宗元“有才无用自谓愚，托名愚溪博一粲”的心路历程。

曹来旬，字伯良，河南郑州人，进士。明正德年间，由御史知武昌府，改知永州府。

戴嘉猷《重修独醒亭记》碑　此碑在汨罗市屈子祠。碑高105厘米，宽75厘米，刻文18行，每行字数不等。福建松溪范奭篆额，广东南海陈时恩楷书碑文，戴嘉猷撰文。碑立于明代嘉靖辛丑年（公元1541年）五月。

碑文从重修独醒亭阐述楚怀王之昏聩，以致客死于秦；襄王信任靳尚而谪屈原，以致秦拔楚郢都，而屈原怀沙以死，这一悲惨之历史教训，引起作者无穷的感慨。

戴嘉猷，南直隶绩溪县人，嘉靖二十年（公元1514年），由御史谪典升知湘阴县事。

严嵩《寻愚溪谒柳子庙》碑　碑在永州柳子庙碑廊内，高120厘米，宽58厘米，行书。字体瘦劲疏朗、遒俊温婉。碑立于公元1518年。

明武宗正德十三年（公元1518年），严嵩以翰林国史编修身份出使桂林，还朝途经永州谒柳子庙，作此诗勒于石上。

严嵩（公元1480－1567年），字惟中，号介溪，江西分宜人，弘治年间进士。其诗文峻洁，声名始著。先后迁其为吏部右侍郎，进南京礼部尚书，两年后改任吏部尚书。入直文渊阁，仍掌礼部事。累进吏部尚书，谨身殿大学士，少傅兼太子太师、少师，华盖殿大学士。严嵩升任首辅，独揽国政，被称为“青词宰相”。其书取法虞世南、褚遂良，体势清秀、遒俊多姿。

赵贤书刘禹锡题“桃源佳致”碑　碑现藏于常德桃花源碑廊。碑高240厘米，宽115厘米，厚26厘米。1980年重修碑亭，置碑于内，保存完好。

碑原为唐代文学家刘禹锡所题，原碑字迹已被时光剥蚀无存。现碑为明万历三年(公元1575年)湖广巡抚赵贤补书，隶书3行，正文“桃源佳致”，字径47厘米，上款“唐刘禹锡题，明赵贤书”，下款“光绪二十年余良栋重修”。

刘禹锡（公元772－842年），字梦得，晚年自号庐山人，河南洛阳人，唐代中晚期著名诗人、哲学家，有“诗豪”之称。出身于一个世代以儒学相传的书香门第。政治上主张革新，是王叔文派政治革新活动的中心人物之一。后来永贞革新失败被贬为朗州（今常德）司马。他的诗歌具有新鲜活泼、健康开朗的显著特色，情调上独具一格。语言简朴生动，情致缠绵，其诗集有《刘宾客集》。

赵贤（公元1532—1606年），字良弼，号汝泉，河南省汝南人。祖籍山东济南府历城东乡。嘉靖年间进士，官户部主事、浙江按察使、右佥都御史、吏部侍郎、南京吏部尚书等。后告老辞官，御赐“正大光明”图章一枚。擅书法，字体遒劲俊雅。

丁懋儒《奉诏抚瑶颂》碑 此碑在宁远县九疑虞舜庙拜亭左侧，碑高350厘米，宽158厘米，厚37厘米，刻文23行，每行最多40字，楷书。书体浑厚苍劲、端庄大气，具有颜体风范。碑额作篆体，万历四年（公元1576年）6月所立。由永州知府丁懋儒撰文，永州同知邵城篆额，通判纪光训书。

明万历间招抚峒瑶盘法胜等及兵擒陈世禄事，清光绪《湖南通志》、民国《宁远县志》均无详细记载。此碑记述颇详，对研究明代以来汉族与兄弟民族之间错综复杂之历史发展情况，具有参考价值。

丁懋儒，嘉靖二十二年（公元1543年）举人，嘉靖四十四年（公元1565年）进士，官至知府。

陈涧《宁远县新建石城记》碑 现存于宁远文庙，系明万历二十二年（公元1594年）立石，碑高205cm，宽109cm，碑额篆书，碑文楷体。

宁远县城“国初始迁兹地”，史载为宋乾德三年（公元965年）迁入现舜帝陵镇，但明以前“仅筑土城，以为防卫，岁有

宁远舜帝陵左祭碑廊内的《奉诏抚瑶颂》碑

倾辑，民甚疲焉”。明万历辛卯年（公元1591年）春，在抚台李祯、郭惟贤、按李台麟、崔景荣、徐兆魁等辈的支持与配合下，历时两年有余，于万历甲午年（公元1594年）冬竣工，赐进士出身，中宪大夫，浙江按察司副史，零陵陈涧为此树碑立石。

余自怡《重建三闾祠碑记》 此碑现在汨罗市屈子祠。碑高155厘米，宽80厘米，碑文共19行，每行字数不等，楷书。

此碑文记述了重修汨罗三闾祠的过程。三闾祠自嘉庆二十年（公元1541年）戴嘉猷主持修葺后，至崇祯时缺然。崇祯二年（公元1629年）余自怡出知湘阴，与士民捐金300两进行修葺，四年（公元1631年）完成，并于六年（公元1633年）建碑，七年（公元1634年）秋菊月立碑。

余自怡，江西省上饶人，明末崇祯时任广州知府。

李得阳《桃花源》诗碑 碑现藏于常德桃花源碑廊。碑为时光所蚀，修复后高270厘米，宽130厘米，厚20厘米。碑文行书，无年月，缺字且有几字模糊难辨认。

李得阳（生卒年不详），字伯英，号景渠，广德人。明嘉靖年间进士，历任兰溪知县、户部主事、九江知府、广东兵备副使、湖广左布政、抚楚都御史等职，政绩卓著。万历年因抚楚之功，钦赐白金，升任工部左侍郎，统辖京师百工。终因任重事繁积劳成疾，猝死任上。是时，李囊中仅图书数卷，余无长物。上谕祭葬，荫其一子。著有《理学臆言》、《羲苍子》、《尘外尘谈诗文集》等。

王泮《捕蛇歌》诗碑 碑现存于零陵柳子庙后碑廊，高193厘米，宽89厘米，行书，立于公元1594年。

《捕蛇歌》系明神宗万历二十二年（公元1594年）冬10月，山阴（今浙江绍兴）王泮撰书。王泮对当时的苛政、赋役深恶痛绝，感叹“蛮烟瘴雾毒于蛇，驱之戚若鱼游釜”，“谁知今日从军愁，不减当年捕蛇苦”。这是一个诗人、书家对时政的评判。

王泮，字宗鲁，号积斋，山阴（今浙江绍兴）人。嘉靖四十四年（公元1565年）进士，万历年间（公元1573－1619年）为湖广参政。居官廉洁，焚香静坐若禅室。诗词淡雅，书法遒丽。《山阴志》称其“书宗二王，善小楷，大幅草书如龙蛇天矫，世皆宝之”。

明正德年题摩崖石刻　石刻位于南岳衡山南台寺下金牛迹凉亭后石壁处，高160厘米，宽120厘米，楷书，字高20厘米，宽18厘米。字体自然劲健、质朴纯正。

石刻内容为“手招黄鹤来，脚踏金牛背。尘世无人知，白云久相待”，款署为“正德己亥秋，龙门外史口良用题。无碍师刊”。

无碍和尚，河南信阳人。明代中期南台寺衰败，经无碍苦心经营，南台再兴。

熊开元“蓑云钓月”摩岩石刻　石刻位于南岳衡山金简峰飞来船形石壁处，高200厘米，宽110厘米，行楷，字高40厘米，宽30厘米。字体秀俊儒雅。

在“蓑云钓月”旁，款署为 “明谏垣愚隐熊开元题”。

熊开元（公元1599－1676年），字鱼山，湖北嘉鱼（祖籍金溪）人。天启五年（公元1625年）进士。授崇明知县，后升吏科给事中，迁行人司副。曾被遣戍杭州，后被南明唐王起用为工种左给事中、随征东阁大学士等。后弃家为僧，隐居于苏州严岩以终。

明正德年题刻

四、清代碑刻

有清一代，碑学兴起，书学盛行，涌现了大量的书法名家，除为后世遗留下大量的墨迹外，还有数量甚多的碑刻。清代的公立碑文，一般为楷书，字体方正规矩、匀圆丰满，多有“馆阁体”之意，为书坛有识之士所不容，从而出现了倡导汉、魏碑学之风。尤其是乾嘉以后，出现了以伊秉绶、陈鸿寿、吴熙载、何绍基等为代表的碑学书派。他们认为，阁帖辗转摹勒，真源不见，而汉碑、魏碑是书丹原石，任其埋蚀仍存原貌，故此习帖不如临碑。伊秉绶书直追魏、汉，隶书尤为超绝，气格高古，有浑厚古拙之意趣；陈鸿寿尤爱摩崖碑刻，宗法秦汉，篆书有汉篆情趣，率意超逸；吴熙载诸体兼擅，其篆参隶法，古朴浑茂；何绍基溯源篆、分，楷法则由北朝求篆、分入真楷之绪，四体精究，八法谙熟，其书沉雄峭拔，意态超然。丁文隽《书法精论》谓：“学秦篆汉分者，代有其人，而多以楷法为之，伤于板滞，清人始能近古。六朝碑版则久已失传，至清郑燮、金农发其机，阮元道其源，邓石如扬其波，包世臣、康有为助其澜，始成巨流耳。”清末书家众多，以吴大澂、杨守敬、吴昌硕、康有为、李瑞清等为代表，步趋碑学流派，变革书风，高举碑学创新之大旗，将碑刻艺术推进到丰富多彩、风格流派纷呈的新时期。湖南这时期的碑刻书法艺术，与全国情形大体一致，既有早期的字体方正规矩、匀圆丰满的“馆阁体”型碑刻，又有一批类似何绍基之辈的倡导碑学、创立新风、身体力行的书家，创造了具有时代特色和个性情趣的新碑刻，为当时碑刻艺术的繁荣昌盛，增添了新的亮点，注入了强大的活力。

胡景曾《重建紫微山开福寺碑记》 此碑嵌于长沙市开福寺内墙壁，碑高230厘米，宽107厘米，楷书。碑右下角有小字，文曰：“碑石系苏州洞庭山运至于此，毛瑞凤施碑座石。”现保存完好。

碑建于1667年，其后半共11行为捐碑立碑人姓名，其中有“湖广偏沅等处地方粮食饷都察院右副都御史周召南”等36人为“首捐”，“监造信士” 刘国泰等91人“及两序执事并大众等同立” 。

开福寺始建于五代马殷时，历经兵燹破坏。此碑所记兴废始末甚详，对研究长沙佛教历史及开福寺历史具有一定的参考价值。

胡景曾，广东省顺德人。康熙年间赐进士，官长沙府推官。胡景曾所撰《重修紫微山开福寺碑记》，是开福寺留存下来的最早的清代碑刻。

宣慰彭弘海德政碑 此碑在永顺县城东22公里之老司城内土王祠西侧，碑高273厘米，宽120厘米，厚20厘米，座为莲花石，高40厘米，宽120厘米，碑面正中为一行篆书“甘棠遗忘”。衔名及碑文均楷书，阴刻，碑阴刻各官各首领姓名，中有“己卯科举人天门年家眷晚生朱鸿飞万瞻拜撰。皇清康熙五十二年二月谷旦立 ”。由此可知为朱鸿飞撰写。

碑文叙述彭弘海治理永顺之“德政”。文中虽不乏溢美之词，但对于了解康熙盛世时的清政府民族政策不无帮助，更是了解当时湖南和永顺地方史的重要史料，也是了解永顺土司彭氏的直接史料。

姜立广题“不舍昼夜”摩崖石刻 石刻位于南岳衡山水帘洞瀑布石壁处，高80厘米，宽200厘米，楷书，字高70厘米，宽50厘米。字体宽博厚重、雍容华贵。

在“不舍昼夜”旁，款署“康熙甲申秋月，衡山姜立广题”。该石刻刻于康熙甲申年（公元1704年）。

姜立广，湖南衡山人，康熙年间曾任长沙太守。

彭心鉴《湘乡万福桥记》碑 此碑在湘乡市城西南5公里洙津渡万福桥东头。

碑为白色大理石，青石镶边，高230厘米，宽340厘米，上部阳刻“万福桥”三字，楷书，字迹清晰；下部刻有碑文，1966年被人用水泥粉盖住，难于辨认，后又被汽车撞毁，现已无存。

万福桥旧为洙津渡，系黔、蜀、岳、鄂水陆要冲，舟济不便。邵阳徐公明募修石桥。碑系湘乡人彭心鉴撰文，碑文对该桥修建原因、时间、规模、效果等叙述颇详，反映了当时统治阶级对交通事业的漠不关心，颂扬了徐公明急公好义、老而益壮、艰苦营建、为群众造福的精神。

彭心鉴，湘乡人，清雍正二年（公元1724年）进士，著有《四书衷注》等。

王文清读书法石刻 此碑现嵌在长沙市河西岳麓书院正厅侧壁上。碑高34厘米，宽52厘米，楷书。现保存完好。

全文如下：“王九溪先生手定读书法。读经六法：一、正义；二、通义；三、余义；四、疑义；五、异义；六、辨义。读史六法：一、记事实；二、玩书法；三、原治乱；四、考时势；五、论心术；六、取议论。乾隆戊辰春受业弟子敬刊于岳麓书院。”

碑建于乾隆十三年（公元1748年），所刊王文清读经、读史六法，集前人读书经验，读经明义，贵在有自己的见解；读史记事实，重在“原治乱”、“考时势”。这些对于后人仍可借鉴。

王文清《岳麓书院学规》石刻 此碑现嵌在长沙市河西岳麓书院正厅侧壁。碑高57厘米，宽61厘米。碑于乾隆戊辰年（公元1748年）立，现保存完好。碑文内容精练、简明易记，共18条，全文如下：

岳麓书院学规：（一）时常省问父母；（二）朔望恭谒圣贤；（三）气习各矫偏处；（四）举止整齐严肃；（五）服食宜从俭素；（六）外事毫不可干；（七）行坐必依齿序；（八）痛戒讦短毁长；（九）损友必须拒绝；（十）不可闲谈废（费）时；（十一）日讲经书三起；（十二）日看纲目数项；（十三）通晓时务物理；（十四）参读古文诗赋；（十五）读书必须过笔；（十六）会课按刻早（蚤）完；（十七）夜读仍戒晏起；（十八）疑误定要力争。乾隆戊辰春王文清九溪甫手定，受业曹盛朝、王如坤等46人刊。

王文清，字廷鉴，湖南宁乡人，清雍正甲辰年（公元1724年）进士，授九溪卫学正，学者称九溪先生，乾隆年间主讲该书院，乾隆戊辰年（公元1748年）所定学规既有对学生品德方面的要求，又有学业方面的要求。基本上分为两个部分：一部分是道德修养，另一部分是学习态度和方法，前者规范的是德育，后者规范的是智育。二者之中，王文清更突出了德育。许多方面的内容仍可借鉴，它反映了书院的追求目标，是研究书院史的重要史料。

《御制平定准噶尔告成太学碑》 碑刻保存在新田县城文庙后殿内。碑高250厘米，宽145厘米，厚24厘米。正文两侧及上方阴刻盘龙纹，上方正中阴刻正面龙头。全文用阴刻线匡固，共39行，计1746字，系直行楷书，整个碑刻除右上角盘龙纹有少许损坏和个别字脱落外，其余完整无缺。

碑文系清乾隆帝弘历御笔所撰书，记述了乾隆二十年（1755年）平定准噶尔部落叛乱经过，可以证史，有较高的史料价值。先建于北京国子监，后各地多有建者，现湖南仅存此一处，系新田县知县柴祯谨遵勒石。

封禁耙冲矿山碑记　此碑在通道侗族自治县马龙乡竹坪村。碑高176厘米，宽84厘米，厚22厘米，碑额书“封禁碑”三个字，碑文字作正楷，字迹尚可辨认。碑于乾隆三十二年（公元1767年），由“四里民公立”。

据史书记载，“道宪富大老爷”为富泰。乾隆二十九年（公元1764年）任辰永沅靖兵备道，绥宁为其辖区。

碑文反映了当时封建势力以保护风水为由，通令禁止开矿的情形，是研究地方经济、思想史的参考材料。

湘潭《棉花规例》碑　此碑在湘潭市平正路关帝庙内。碑由汉白石制成，高175厘米，宽65厘米，因年久风雨剥蚀，字迹约有四分之一难辨认。

此碑记建于乾隆四十六年（公元1781年），由北五省众商行共立。内容系河北、山东、河南、陕西、山西五省旅潭棉商公议之行规，则例详细地开列了棉花行情、脚力等级、买卖规矩等条款，对于研究清初的经济状况不无价值。其中的第一条规定：“议行称砝码俱校准划一。如有故轻故重者，查出公罚戏一本。”这说明，商业信誉是自古就讲究的。根据石刻，清乾隆中北五省驻潭棉商共有三十余户，说明清中期的湘潭市商业确实是十分繁荣的，有“小南京”之称。由此可见当时湘潭市商业的发展趋势，以及私商垄断市场的一面，对于研究商业发展可资参考。

罗兴治等《重修大庸普光禅寺记》　此碑高137厘米，宽67厘米，厚20厘米，汉白玉石质。1983年3月移至城关镇张家界市文化馆内，字迹清晰。

据清光绪三十二年（公元1906年，农历丙午年）侯昌铨编撰的《湖南永定县乡土志》记载：“迤东有普光寺，明永乐十一年(公元1413年，农历癸巳年)指挥史雍简建，本朝雍正十一年（公元1733年，农历癸丑年）协镇史城重修。寺有白羊石，雍简建寺时，见白羊满山，逐之入土，掘之见石，其下有窖金。遂发之，以金修寺，寺成入奏，赐名普光石。”又据《续修永定县志》载，雍简在白羊山“见白羊一群，逐之，一羊化白石，余入土中，掘之，获金数瓮，悉以修庙，闻于朝，敕名‘普光寺’，均系皇上赐（命）名”。该碑由罗兴治等人于清乾隆五十年（公元1785年）重建而立。罗兴治生平不详，碑记撰者是否为罗本人，待考。碑文记述了普光禅寺修建及维修过程，对于了解该寺历史有一定价值。

《画皮坳护树》碑　碑在绥宁县城西3公里的画皮坳。《画皮坳护树》碑由《海誓山盟》和《永垂不朽》两块碑组成，碑高132厘米，宽880厘米，厚6厘米，青石质，现保存完好。清雍正六年（公元1728年）立。

此碑旁有一清乾隆五十年（公元1785年）所立的碑，已断裂，为补充说明和赞誉该碑的。

两碑记载了当地群众卖树护树的情况，是人民群众护树的珍贵历史记载。现该被保护的吉杉树龄已约500岁，31米多高，胸径134厘米，冠幅约300平方米，仍郁郁葱葱，华冠如盖。1985年12月由绥宁县人民政府公布为县级文物保护单位。

《永沾遗泽》碑　此碑在武冈县荆竹铺老街。碑高120厘米，宽80厘米，现个别字迹磨损剥落。碑为清嘉庆二十年（公元1815年）所立。

此碑系当时武冈知州为革除籍公派累的风气所发的告示。从中反映清代地方保甲假公肥私，诈索乡民的情况，可供历史研究时参考。

王日照《愚溪怀古》诗碑　碑在零陵柳子庙后碑廊，高110厘米，宽60厘米，行书，字体遒劲峻逸。碑立于公元1819年。

该碑诗作系清嘉庆己卯年（公元1819年），年届古稀的“潇湘柳村居士”王日照先生题。诗中对柳子“怀才被谤”给予深切的同情，并赞颂柳子“一代文章万古传”、“非公谁与破荒烟”。诗文通俗、流畅，书艺精辟。

《德洋恩溥》碑　此碑在石门县夹山寺槽门前，碑下截已残。碑高112厘米，宽75厘米，厚16厘米。清道光九年(公元1829年)刻立。上端“德洋恩溥”4个大字，字径高12厘米，宽8厘米，正文字径高2厘米，宽1.5厘米，现部分字迹不清。

碑文为阴刻楷书，记载十条禁令，故又称“十禁碑”。十禁内容为：“一禁揽纳税粮，以免侵蚀也。”“一禁讼棍挑唆，以息民讼也。”“一禁私宰耕牛，以重农事也。”“一禁因贩私钱搀和，以肃钱法也。”“一禁拐贩妇女，买休卖休，以正风化也。”“一禁抢夺并牵牛挟制，以免酿案。”“一禁混用服色头戴，并差役、仆隶、优伶，擅服狐皮天青，以别贵贱也。”“一禁吸毒赖口油火，以安良善也。”“一禁唱花鼓夜戏，以端风俗也。”“一禁赌博、宿娼，以务本业也。”“以上各条，本道不禅亭谆刻切示谕，所属文武绅衿生监，以及书差军民人等，各宜凛遵毋违。”

此碑通告当地政府的十条禁令，内容广泛，对于了解当时的阶级关系和社会生活情况，有一定参考价值。

《遵示永禁》碑　清道光六年（公元1826年）刻立。阴刻楷书，额题“遵示永禁”。正文783字，内容为“大小潭溪”一带的乡规民约。对诸如盗窃嫖娼、强抢诱骗、欺行霸市、恃强凌弱等扰乱社会治安、伤风败俗、损人利己的行为，概予严禁。碑存津市博物馆。

《流芳万代》碑　又称《不许舅霸姑婚》碑，在靖县城西南60公里之平察乡楠木山寨边，为清道光二十二年（公元1842年）立。碑高109厘米，宽58厘米，厚7厘米，字作正楷，横额“流芳万代”，碑文完整清晰。

此碑文反映当地文化落后，风气未开，长期保留不合理之婚姻陋习，当地群众极为不满，于清道光十九年（公元1839年），请求地方政府出面干涉，立为禁令，道光二十二年（公元1842年）复将禁令刻石立碑，共同遵守，是反对地方落后势力之物证。

从碑刻的内容和形式看，提倡婚姻自主，禁止买卖婚姻，并且以政府公文格式发布，如违禁由官方“拘究”。它明显具有地方性婚姻法规的特点，表明旧的封建婚姻制度在当地苗族地区开始动摇，新的文明婚姻制度开始萌芽，对研究湘黔边境苗族地区的社会制度和民俗文化具有重要的文物价值。

《永明正堂示谕》碑　碑现在江永县兰溪勾蓝瑶，高150厘米，宽82厘米，楷书，字体工整规范。碑立于公元1849年。

碑文记叙永明县（今江永县）兰溪勾蓝瑶自宋以来，“求避寇难而侨居”此地，“守边粤，石盘斑鸠两隘，恩赐瑶产，承纳瑶粮，量水开垦，报税兑丈”等情况，清道光二十九年（公元1849年），永明县（今江永）府正堂示谕：就勾蓝瑶应完钱粮等具体款项，交纳办法以及纳税人名单勒石立碑。这恰好是勾蓝瑶文明守法、依章纳税的历史存照，在永州涉及少数民族交纳皇粮国税的古碑仅此一例。

《朝阳岩铭并序》碑 碑在永州市河西朝阳岩，篆书，字体俊逸遒健，颇具邓石如风范。碑高65厘米，宽210厘米。立于公元1861年。

该碑文为唐代道州刺史元结撰，称朝阳岩：“于戏朝阳，怪异难状。苍苍半山，如在水上。朝阳水石，可谓幽奇。岩下洞口，洞口泉垂。”清咸丰十一年（公元1861年），永州知府杨翰嘱邓守之重新篆刻于朝阳岩。杨翰又在碑文后用隶书作题记说明。

杨翰（1812－1879或1882年），字伯飞，一字海琴，别号息柯居士，直隶新城（今河北新城）人，一作宛平人。道光年间进士，官湖南辰沅永靖道、永州知府等。考据金石，讨论书画，文词诗歌，靡不精能。得何绍基书法，几可乱真。

邓守之（公元1795－1870年），初名尚玺，后名传密，字守之，号少白，安徽怀宁人，清代著名书法家邓石如之子，曾师从李兆洛，晚属曾国蕃幕，敦朴能诗，工书，篆隶有家法。

江肇成《禁开宁远九疑矿产记》碑 此碑在宁远县城南37公里九疑山舜庙内右侧，高215厘米，宽116厘米，厚20厘米，青石质，楷书，字径4厘米，字迹清晰。清同治元年（公元1862年）立。

古陵墓所在，防止破坏，是理所当然的。而该碑所示禁开矿条令，一方面，与当时迷信风水和当地风气闭塞关系甚大。此碑所记的内容，对于研究经济发展状况有一定参考价值。另一方面，此禁采条令不但保护了舜帝陵的生态环境，更重要的是反映了当时朝廷对九疑山舜帝陵的高度重视，对研究我国的环保历史也有重要的科学价值。

江肇成，广西人，时任道州知州。

舜陵《谕祭文》碑 碑在宁远舜帝陵祭碑廊内，碑高148厘米、高8厘米，楷书。立于公元1862年。

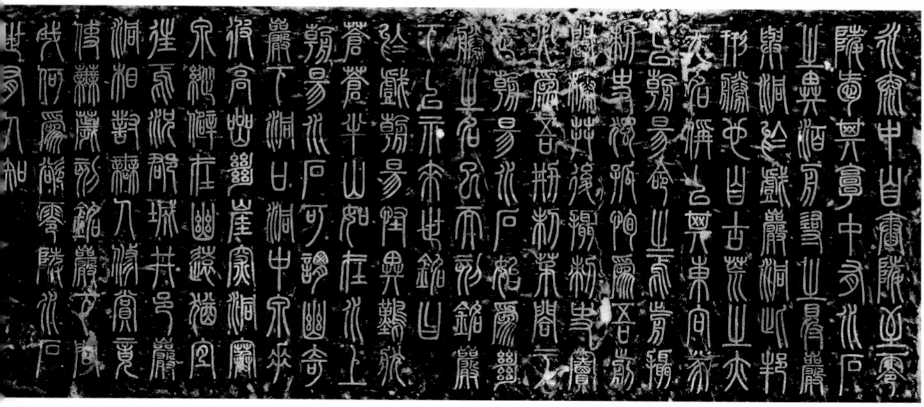

《朝阳岩铭并序》碑

该谕祭文碑刻，为清同治元年同治皇帝遣湖南布政使恽世临在舜帝陵代致祭之祭文。陪祭官是当时永州府知府杨翰和署宁远县知县囗夑威，由前翰林院编修、著名书法家何绍基书丹。

何绍基（公元1799－1873年）字子贞，号东洲，晚号蝯叟，湖南道州（今道县）人。道光年间进士，官翰林院编修、提督四川学政。他将毕生精力投入到文化教育事业和书法艺术创作中，为晚清著名书法家。他曾担任过济南泺源书院、长沙城南书院、浙江孝廉堂等讲席，主持苏州书局、扬州书局的工作，还为扬州书局校订《十三经注疏》。

《奉宪禁采》碑　碑现立于宁远舜帝陵左祭碑廊内，高215厘米，宽116厘米，楷书。碑立于公元1864年。

碑文刻于清同治三年（公元1864年），记录的是严禁在宁远西江源（即九疑山癞子岭一带）乱采乱挖地下矿产的禁令，也是九疑山尚存的环境保护碑刻。

《中堡护林》碑　碑在绥宁县城南1公里的界溪中堡路旁石崖脚下。碑高120厘米，宽80厘米，厚5厘米，青石质，楷书，现完好无损。

碑文为清同治四年（公元1865年）宝庆府为解决绥靖、绥怀两堡疆界争端，禁止砍伐该处树木的告示，虽有护林“以利风水”的迷信说法，但可说明当时地方政府已认识到为兴隆地方，以壮观瞻，对林木必须提倡栽培，禁止砍伐。

廷桂重刻《荔枝碑》 又称“三绝碑”，在柳子庙内。碑共4块，每块高240厘米，宽132厘米，厚21厘米，平额无座。原碑为唐韩愈撰文、宋苏轼的书法与柳宗元的德政，世称“三绝”。因其诗文开头有“荔枝丹兮蕉黄”之句，故称“荔枝碑”。宋刻于广西柳州罗池，明代永州知府刘克勤摹刻于芝山柳子庙，后因兵乱被毁。现存碑为清永州知府廷桂于同治七年（公元1868年）重刻并作跋，尚保存完好。

廷桂，字芳宇，满洲旗人。道光己亥（公元1839年）举人，历官永州知府。有《仿玉局黄楼诗稿》。

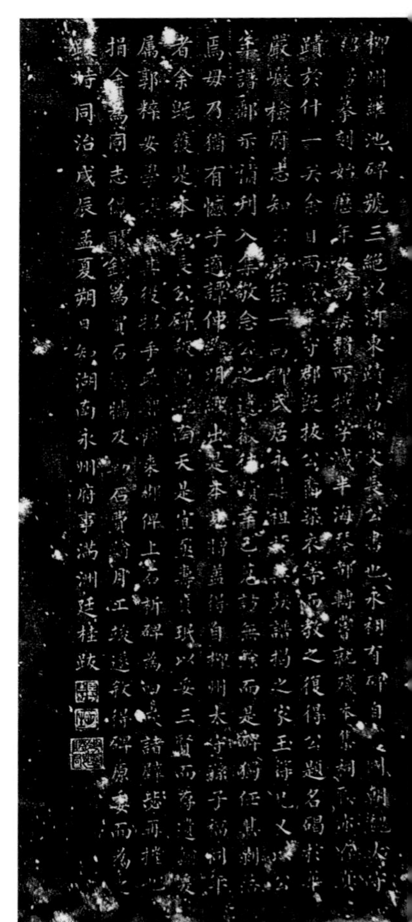

荔枝碑（局部）

刘崑《重修岳麓书院记》 此碑嵌在长沙市河西湖南大学御书楼墙壁上，高192.5厘米，宽88厘米。碑由抚湘使者刘崑撰书，傅念山双钩入石，于同治八年（公元1869年）所立。碑文书法工整生动，字体雄健大气，有颜体之神韵，现保存完好。

岳麓书院创建于宋代，历为培养人才之高等学府。清咸丰二年（公元1852年）毁于战乱。清同治六年（公元1867年）刘崑抚湘，倡导重修。有关修建意义、规模、经费等，碑文记述颇详，对研究岳麓书院沿革、废兴及湖南教育发展情况，极有参考价值。但文中对太平天国运动颇有诬蔑之词，而对湘军镇压太平军却予以褒扬，这反映了清代统治阶级的观点。

刘崑，字韫斋，云南景东人。道光二十一年（公元1841年）进士，官至湖南巡抚。乾、嘉而后，滇中书派多以钱沣为法，力追颜真卿。刘崑学颜无槎牙习气，浑厚遒劲，具有自己的风貌。然而，其书名为吏治、文学所掩。

傅念山，清咸丰、同治年间湖南著名的石刻工匠。

萧振《楚三闾大夫昭灵侯庙记》碑 此碑在汨罗市城西玉笥山屈子祠，与蒋防所撰《汨罗庙碑》同镌于一黑色大理石上。碑高185厘米，宽95厘米。碑文704字作楷书24行，现嵌在祠内左侧墙壁上，碑文仍清晰完整。原碑由安武军节馆驿巡官守京北府咸阳县尉萧振撰文，将士郎前守江陵府功曹参军柴塅书并篆额，建于开平元年（公元907年）十月二十五日。原碑已毁，现碑为同治八年（公元1869年）湘阴虞绍南重书，樊尹刻。

碑文以骈文体形式，首先指出楚怀王之昏庸与奸臣勒尚之进谗排斥贤能，使屈原遭放逐，长期流浪沅、湘。继而叙述屈原忧国忧民，政治思想无法实现，无力拯国家于危亡，悲愤投江自杀。而人民对他十分同情，纷纷以划船竞渡、角黍投江等形式祭奠亡灵。但早年宏伟的祠庙久颓败，后梁开平元年，楚王马殷向朝廷请准追封屈原为昭灵侯，并重修庙宇。文中对屈原极表无限思慕之情。

刘行荣《重建忠洁清烈公庙记》碑 此碑现在汨罗玉笥山屈子祠左廊壁上，字迹完整，碑文连跋共13行，高105厘米，宽70厘米，与戴嘉猷《重修汨罗庙记》共一石。碑文记述重建忠洁清烈公庙的过程，可窥知当时社会文化状况之一斑。刘行荣事迹已无可考。

该碑文最后刻有“致和元年　月　同治八年七月湘阴虞绍南重书　　湘阴自康熙己酉（公元1669年）后，县志凡三修，此碑以字多剥蚀未著录，仅见朗川王氏《三闾大夫志》中，其文稍有修补，非古本也。己巳孟秋黄世宁跋　　古罗居士尹刻。”即原碑刻立于元代致和元年（公元1328年），已毁。现碑为同治八年即己巳年（公元1869年），由虞绍南重书，黄世崇跋，古罗居士尹刻。

戴嘉猷《重修汨罗庙记》碑 此碑现在汨罗玉笥山屈子祠左廊壁上，与刘行荣《重建忠洁清烈公庙记》二碑共一石。高1.05厘米，宽70厘米，碑文15行，每行字数不等，楷书，现保存完好。

戴嘉猷，南直隶绩溪县人，嘉靖二十年（公元1541年），由御史谪典升知湘阴县事。碑文记述拆南阳寺僧舍修汨罗庙事，对于了解当时思想文化和文物兴废有一定历史价值。

原碑刻立于嘉靖二十年（公元1541年），已毁。现碑为同治八年（即公元1869年）湘阴虞绍南重书，黄世崇跋，延龄氏刻。

《四都靛山公议章程》碑　此碑原在湘潭县城南50公里紫荆山帝兴庵西南皂角树下，1984年10月移至县图书馆。碑高130厘米，宽65厘米，厚7厘米，青石质地。碑额楷书“四都靛山公议章程”8字，字径4厘米，碑文楷书，字径2厘米。现碑上截断裂，但字迹尚完好。

此碑建于同治十年（公元1871年），对研究当时农村商品经济发展情况，有一定参考价值。

彭玉麟题“半壁烟云”摩崖石刻　石刻位于南岳衡山福严寺西侧游道边石壁处，高150厘米，宽280厘米，行书，字高70厘米、宽50厘米。

在“半壁烟云”旁，款署“同治年辛未春偕海岸山僧游此，彭玉麟”。即石刻由彭玉麟题书，刻于同治辛未年（公元1871年）。字体奇峭。

彭玉麟（公元1816－1890年），字雪琴，晚年自号退省庵主人。湖南衡阳人。行伍出身，跟随曾国藩创建湘军水师，在与太平天国军作战中，屡建战功，由水师提督升至兵部尚书，受命赴广东办理防务。后以疾病开缺回籍。于军事之暇，也绘画作诗，以画梅名世。他的诗后结集付梓，题名《彭刚直诗集》。

崇福《新修岳麓万寿寺碑》　此碑在长沙市河西岳麓山山腰万寿亭。碑高220厘米，宽130厘米，碑盖为花岗石，镌“新修岳麓万寿寺碑”8字，阳文篆书，现保存完好。碑为光绪三年（公元1877年）立，崇福为之记，杨翰书丹，江镤刻石。

万寿寺，晋武帝泰始四年（公元268年）创建，初名麓山寺。明万历间改为万寿寺，民国时又改为古麓山寺，屡毁于兵燹，几经修复。日军攻陷长沙时（公元1944－1945年），该寺前殿及左边僧房全部焚毁，现已由长沙市佛教协会按原貌进行修复。

崇福，满州正红旗人，同治十三年（公元1874年）任湖南按察使，光绪二年（公元1876年）任湖南布政使。

杨翰（公元1812－1882年），字伯飞，一字海琴，号樗龛，别号息柯居士，直隶新城（今河北新城）人，一作宛平人。道光二十五年（公元1845年）进士，官湖南辰沅永靖道。

江镤，字啸霞，湖南宁乡人，精刻石。

碑文记述了万寿寺历史沿革，具有一定历史价值。

熊学礼《奉节母命鼎建茶亭碑记》 此碑在永州市河西1公里之愚溪上游右岸茶亭墙壁上。碑作长方形，高178厘米，宽86厘米，碑文作行书，并年月计10行，素面，为清翰林院待诏熊学礼撰书。碑于光绪四年（公元1878年）立。

熊学礼此碑文所述其母熊张氏70寿庆时，不以豪华衣食为乐，亦不愿建坊扬名，而欲兴建路旁茶亭，解行人烦渴，其思想情操，在当时封建社会确实难能可贵。碑文言简意赅，不落俗套。书法亦端丽可喜，颇有艺术价值。

《虎溪书院章程碑》 此碑在绥宁县城南20公里的寨市镇（旧县城）农业中学内。碑高163厘米，宽94厘米，厚5厘米，青石质，于光绪六年（公元1880年）立。现保存完好。

碑文全文镌刻当时的办学章程，序言系本县进士袁宝彝所撰。章程和序言均是研究绥宁县科举办学的重要资料。

碑文载书院章程13条，规定山长的选聘法和待遇，书院招生办法，入院生童的津贴、奖励、纪律、书院财务管理办法以及院夫职责，是一份有代表性的书院管理章程，对于研究书院历史及其管理，有一定的价值。

碑有序，为袁宝彝撰。袁宝彝（公元1838－1887年），绥宁县人，光绪三年（公元1877年）进士，曾任清廷营缮司工部主敬。

李元度题“夏雪晴雷”摩崖石刻 石刻位于南岳衡山水帘洞瀑布西侧石壁处，高350厘米，宽120厘米，楷书，字高60厘米，宽40厘米。字体雄厚大气。

在“夏雪晴雷”旁，款署“光绪七年辛巳秋月平江李元度刻石”。石刻由李元度题书，刻于光绪七年（公元1881年）。

李元度（公元1821－1887年），字次青，又字笏庭。湖南平江人，道光年间举人，官至贵州布政使。工行草，下笔千言。间作山水，墨气滃郁，画竹苍健脱俗。尤长史才，习于掌故。著有《国朝先正事略》、《四书广义》、《天岳山馆文钞》等。清末曾重修南岳庙和祝圣寺，编撰光绪版《南岳志》26卷。

卞宝第《重修南岳庙碑》 此碑在南岳庙嘉应门左侧与东角门相接处。碑高400厘米，宽150厘米，碑额篆“重修南岳庙碑”6字，碑文作楷书，光绪九年（公元1883年）立。现保存完好。

碑文中虽充满神道主义唯心思想，但对南岳庙之沿革、崇祀与废兴，特别是清光绪年间（公元1875—1908年）对该庙之增饰、拓新、修复规模及费用等情况，叙述颇详，对考查该庙历史沿革有参考价值。

卞宝第(公元1825－1892年)，江苏仪征人，咸丰举人。捐纳为刑部主事，历官礼科给事中，福建、湖南巡抚，湖广、闽浙总督，兼管福建船政。咸丰、同治时，屡上疏言时政，参劾不称职官员，以敢言著名。中法战争时，筹治长江防务。光绪十一年（公元1885年），上疏论兵政、营制，请裁减兵勇，七年后因病解职，卒于家。

徐树钧 《长沙开福寺碑》 此碑在长沙市北开福寺内。碑高255厘米，宽110厘米，厚13厘米，青石质。碑文作正楷，24行。光绪十三年（公元1887年）立。

自五代至清末900余年间，开福寺已十兴十废，碑文对该寺沿革、范围、产业，历次修建规模及废兴经过，叙述甚详。词语精湛，刻工劲秀，但作者局限于当时思想认识，文中对官吏、禅师经管开福寺备极赞扬，对太平天国运动颇多诋毁。

徐树钧（公元1842－1910年），字衡士，号叔鸿，湖南长沙人。咸丰七年（公元1857年）举人。诰授资政大夫，二品衔江淮、淮阳海兵备道兼按察史，江南道、山西道、京畿道监察御史及布政史，赏戴花翎，户部福建司郎中，军机处行走。书擅各体，作品宏富。篆宗石鼓，隶法蔡中郎，行楷师大令，草法宗二王，尤究心于金石碑版考据之学。

龙起涛《桑植凿茅岩记》碑 此碑在张家界市（原大庸市）城西32公里青安坪乡茅岩河南侧山麓。碑高160厘米，宽110厘米，厚10厘米，楷书，字径4厘米，字迹清晰。光绪十八年（公元1892年）立。

碑文记述大庸县茅岩为澧江通桑植的咽喉要道，乾隆丙午年（公元1786年）茅岩山裂，巨石塞江，水路交通中断。

龙起涛于清光绪十六年（公元1890年）署桑植县事，鸠工庀材，分段包工，加以疏凿，交通得以通畅。虽事属平常，然亦有关地方建设，对于转输所产物资，沟通城乡文化，为利颇巨。碑文对研究地方经济史有一定价值。

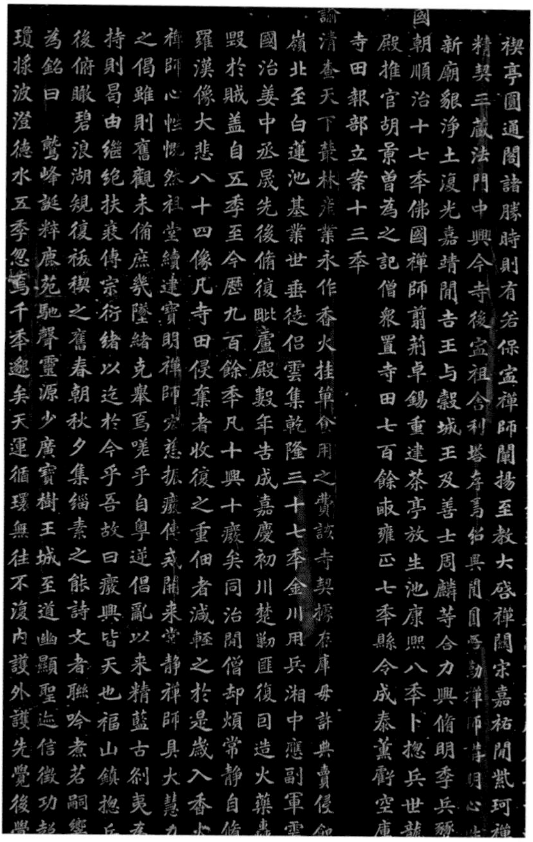

徐树钧《长沙开福寺碑》（局部）

龙起涛（公元1832—1900年），字傲山，号禹门，江西永新县人，同治十二年（1873年）中举人，次年登进士，历任湖南辰溪、芷江、桑植、华容、常宁五县知县，光绪二十五年（1899年）升任知府，著有《毛诗补正》25卷、《天霞山馆文存》6卷、《诗存》2卷、《制艺文》1卷。

《禁山告示碑》 此碑在湘潭县城南50公里紫荆山帝兴庵内。碑高130厘米，宽65厘米，厚7厘米，青石质地。碑额楷书“禁山告示”4字，碑文魏体，字径宽2厘米，高2.5厘米，字迹清晰。

此碑建于光绪二十五年（公元1899年），为保护紫荆山树木竹林而立。“禁山告示”中，详细叙述了紫荆山之树木竹笋植之不易，山下居民皆赖其中之利，要用心维护，不得随意砍伐。告示当地居民，“各宜安守本份，毋得贪图小利，恣意窃挖竹笋，砍伐树株”，倘有违者，“定即拿案，从严惩治，决不姑宽”。湖南省内当时此类碑刻不少，而现存者不多。碑文对于研究当时农村经济情况有一定参考价值。

衡州教案碑　此碑原在衡阳市三医院教堂，1962年藏于衡阳市图书馆，现存于衡阳市博物馆。碑高50厘米，宽236厘米，碑文35行，每行5字，共175字。该碑立于光绪二十七年（公元1901年）八月，因欠固，又于第二年（公元1902年）重立。碑体现已断为两截，碑文尚完好。

据碑记载，自1855年起，衡阳就有法国教堂，从此以后，意大利人、英国人先后到衡阳传教，设立教堂，他们霸占民田，拆房毁屋，作恶颇多。

光绪二十六年（公元1900年）七月初三，衡阳两万多群众，捣毁了教堂，杀死了意大利教主范怀德、司铎安、董哲西三个传教士，即为历史上的“衡州教案”。由于当时湖广总督张之洞屈服于外国强势压力，逼令湖南地方官当局（湖南巡抚俞廉三）接受屈辱条约，除下令赔二万两白银外，还杀戮群众，惩办反异教首领，将衡永兵备道隆文和衡州知府裕庆革职，在外籍教士被杀处立碑道歉。此碑体现了当时外国列强在中国领土上横行霸道与清朝政府的腐败无能，是中华民族备受屈辱的历史见证之一。

五、民国碑刻

民国是指公元1912年1月1日至1949年10月1日中华人民共和国成立之前的阶段。这段历史的时间短，战乱频繁，社会局势动荡不安。因此，是时湖南境内的碑刻在数量上，无法与前期相比。然而，这一时期湖南的政治和文化特别活跃，名人甚众，碑刻无论在内容、形制，还是书法角度上，都明显有别于历朝历代，从而形成了是时的湖湘碑刻具有鲜明的时代特色。

万人坑第一墓碑　此碑现存于洪江市文化馆大门外。碑高200厘米，宽85厘米，厚8厘米，青石质，楷书。碑立于民国21年（公元1932年）。

碑文记述1925年以来，会同、黔阳二县连年饥荒，1925年秋天灾“田谷无收”，大批饥民流入洪江市，接连瘟疫，“死者日百数十人”。洪江市红十字会乃于市郊购地为万人坑之墓以葬，真实地反映了当时社会黑暗、民不聊生的惨状。

邹鲁题“雍容大雅”摩崖石刻 位于南岳衡山开云亭前登山游路边东侧石壁处，高120厘米，宽85厘米，楷书，字高42厘米，宽40厘米，字体如其书“雍容大雅”。

在“雍容大雅”旁，题署道：“今春小住黄山顶，漫游九华匡卢而至南岳，觉峻奇秀美。诸山各有大观，而雍容大雅惟南岳足以当之。民国26年夏月邹鲁题。”即石刻由邹鲁题书，刻于民国26年（公元1937年）。

邹鲁（公元1885－1954年），字海滨，号澄斋，广东大埔县茶阳镇人。早年跟随孙中山参加辛亥革命，是国民党元老之一。历任广东大学、中山大学校长。擅长书法，兼画墨兰。著有《中国国民党史稿》、《回顾录》、《邹鲁文集》等。

宋哲元题“诚真正平”摩岩石刻 位于南岳衡山高台寺登山游路边石壁处，石刻高70厘米，宽260厘米，楷书，字高35厘米，宽30厘米。字体稳健遒劲。

在“诚真正平”旁，题署“戊寅孟秋宋哲元题”（已毁）。石刻由宋哲元于公元1938年题书。

宋哲元（公元1885－1940年），字明轩，山东乐陵县人。1908年从军，由哨长升至军长。先后任热河省都统，西路、北路军总司令，陕西省政府主席，平津卫戍司令兼北平市长等。曾率二十九军抗击日军。“卢沟桥事变”后，发誓“宁为战死鬼，不作亡国奴”。病逝后被国民党政府追授为一级上将。

湘西苗民抗日革屯军前敌指挥梁明元德政碑 此碑原立于永绥县（今花垣县）下寨河南岸，现断裂，存于县文化局内。碑高195厘米，宽100厘米，厚17厘米，隶书，现字迹清晰。该碑立于民国27年（公元1938年）。

碑文记述了梁明元领导永绥县（今花垣县）苗族人民起义反抗国民党政府苛征屯租的斗争情况，对研究湘西苗民革屯斗争历史有一定参考价值。

梁明元，苗族，永绥县（今花垣县）长乐木沟寨人，民国26年（公元

1937年）3月，他愤于国民党政府苛征屯租，率众起义，揭开了湘西苗民革屯序幕。1941年5月，被国民党政府处决，时年31岁。

碑文提到乾隆乙卯年（公元1795年）石三保、吴半生、吴八月等起义和道光二十八年（公元1848年）孙文明、杨贵儿起义，史有记载。此项“革屯运动”在《湖南省志·湖南近百年大事记》中有详细记载。

“白骨冢”碑 此碑现存于洪江市雄溪公园管理处办公室门前。碑高146厘米，宽63厘米，厚5.5厘米，青石质，行书，现从中心纵裂为二。碑于民国33年（1944年）立。

碑文记述洪江市1944年为防止日机空袭在挖防空壕中捡获白骨极多，集葬一处（曰“白骨冢”）的经过，可与“万人坑第一墓碑记”相印证。

洪江《奏凯亭记》碑 此碑现存于洪江市物资局院内。碑高134厘米，宽67厘米，厚7厘米，青石质。“奏凯亭”三字系篆书，正文系隶楷体。该碑由刘揆一撰文，彭汉怀书。

碑文记述1944年日寇进犯湘西时，军民奋起抗战，在雪峰山一役取得胜利的情况，对研究当时的历史有参考价值。

刘揆一（公元1878－1950年）字霖生。1903年留学日本，同年返湘，与黄兴等组织华兴会，任副会长。次年谋划长沙起义，失败亡日。后入同盟会。武昌起义后回国，任南京临时政府参议员。1912年任袁世凯政府工商总长。抗日战争时期，举张停止内战，共同抗日。新中国成立后，任湖南省军政委员会顾问。

彭汉怀（公元1876－1952年），字斗漱，号斗漱居士、漱琴庵主，湖南湘阴人。早年留学日本。解放后任湖南省文管会委员。能书画，山水宗北派，书学刘墉。尤工篆隶，篆刻师法西泠诸家，参以大篆，为诸艺之首，是湖南著名书法篆刻家。

湖湘碑刻与湖湘文化一脉相承，在其文化内涵中蕴藏着一种博采众家之长的开放精神与敢为天下先的独立创新精神。“海纳百川，有容乃大”，湖湘碑刻在长期的历史发展中，之所以能够成为一种独具特色的区域文化，就在于它具有博采众家之长的开放精神。这种文化交融主要体现在如下三个方面：其一是与历代中原碑刻艺术的交融。湖湘碑刻从发展、兴盛、成熟到规范，都受到了中原碑刻艺术的影响，但又仍保存着自身的特色。其二是与周边不同地域、不同民族之间碑刻艺术的交融。这里讲的不同地域，既包括湖南内部的不同地区，也包括湖南以外的国内其他地区。其三是与不同书体、不同艺术流派之间的交融。杨昌济曾坦言："余本自宋学入门，而亦认汉学考据之功；余本自程朱入门，而亦认陆王卓绝之识。"他甚至以子思的"万物并育而不相害，道并行而不相悖"为号召，希望"承学之士各抒心得，以破思想界之沉寂，期于万派争流，终归大海"。杨氏的这种认识和主张，充分表现了湖南文化的开放精神。如此这些都蕴含涵着博采众家之长、广为交融的开放精神和继承传统、发扬光大的创新精神。

湖湘碑刻在中国碑刻书法史上占有独特的地位，同全国一样，正、行、草诸书体都是在隶书上变化发展而成，碑体笔法、刻法日臻成熟，书体风格风华灿烂，出现了流派众多的局面。碑刻之变，随时间的迁移，更为丰富和成熟，既有阴刻，又有阳刻，还有反刻，奇趣横生，敧正相生，尽极变化。尤其是三国碑刻浑厚雄伟，大唐碑刻严密精工，被后人奉为典范。宋元以前的碑刻，行书碑刻风采浪漫，创造新貌；隶书石刻工整规范，尚存古法；篆书碑额，虎虎有生气；草书入碑，已由创举变成时尚。明清以后，湖湘碑刻书法虽不及前朝绚丽多彩，但刻法之精，形制之全，亦是可圈可点的。作为中国碑刻文化艺术中的重要组成部分的湖湘碑刻，不仅是这条文化艺术长河中不可或缺的部分，而且有些甚至还是这条长河的源头活水。

碑刻作品

唐以前的碑刻

汉“秦岩” 石刻

此摩崖石刻现存于江华县勾挂岭西岩洞。碑高140cm，宽70cm，字体楷书，笔力遒劲。勾挂岭西岩洞可容纳数千人，传为秦时老百姓避难之处，“秦岩”两字，传为汉代蔡邕亲笔书写而不留名。

三国《吴故九真太守谷府君之碑》

此碑现在耒阳蔡侯祠内。中有断裂破痕。碑由青石制成，高176cm，宽72cm。碑额11字，作隶书碑文18行，每行24字，字径3.5cm，无撰写书人姓名。三国吴凤凰元年立（公元272年）。

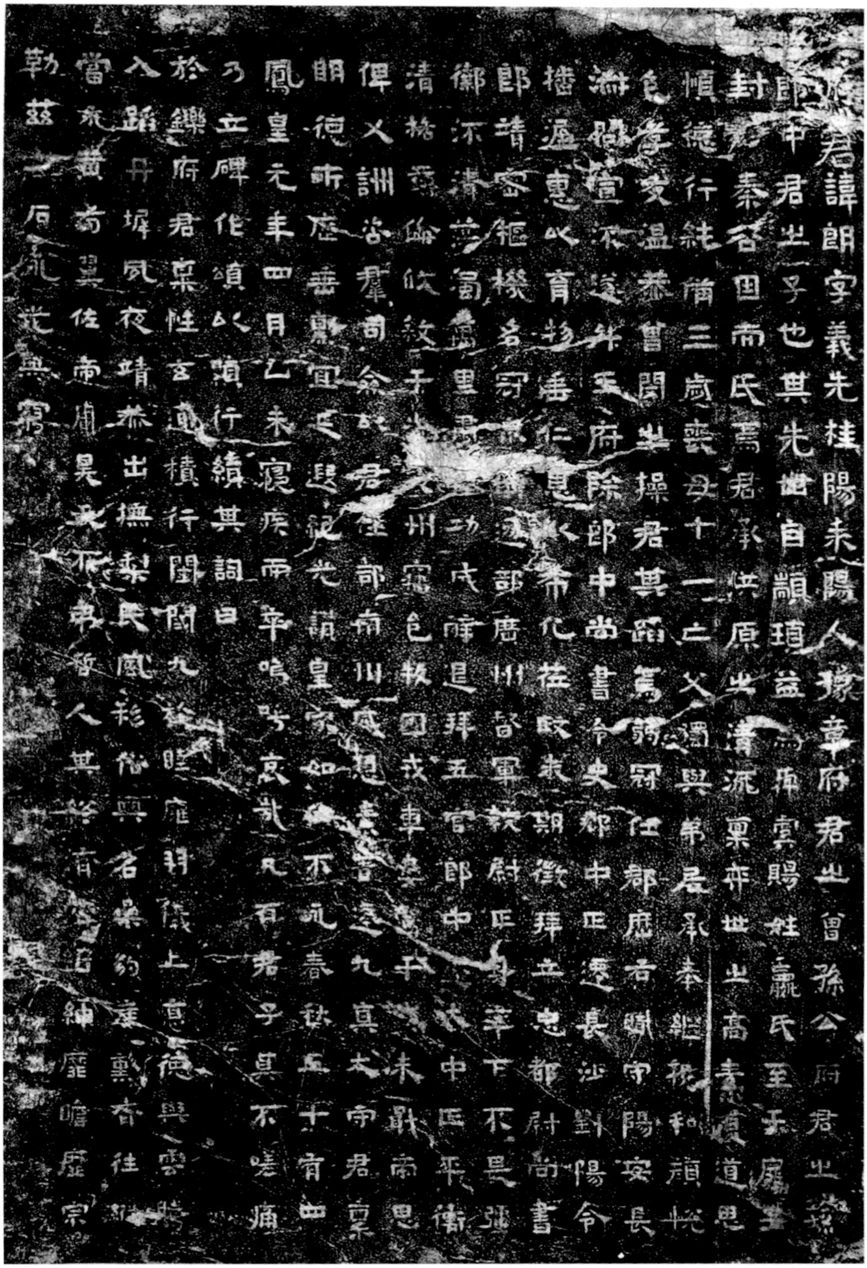

三国《吴故九真太守谷府君之碑》（局部）

东晋周芳妻《潘氏墓石》（正面）

此墓石于1954年在长沙市北门外桂花园出土，现存于湖南省博物馆，为长方形灰白色滑石板，其石质较松脆，高23cm，宽12cm，厚0.9cm，两面均为阴文，正面共刻191字，背面刻107字。记载了当时随葬的衣服、器物名称和一段“买地券”式的文章，这对我们了解墓葬的确切年代和晋代湖南地区殓葬的风俗，提供了新的可信数据。字体为行楷，笔画均匀，用单刀法刻成。

晋代墓志见于著录者极少，此为30余年来清理长沙古墓中有此文字之墓碑的首次发现。

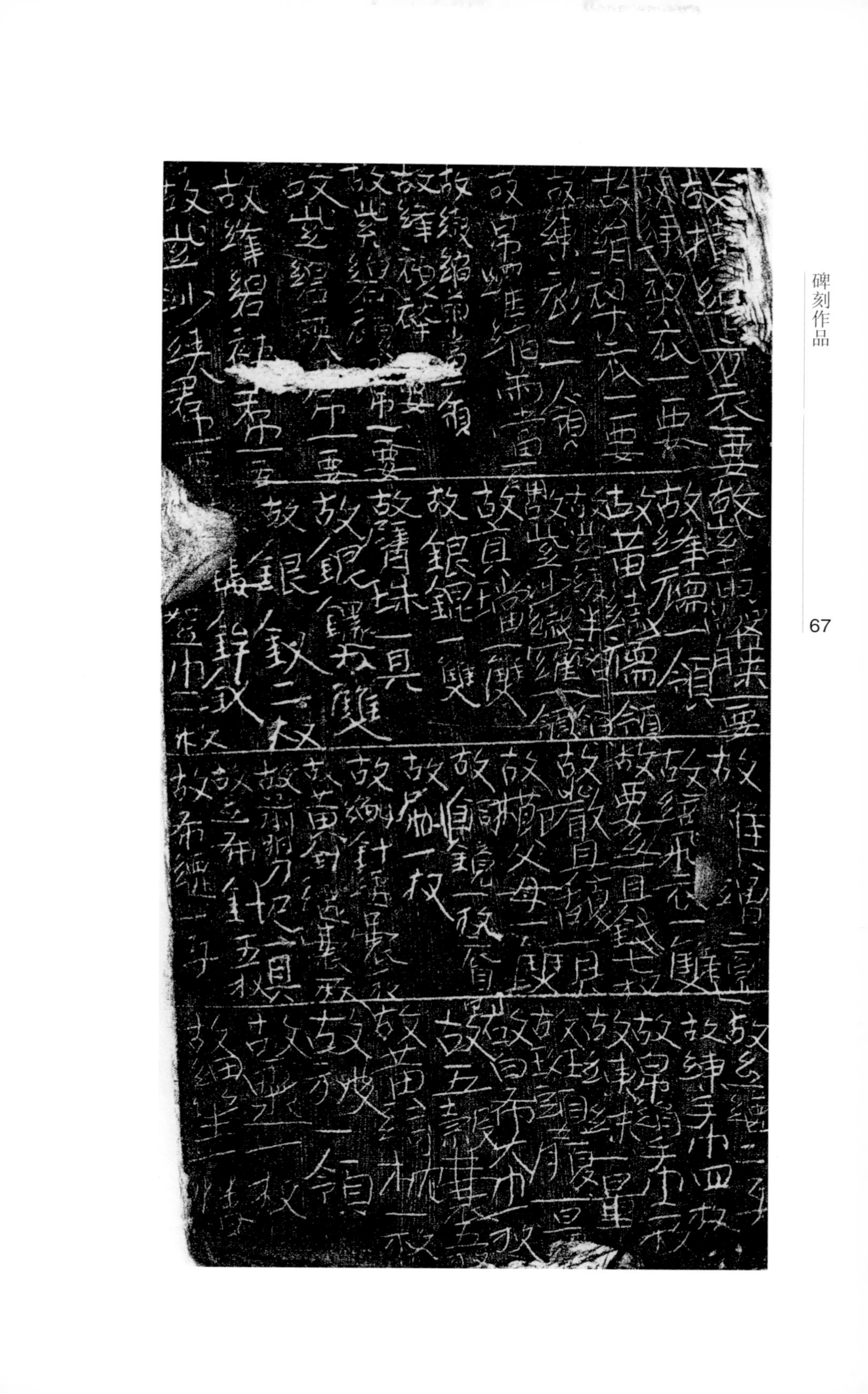

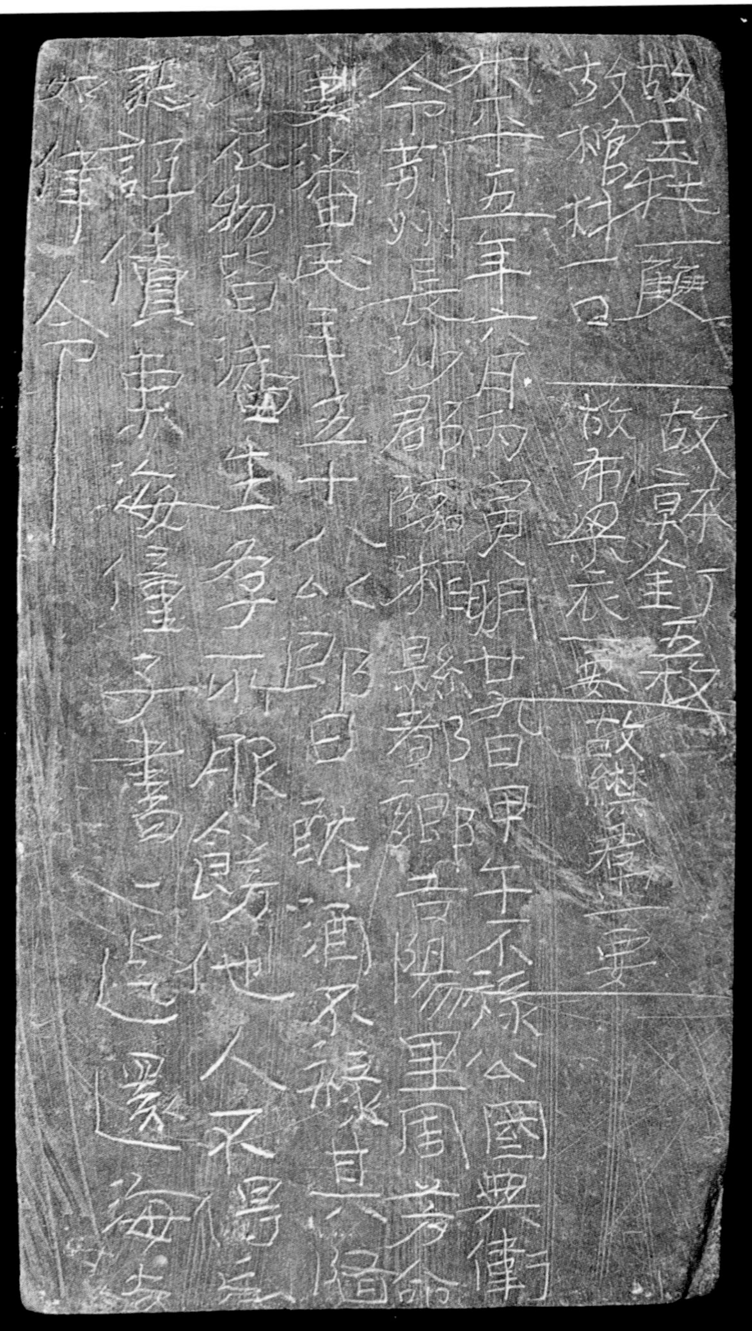

东晋周芳妻
《潘氏墓石》
（背面）

故玉珠一雙
故杬枓一口
故蘇金一枚
故布裙衣一要
故練裙一要

升平五年六月丙寅朔廿九日甲午不祿公國典衛
令荊州長沙郡臨湘縣都鄉吉陽里周芳命
妻潘氏年五十八以即日醉酒不祿其隨
身衣物皆潘生存所服飾他人不得忘
認詆債東海僮子書書迄還海急
如律令

南朝梁“南台寺”石刻

此摩崖石刻位于衡阳南岳掷钵峰下的三生塔南面的南台寺前。题刻为“南台寺”，左右两侧刻有“梁天监中建，沙门海印”等字样，楷书。

南台寺在福严寺下方两里许，于瑞应峰下，素有“天下法源”之称。它建于梁天监年间，原是海印和尚修行的处所，在寺院后左边的南山岩壁上，有一如台的大石。据说当年海印和尚常在这块石上坐禅念经，所以寺名“南台”。

南北朝时期摩崖石刻

此摩崖石刻位于永兴县碧塘乡湘洲村侍郎组。幅高因上下两端已残损而不明，14竖行排列，阴刻。文字内容因残损磨蚀严重，每行只能辨认出几个字，如：第一行可认出“将军桂阳”；第二行可认出“刘轧”；第三行可认出“见于”；第五行可认出“出守频”；第七行可认出“实有心”；第十四行可认出“中大通七年”等等。一石刻左上方有部分阴刻仰莲，应和石刻同为一体，但大部分造像图案已被毁去。

“中大通七年”（公元535年），属于南北朝时的梁武帝时期，这是在湖南发现的有明确纪年的南北朝时期摩崖石刻第一例。

唐“祖源”石刻

此摩崖石刻位于衡阳南岳福严寺旁。磨镜台为一块花岗岩石，有铁栏围护，石上刻有“祖源”二字，字径为80cm，字迹圆润秀丽。据说是怀让的徒孙由江西回南岳时所写。

唐李群玉《桃源洞》诗碑

此碑现藏于常德桃花源碑廊。碑于1966年被砸坏，残高143cm，宽72cm，厚19.8cm，行书3行，每行14字，字径3cm，无年月。残碑文缺8字。

风景奇特的永州阳华岩

唐《阳华岩铭有序》 石刻

此摩崖石刻现存于江华县阳华岩。石刻高290cm，宽75cm，元结撰文。碑文大篆、小篆和隶书三体并存，属摩崖中的精品。元结授道州刺史时曾慕名来游，感“所见泉石如阳华殊异而可家者，未有也，故作铭称之”。时江华县令瞿令问“艺兼篆籀，俾依石经”。元结便嘱刻之岩下。

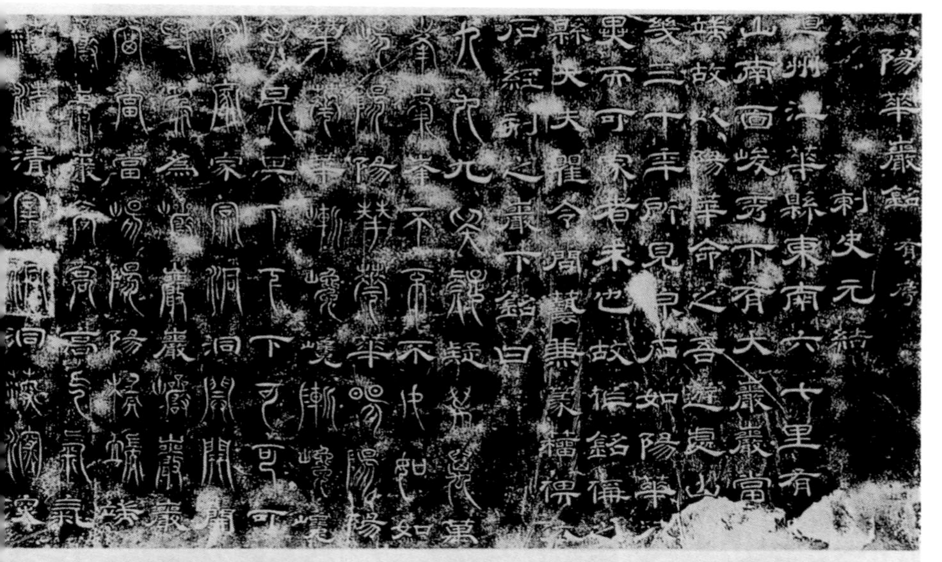

唐《阳华岩铭有序》 石刻（局部）

唐“无为洞”题刻

此摩崖石刻现在宁远九疑山无为洞（又名嘉鱼洞）洞口。石刻乃唐永泰元年（公元765年）元结题镌。字体为篆书。

唐元结《舂陵行》残碑

此石刻现在道县文化局，碑高90cm，宽40cm，楷书，字体端庄，很有大家风范。该诗是唐元结广德元年（公元763年）任道州刺史时，深谙民情，有感而作。残碑在唐代道州府遗址（现道县县政府）地下挖出，仅剩8句。

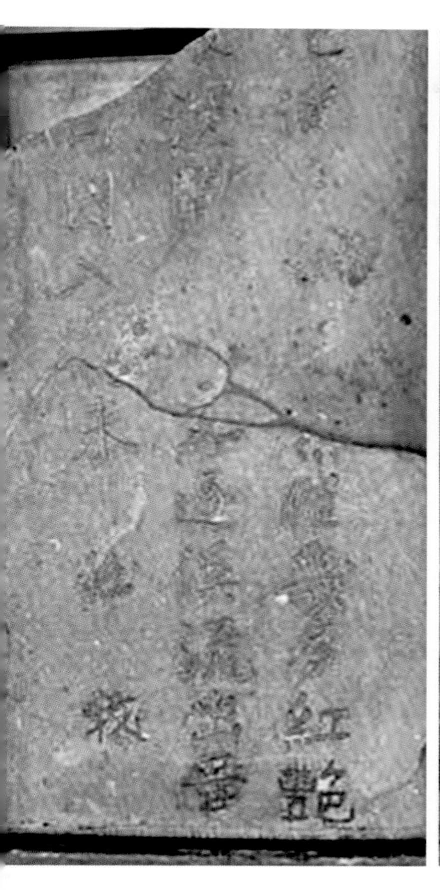

唐杜牧《桃源洞》诗碑

此碑现藏于常德桃花源碑廊。碑于1966年被砸坏，残高170cm，宽83cm，厚17cm。碑文行书，无年月。诗缺13字，款缺1字。

唐胡曾《桃源洞》诗碑

此碑现藏于常德桃花源碑廊。碑于1966年被砸坏，残高143cm，宽82cm，厚23cm。碑文行书，无年月。诗缺11字。款缺1字。

唐李邕《麓山寺碑》（上部分）

此碑在长沙岳麓书院教学斋后山坡上。碑石通高400cm，宽144cm。碑额篆“麓山寺碑”4字，阳文碑文28行，每行56字，行楷书。碑文为唐代书法家李邕于开元十八年（公元730年）撰并书。

碑文叙述麓山寺创建以后，历代来此住持之名僧说法传经的情况，一一列举名僧及有关官员对该寺的贡献。书法雄健得势，可见其善运腕力，应为李邕生平之杰作，亦为不可多得之唐代名碑。

李邕《麓山寺碑》

唐“极高明”石刻

此摩崖石刻位于衡阳南岳福严寺虎跑泉上。石刻高330cm、宽120cm，字高100cm、宽70cm。“极高明”三字字体为楷体，题刻无款识。据清代光绪版《南岳志》记载为唐代宰相李泌所书。

唐代元和题刻

此摩崖石刻位于郴州永兴县碧塘乡湘洲村侍郎组。7竖行排列，53个字，阴刻，字体楷书。文字内容为“前监察御史杨景复，陕州参军杨必复，长沙县尉杨□复，右率府□□杨师复。元和十二年十二月二十五日□□□□，曹约书安政兴镌”。“元和十二年”即公元817年。

唐代杨於陵题刻

此摩崖石刻位于郴州永兴县碧塘乡湘洲村侍郎组。5竖行排列，32个字，阴刻。文字内容为“於陵巳纪题于北岩不□□备平月金丹亦同至此岩，衡山大德诚盈续来□登□”。从内容上看为唐穆宗的户部尚书杨於陵所题，字体为楷书。杨於陵曾于唐宪宗十一年（公元816年）贬为桂阳郡守。

唐代长庆题刻

此摩崖石刻位于郴州永兴县碧塘乡湘洲村侍郎组。9竖行排列，70个字，阴刻，字体为楷书。文字内容为“朝散大夫守睦州刺史韩泰、子壻乡贡进士裴殳、男师仁、男懿文、右泰，长庆元年三月自漳州刺史授郴州，四年六月转睦州，八月九日沿流之任，处士严行立同行，黄万书，安政兴镌”。“长庆元年”即公元821年。

唐代“昌黎经此”题刻

此摩崖石刻位于郴州永兴县碧塘乡湘洲村侍郎组。题刻高66cm，宽237cm，字高55cm，宽33～45cm，1横行排列，4个字，楷书。文字内容为“昌黎经此”。有专家认为，此摩崖石刻是在湖南发现的唐代大文豪韩愈的墨迹摩崖题记，为韩愈在湖南的活动提供了实物佐证，为学术界研究韩愈提供了新的资料。此石刻是否为韩愈所题记，也有专家认为有待商榷。

唐代元和题刻

此摩崖石刻位于郴州永兴县碧塘乡湘洲村侍郎组。4竖行排列，20个字，楷书。文字内容为“安政恒元和十三年二月六日至此阻水五日故记”。“元和十三年”即公元818年。

唐代元和题刻

此摩崖石刻位于郴州永兴县碧塘乡湘洲村侍郎组。7竖行排列，45个字，楷书。文字内容为“朝散大夫使持节、郴州诸军事守郴州刺史、赐绯鱼袋梁褒先，因行香经此石室续勒修镌，元和二年五月十四日兀记”。“元和二年”即公元807年。

唐代贞元题刻

此摩崖石刻位于郴州永兴县碧塘乡湘洲村侍郎组。10竖行排列，61个字，阴刻，字体楷书。文字内容为“清河□路恕体仁朝议大夫、前守郴州刺史李吉甫，贞元十九年岁次癸未拾月戊寅朔二十四日辛丑，蒙恩除替归赴京阙，长男纯，次男缄，从行乡贡进士罗造□”。“贞元十九年”即公元803年。这是首次在湖南发现的唐代名相、中国古代著名地理志学家李吉甫的摩崖题记。

五代光化年题刻

此摩崖石刻位于郴州永兴县碧塘乡湘洲村侍郎组。3竖行排列，20个字，阴刻，字体为楷书。文字内容为“前太常博士宋揿大唐光化四年五月十一日经此”。“光化四年”即公元901年。

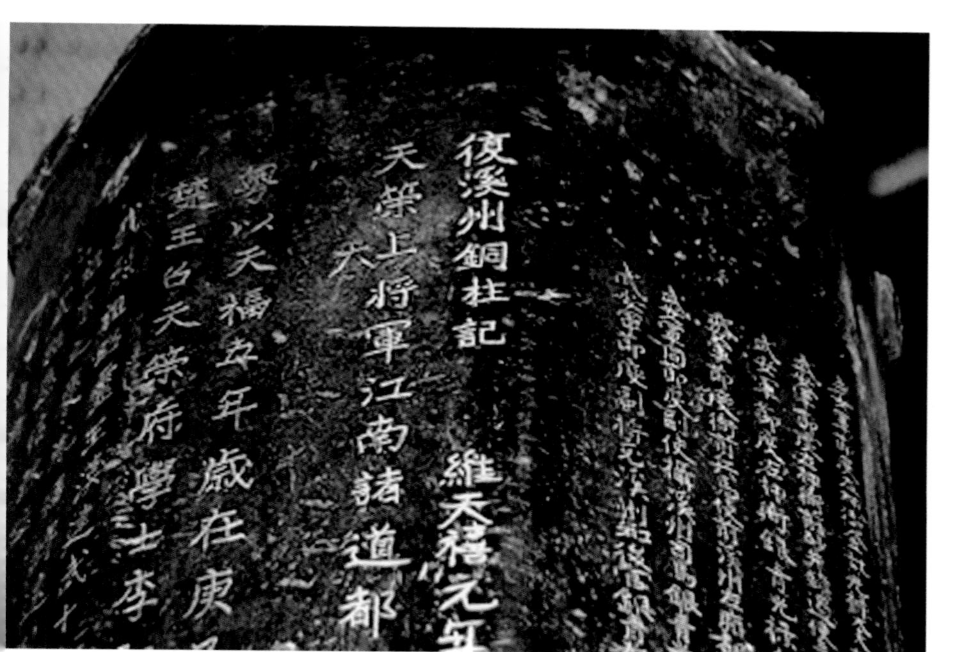

后晋《复溪州铜柱记》铜柱铭刻

铜柱原在永顺县野鸡坨下酉水河岸，1971年因建凤滩水库，迁至王村花果山上。柱高约400cm（内入地约200cm），为八面形空心柱，重约2500公斤，现建有护柱亭，保存完好。

铜柱铭文共41行，其中：标题1行，6字；记20行，795字；前后年月3行，98字；题名10行，876字，均正书；另各行下附列题名17行，390字。

宋元碑刻

宋常德铁经幢《般若波罗蜜多心经》

位于常德市滨湖公园的大型宋代铁经幢，为国家重点保护文物。铁经幢建造于北宋建隆年间（公元960－963年）。呈圆柱形，高445cm，底部直径80cm，重1520.8千克。幢身铸有释迦牟尼像、龙、虎及莲花状、连珠纹、云纹、波纹等，并铸上《般若波罗蜜多心经》文和募捐人与铸造者姓名以及州、府的地方官名等。铁经幢为研究我国冶炼技术和佛教历史，提供了重要的实物资料。

宋常德铁经幢《般若波罗蜜多心经》（局部）

宋《还丹赋》石刻

此摩崖石刻位于南岳镇泗塘村弥陀组紫盖峰下。高30cm，宽300cm，共由三方石刻组成，主体石刻的时间最迟不晚于南宋绍兴辛酉年（公元141年）。主要碑文字体为隶楷书体，右上角“壬戌之秋”为楷书字体，右下角“南宋绍兴辛酉年”款为小篆字体。

主体石刻《还丹赋》除标题和末行，每行15字，共5行，353字。

《还丹赋》石刻（局部一）

《还丹赋》石刻（局部二、局部三）

《还丹赋》石刻（局部四、局部五）

宋《步瀛桥记》石刻

该石刻位于永州江永上甘棠村的月陂亭石壁上。石刻高163cm，宽128cm，楷书，字体苍劲有力。刻于北宋徽宗靖康丙午年，即公元1126年。

踏泌溪鼇山之崖[illegible]

秋冬凛冽無復曩時之苦也搆之以石非若材木之易壞

爲子孫之津梁莫永於是始而唱之者豈不曰仁人之言

一日踵門丐予名之奠爲之記予時講道寓是目擊其勤

海上蓬瀛神仙之陬也縹緲空虛望之如雲莽見屹然高

面波濤渺茫欲登者無階而進惟有功行而成仙骨者不

至大唐十八學士當天子儒宮備顧問時况以登瀛洲爲

而至華近者誠在於能脩德而陰有以騭之爾斯橋之成

滿旋匯之上徘徊於巖巒島嶼之間林幽鳥鳴山青水綠

影澄淵望外峯巒環遶虛洞翠煙紫霧或乍卷而乍舒行

而自者觀其勝槩儼若畫圖殆與昔人言蓬瀛之景可髣

於此脩瀛洲之德繫于往平喜人爲善緻樂紀之遂名之

者因是而有所勸章毋託予言以爲後也始創於宣和乙

於靖康改元丙午二月桃川韋弁記并書周唐輔題額唐鄧召

《步瀛桥记》石刻（局部）

宋周必大题《善德山》诗碑

此碑原在常德山乾明寺，1979年迁至常德市滨湖公园碑廊内，现置常德博物馆。碑高218cm，宽137cm，厚19cm，楷书，字径7cm，现在2／3字迹不清。宋绍熙三年(公元1192年)立。额题篆书，碑文楷书，记载周必大所作七律诗《善德山》二首。

宋林文仲乾明寺《请开堂疏》碑

此碑原在常德山乾明寺故址，1979年元月移至滨湖公园碑廊内，现置常德博物馆。碑高198cm，宽116cm，厚13cm，碑文楷书，额题篆书，常德知府林文仲撰文。碑文阴刻，记载寺庙“开堂”佛教僧徒受戒之事和寺庙田产数。因风雨剥蚀，小字漫漶不清晰。此碑系林文仲任常德知府时于公元1228年所立。

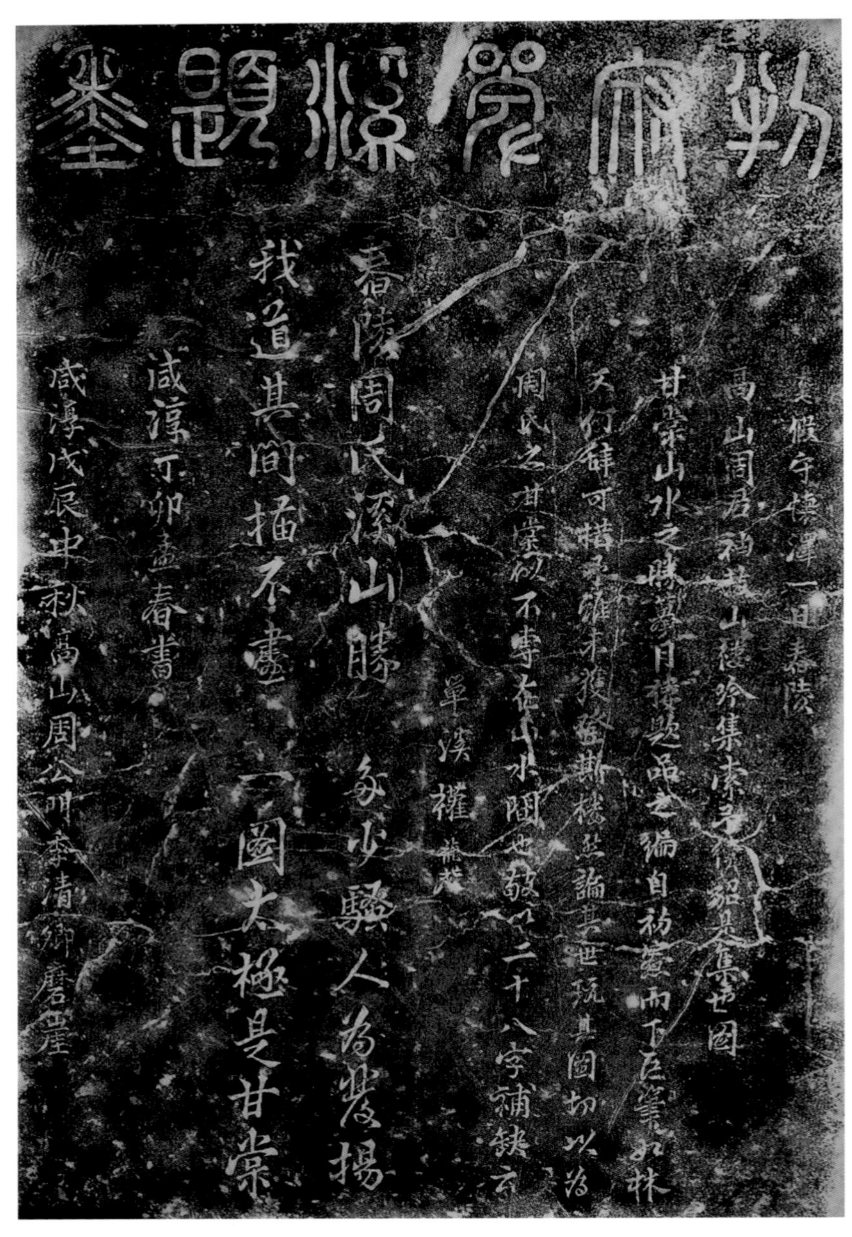

宋《判府单溪题墨》石刻

该石刻位于永州江永上甘棠村的月陂亭石壁上。石刻高102cm，宽67cm。额题为篆书，余下字体为楷书和行书。刻于南宋咸淳戊辰年，即公元1268年。

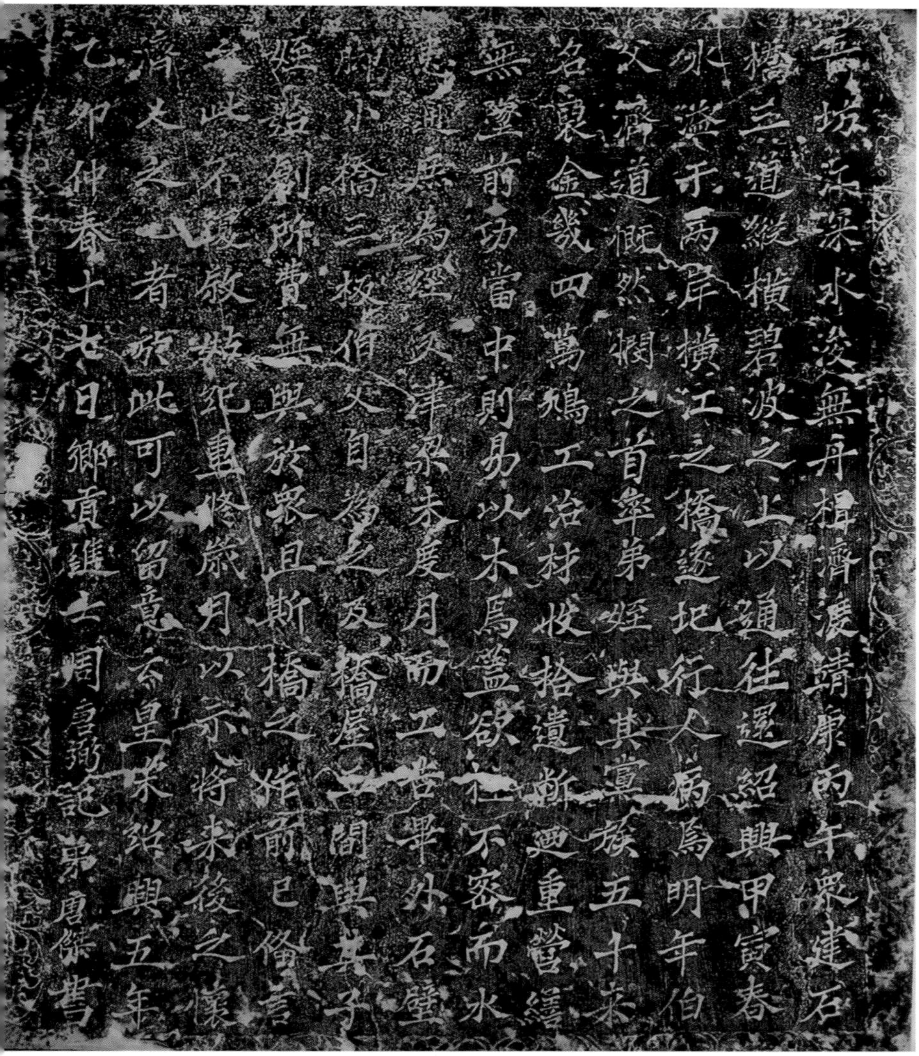

宋绍兴五年修桥石刻

该石刻位于永州江永上甘棠村的月陂亭石壁上。石刻高68cm，宽55cm。字体为行书，记载了当地乡民为方便出行交通，自筹资金修筑桥梁之公益事迹。刻于南宋绍兴五年，即公元1135年。文为乡贡进士周唐弼记，弟唐杰书。

宋雷简夫《明溪新寨题名记》摩崖

此摩崖石刻在怀化沅陵县北明溪口乡沅（陵）凤（凰）公路河边石壁上。石刻高30cm，宽284cm，楷书，字径7cm，因风雨剥蚀，其中20余字难辨认。

宋李挺祖刻蔡邕《九疑山碑》石刻

此碑刻在宁远县九疑山玉琯岩壁上，高52cm，宽66cm，隶书。铭文作9行，字径约5cm；跋语作行，字较小，在铭文后，较铭文皆低一字。原文为东汉大文学家蔡邕游九疑山时，作《九疑山碑》歌颂舜德。现碑系南宋李袭之于淳祐六年（公元1246年）命李挺祖书以补刻者，碑文保存完好。

宋层岩题名石刻

此摩崖石刻现在永州江永县层岩洞外石壁上。摩崖石刻高145cm，宽90cm，字体楷书、行书、草书、篆书，纷呈碑面。石刻起于北宋治平四年（公元1067年），讫于南宋淳祐丙午年（公元1246年），时间跨度达179年。

宋嘉祐“朝阳岩”题刻

此摩崖石刻现在永州零陵区潇水河西面朝阳岩石壁上。石刻高110cm，宽50cm。字体为楷书。为张子谅书写，卢臧题记。于北宋嘉祐五年立，即公元1060年。

宋“舂陵第一峰”题刻

此摩崖石刻现在永州宁远县逍遥岩石壁上，石刻高160cm，宽75cm，字体为楷书。

宋嘉祐朝阳岩题刻

此摩崖石刻现在永州零陵区潇水河西面朝阳岩石壁上。石刻高110cm，宽70cm，字体为楷书。为张子谅书，于北宋嘉祐年间（公元1056—1064年）立。

嵌巖洞谷到曾多無奈冥
搜瞻索何此處雲穿風月
透短節運不待捫蘿
慚愧州家一事無薄游還
愛小蓬壺若憑妙筆丹青
寫應勝從來八景圖
紹定癸巳五月既望郡守
中吳衞樵山甫題

宋淡岩题诗石刻

此摩崖石刻现在永州淡岩洞石壁上，碑高105cm，宽80cm，字体为楷书，端正遒劲。此诗南宋绍定癸巳（公元1233年）五月既望，郡守中吴卫樵山甫题。

宋《道州江华县阳华岩图》碑

此摩崖石刻现在永州江华竹园寨村回山阳华岩内石壁上，碑高100cm，宽115cm。篆额在上，高58cm，序在下，字体楷书，端正遒劲。此诗南宋绍兴二十六年（公元1156年）三月立。

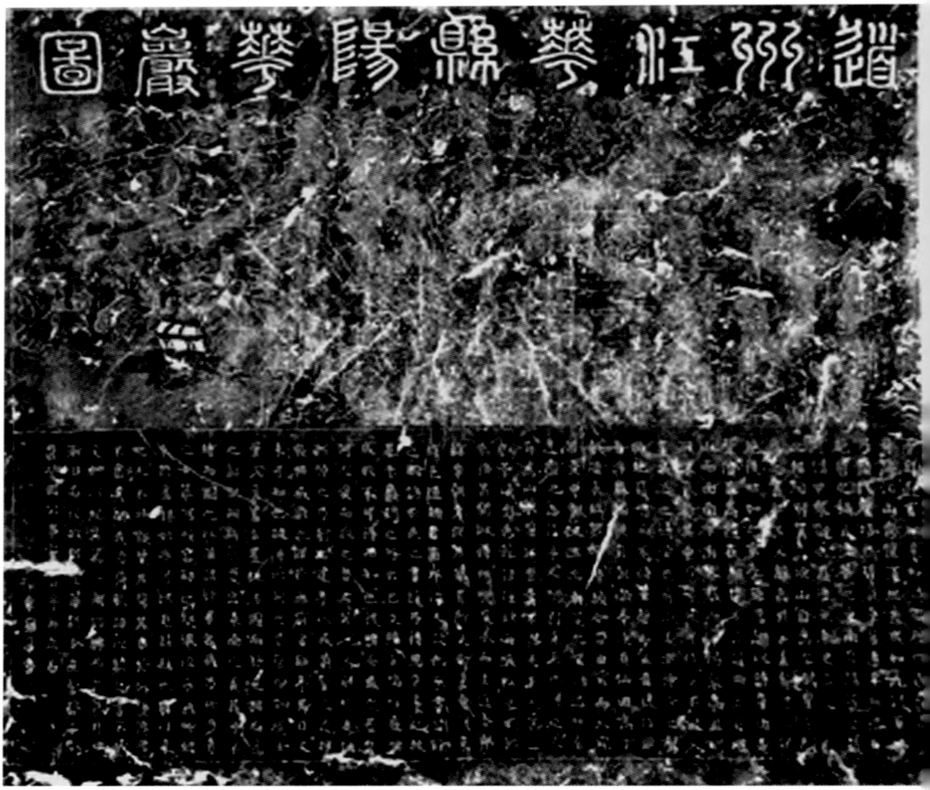

《道州江华县阳华岩图》碑

之錄記刻斯巖處出東南之美其可不
繪而圖之以傳諸好事者哉乃命丹青
之士摹寫形容勒之堅珉以示無極雖
未能盡臻妙亦可以見髣髴也庶往來
之人不特觀覽且携其本於外使傳者
不歷其碑成須得數語以續之言不盛
文聊以紀其萬一爾紹興丙子三月中
澣日右從政郎江華縣令主管學事勸
農營田公事安[illegible]序并立石
豫章羅畢書

《道州江华县阳华岩图》碑（局部）

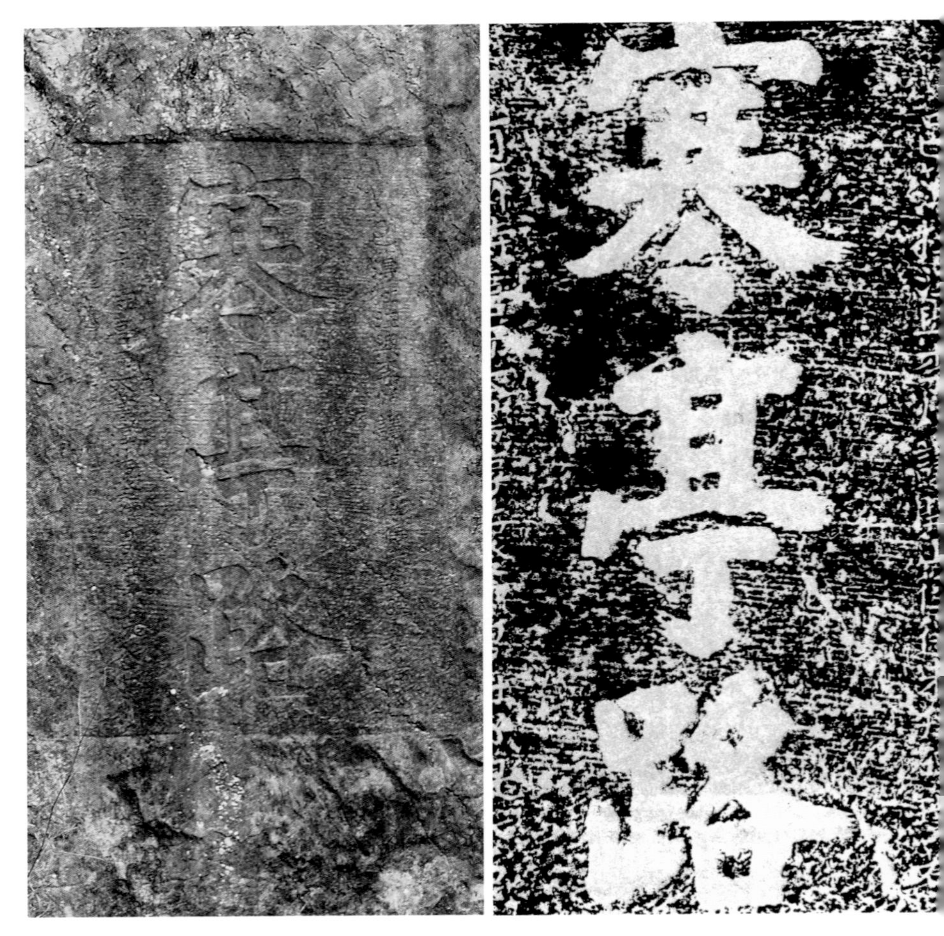

南宋“寒亭路”石刻

此摩崖石刻现位于永州江华县寒亭暖谷。摩崖石刻高 135cm，宽75cm，字体为楷书。

南宋寒亭题名石刻

此摩崖石刻现位于永州江华县寒亭暖谷。摩崖石刻高60cm，宽50cm，字体为隶书。时郡丞蓬泽程逊以职事至江华，绍兴乙亥（公元1155年）十月二十六日，县令南阳安圭、尉伊川程盖陪同游寒亭，题名崖石。

宋楼钥“碧玉簪”石刻

此摩崖石刻现位于邵阳武冈县城东法相岩乡境的法相岩。字体为楷书，秀劲娴熟。由南宋诗人、文学家楼钥题书。

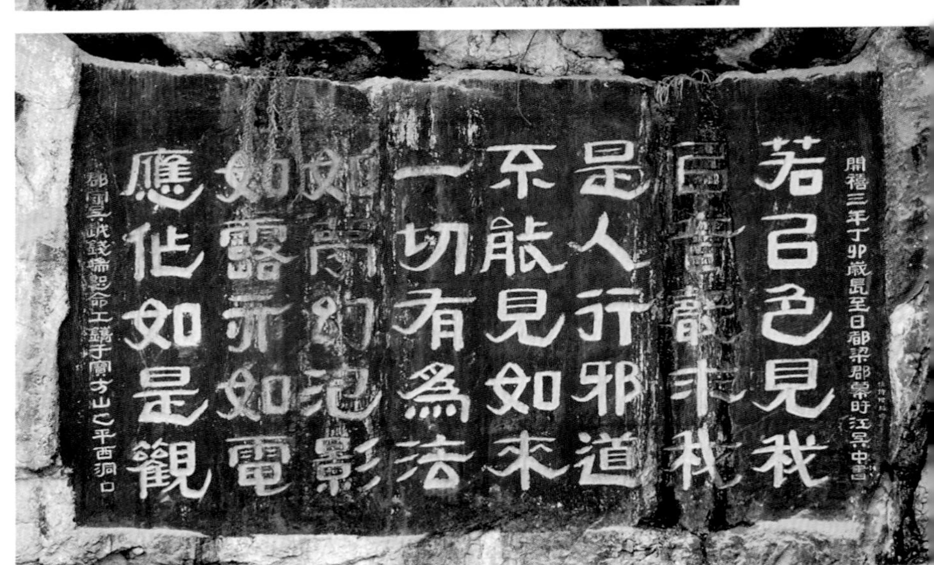

宋开禧三年书《金刚经》偈语石

此摩崖石刻现位于邵阳武冈县城东法相岩乡境的法相岩。字体为隶书，端庄挺秀，笔法娴熟。宋开禧三年（公元1207年）书立。

宋淳祐年题刻

此摩崖石刻现位于邵阳武冈县城东法相岩乡境的法相岩。字体为楷书，端庄有力。宋淳祐五年（公元1245年）立。

米芾“秀岩”题刻

此摩崖石刻现位于邵阳位于郴州临武县南强乡境内的秀岩洞内。字高60cm，宽45cm，行书。题为“秀岩”二字，署款“襄阳米芾书”。

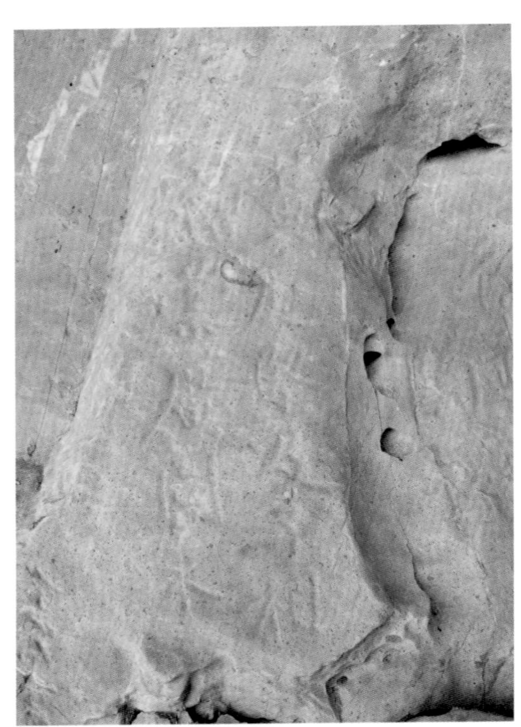

宋黄庭坚题刻

此摩崖石刻现在永州零陵区潇水河西面朝阳岩石壁上。字体为行书，款署“黄庭坚题书”。

宋至和年题刻

此摩崖石刻现在永州零陵区潇水河西面朝阳岩石壁上，字体为楷书。北宋至和二年（公元1055年）立。

"暖谷寒亭"题刻

此石刻现在永州江华县暖谷寒亭，字体为篆书，宋代刻立。

吴文震题诗石刻

此石刻现在永州道县状元山。石刻高90cm，宽60cm，字体为隶书，由宋代诗人吴文震题书。

宋“空翠亭”题刻

此石刻现在永州江华县寒亭暖谷。石刻高90cm，宽50cm，字体为篆书，京兆游何书。

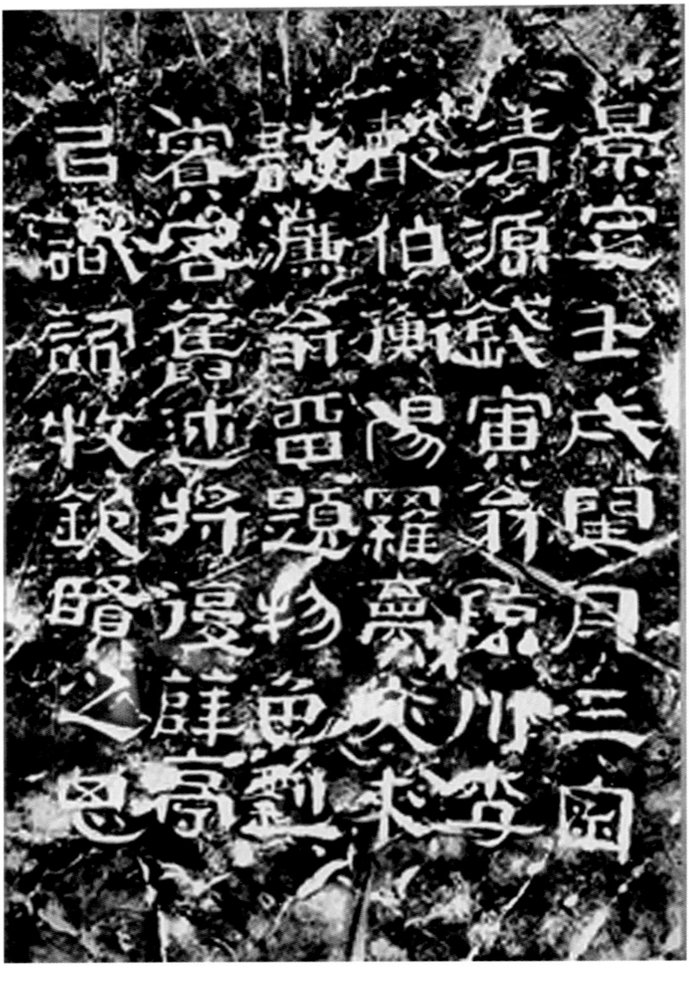

宋景定游记题刻

此石刻现在永州道县，石刻高50cm，宽35cm，字体为隶书。刻于宋景定壬戌年（公元1262年）。

宋《奇兽岩铭》碑

此摩崖石刻现存于永州江华县狮子岩。石刻高120cm，宽58cm，铭文为隶书，额为篆书。北宋蒋之奇撰，宋治平丁未年（公元1067年）立。

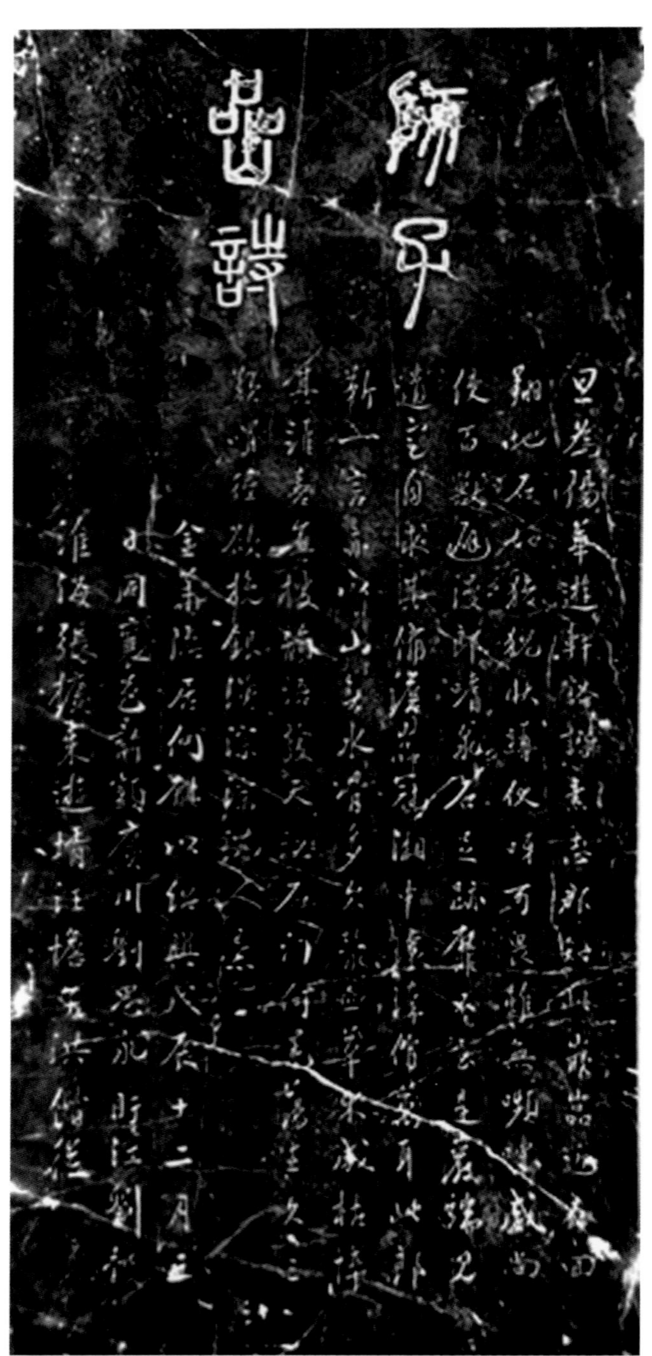

宋《狮子岩诗》碑刻

此摩崖石刻现存于永州江华县狮子岩。石刻高140cm，宽64cm，额首为篆书，铭文为行草，清秀流畅。与《奇兽岩铭》碑在同一洞穴，来形容“石如狻猊状，蹲伏呀可畏，虽无步吼威，尚使百兽避。”南宋绍兴十八年（公元1148年）何麒书。

宋《送新知永州陈秘丞瞻赴任》诗碑

此石刻现存于永州朝阳岩。石刻高60cm，宽40cm，字体为楷书。咸平年间陈瞻调任宣德郎守秘书丞，知永州军州事，骑都尉，镇永州。当时国内安宁，边境和平，陈瞻游朝阳岩也是心境开朗，春风得意。

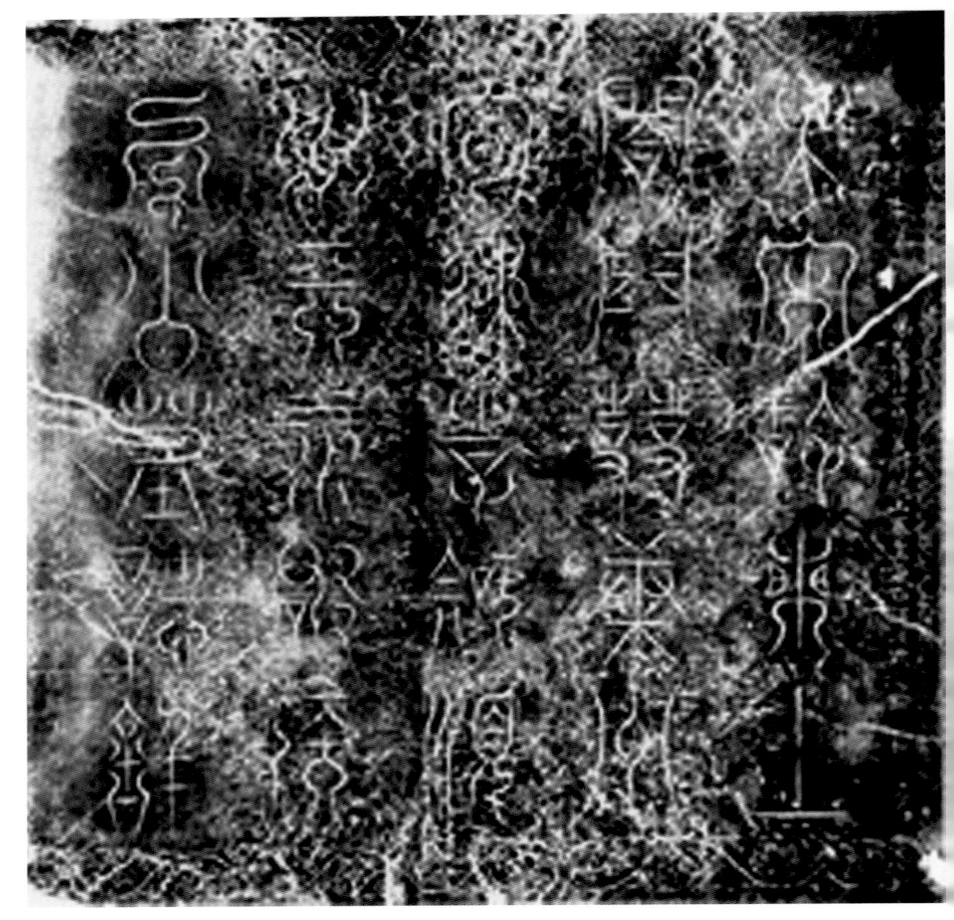

宋陶公墓志铭并序残碑墓后篆盖

此石刻碑现存于永州文庙内。陶公，即陶弼，晋浔阳陶渊明之后，其父陶岳，官至太常博士、尚书职方员外郎，历任刺史、知府，为官清正廉洁，颇受老百姓称道，此墓志铭系残碑，刘挚撰写，有些文字尚可辨读，但已不详，墓盖系篆书，较为完整。

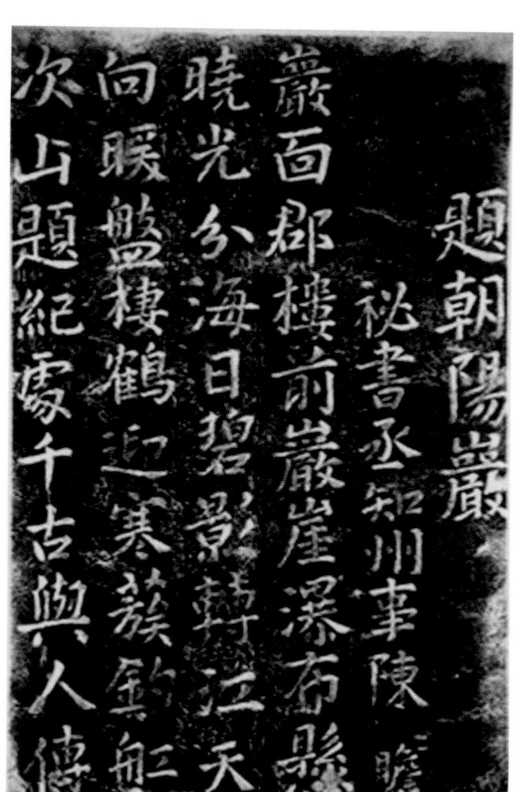

宋刻“唐叟钓矶”碑

此碑现存于永州冷水滩区黄阳司镇。石刻高80cm，宽60cm，字体为楷书。钓矶，钓鱼者钓鱼时立身之处，北宋乾德年间隐居士唐叟在此钓鱼，故名。

宋《题朝阳岩》诗碑

此摩崖石刻现存于永州朝阳岩。石刻高60cm，宽40cm，字体为楷书。咸平年间陈瞻调任宣德郎守秘书丞期间，游永州朝阳岩时，即兴作五言诗题记。

宋常平太子九龙岩访喜师题名

此摩崖石刻现在东安九龙岩大洞口北壁上。石刻高60cm，宽50cm，字体为楷书，结构丰满，笔力遒劲雄浑。宋熙宁四年（公元1071年）新提举广西常平太子中允关杞蔚宗游因访喜师。喜师，名元喜，又称喜公，九龙岩主，为寺中开山僧人。

宋《夏游阳华岩诗》碑

此碑现存于江华县竹园寨回山下阳华岩。石刻高50cm，宽70cm，字体为楷书。宋道州郡丞赵师夹南宋淳熙戊申年（公元1188年）作诗并序。

宋《象岩铭有序》碑

此摩崖石刻现存于宁远湾井镇朵山石坂丘村。石刻高61cm，宽45cm，字体为隶书。象岩原名丽山，因山形酷似象，故名。宋邑人乐雷发于淳祐五年（公元1245年）作《象岩铭有序》。

宋《阳华岩诗》碑

此摩崖石刻现存江华县阳华岩。石刻高95cm，宽60cm，额为篆书，诗文为行楷。碑中以“语妙元次山，名高陶别驾，瞿君三体篆”之语道出了阳华岩碑刻之精华。绍兴戊辰年（公元1148年）立。

宋游朝阳岩诗题刻

此摩崖石刻现在零陵朝阳岩上洞石壁上，高82cm，宽40cm，楷书。宋周敦颐撰书，系宋代理学鼻祖周敦颐治平三年（公元1066年）偕荆湖南路提点刑狱公事尚书职方郎中程某游朝阳岩的题名。字体庄重笃实、淳朴浑厚，颇具颜体雄风，在周氏的书法碑拓中，是不可多得的典范。

赵汝宜题名石刻

此摩崖石刻现道县境内清塘乡岩石壁上。石刻90cm，宽80cm，字为行书。赵汝宜淳熙己亥年（公1179年）撰写。

宋“玉琯岩”题刻

此摩崖石刻现在宁远九疑山玉琯岩洞上。石刻高150cm，宽90cm，字体为隶楷。宋淳祐丙午（公元1246年）李挺祖书。

宋“九疑山”题刻

此摩崖石刻现在宁远九疑山玉琯岩洞石室前北上。石刻高150cm，宽90cm，字体为楷书，笔力雄浑。前题为“大宋嘉定癸酉”，后款为“知道州军州事田方信孺题”。碑刻于宋嘉定六年（公元1213年）。

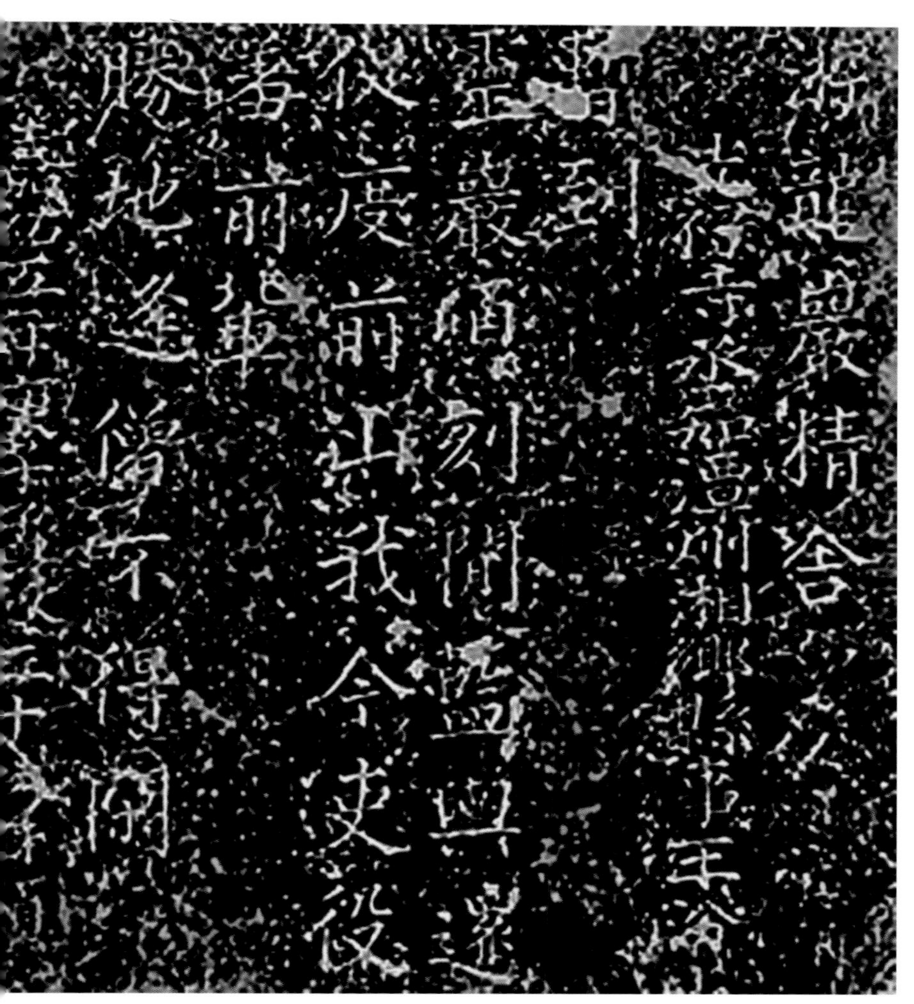

《游龙岩精舍》碑

此摩崖石刻现在永州东安县芦洪市九龙岩壁上。石刻高45cm，宽40cm，字体为楷书，笔力雄
碑文为王汾于南宋淳祐五年（公元1245年）撰写。

宋《澹山岩记》石刻

此摩崖石刻现在淡岩壁上。石刻高60cm，宽50cm，字体楷书，结构丰满，笔力遒劲雄浑。淡古称澹岩，位于零陵富家桥澹山。柳应辰通判永州达十年，宋熙宁七年（公元1074年）撰写。

代“朱虚”石刻

此摩崖石刻位于衡山县南岳水帘洞景区。石刻高150cm，宽150cm，字体高65cm，宽65cm，字体楷书。内容为“朱虚”，款署为“寖门谢中庸、赣阳赖充林、林外羽客郑居实、袁公与同游。绍甲寅十二月丙子凤滕牧题”。部分题字难辨。宋绍兴甲寅年（公元1134年）刻立。

宋九龙岩陶羽诗碑

此摩崖石刻现在东安九龙岩大洞口北壁上。石刻高100cm，宽70cm，字体为楷书，结构丰满笔力雄浑。宋治平四年（公元1067年）浔阳籍诗人陶羽写。

大石巖歌贈
巖主喜公
潯陽陶羽上
喜公心眼如有靈善擇此巖來搆扃堂根踐碎暮煙
碧洞門鑿破蒼蒼青交加亂石虎狼隊蹤擂怪木龍
蛇形其間可以松蘿招隱雲霞放情徽復徽兮何言
嘗慈復慈兮闕利名況乎神氣勇背後風雨靈龜垂
首思雷霆（岩中有石如龜龍之狀故有是句）我今方為年少英壽山未有歸
去心他時致堯功業成與師高卧白雲深

治平四年五月七日自永偕往攜
郡守同家屬遊春陵周惇頤記

邑尉大梁朱[illegible]文[illegible]安
陪建安鄒向道[illegible]
此巖之豐[illegible]

宋九龙岩题名石刻

此摩崖石刻现在东安九龙岩大洞口壁上。石刻高42cm，宽30cm，字体为楷书，结构丰满，笔力遒劲雄浑。时荆湖南路转运判官、会稽赵扬充道按全永归游九龙岩，北宋熙宁丁巳年（公元1077年）春三月题，延安武举进士曹涣同至。

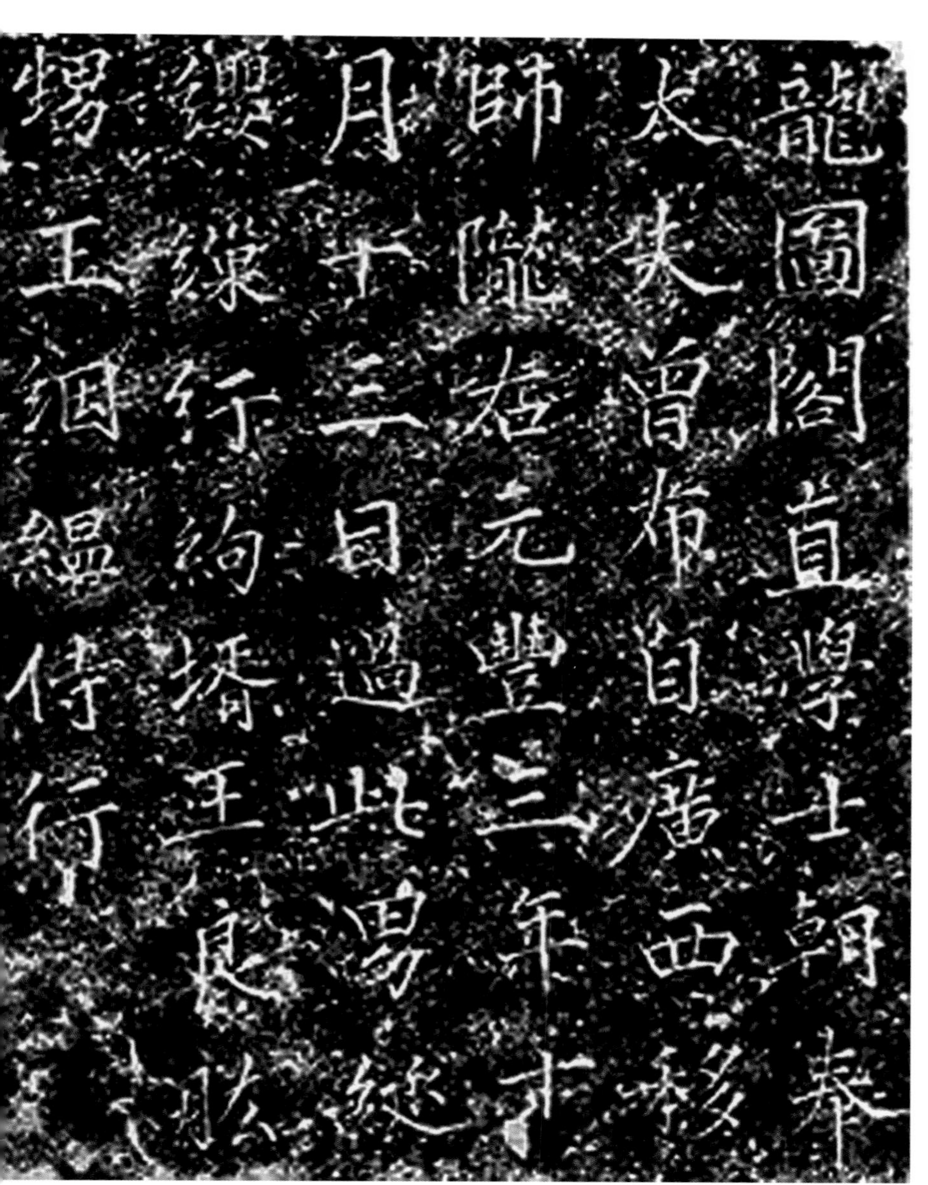

宋携家眷游九龙岩题名石刻

此摩崖石刻现在东安九龙岩大洞口壁上。石刻高65cm，宽50cm，字体为楷书，结构丰满，笔力遒劲雄浑。北宋元丰三年（公元1080年），龙图阁直学士朝奉大夫曾布自广西移师陇右，过此而作。

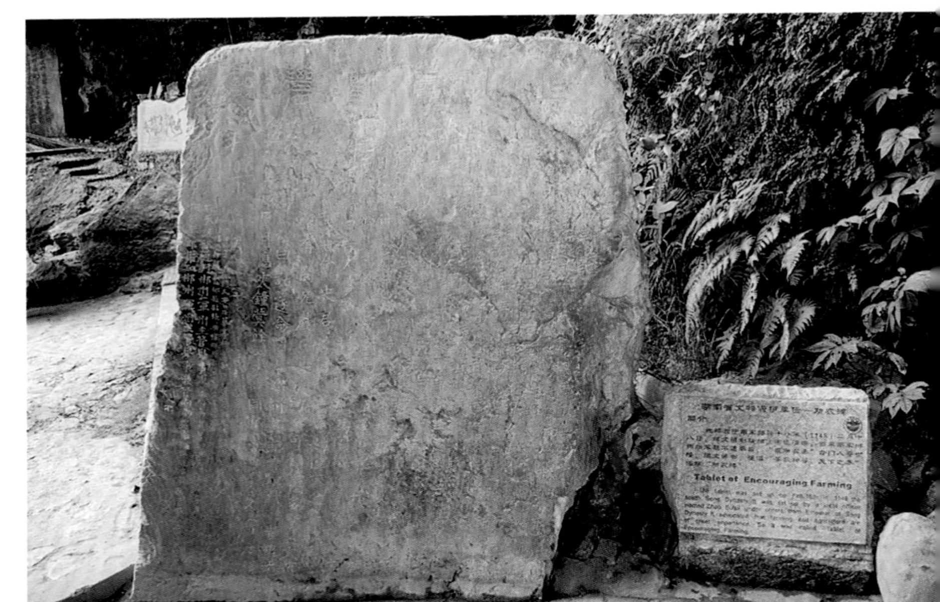

宋赵不退郴州《坦山岩劝农记》摩崖

此碑在今郴县安和乡坦山万华岩洞口的天然大石上。碑高250cm，宽173cm，厚64cm。23行，书，碑额横题“坦山岩劝农记”篆体六字，现字迹清晰。为宋高宗绍兴十八年（公元1148年）立。

宋淳熙年题刻

此摩崖石刻位于衡山县南岳水帘洞景区。题刻高100cm，宽70cm，字高10cm，宽10cm，字体为楷书。内容为"三衢毛恕具茨，宋刚仲雨后来观飞琼溅雪，伟哉奇观！淳熙壬寅正月戊戌，道士李元真俱"。宋淳熙壬寅年（公元1182年）刻立。

宋绍兴年题刻

此摩崖石刻位于衡山县南岳水帘洞景区。题刻高40cm，宽27cm，字高10cm，宽10cm，字体为楷书。内容为"刘汶、石才孺、李康、叶少颜，绍兴庚午二月同来"。宋绍兴庚午年（公元1150年）刻。

宋建炎年题刻

此摩崖石刻位于衡山县南岳水帘洞景区。题刻高30cm，宽25cm，字高4cm，宽4cm，字体为楷书。内容为宋建炎庚戌年的游记题刻，有些字体已残缺（字难辨）。宋建炎庚戌年（公元1130年）刻立。

宋建炎年题刻

此摩崖石刻位于衡山县南岳水帘洞景区。题刻高35cm，宽35cm，字径5cm，字体为楷书。内容为“长乐贾时举、太原王开叔。建炎己酉仲春十一月同来”。宋建炎己酉年（公元1129年）刻立。

宋绍定年题刻

此摩崖石刻位于衡山县南岳水帘洞景区。题刻高300cm，宽250cm，字高30cm，宽20cm，字体为楷书。内容为“绍定三年四月四日，李鼎、钟兴同游，彭铉、欧阳必大、韩门、曾方从行”。宋绍定三年（公元1230年）刻立。

宋代端年平题刻

此摩崖石刻位于衡山县南岳水帘洞石浪亭下游路石壁。石刻高150cm，宽150cm，字高25cm，宽5cm，字体为楷书。内容为“端平丙申立冬，祀岳礼成，三山陈良骥约王必长、刘天麟、梁吕洪、僧守常道士、罗志真、张嵩隐来游，子衮孙侍，会真监观熊宗文上石”。宋端平丙申年（公元1236年）刻立。

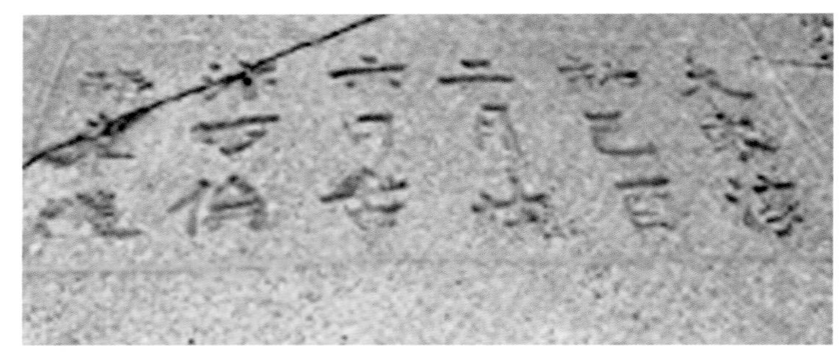

宋代淳祐年题刻

此摩崖石刻位于衡山县南岳水帘洞石浪亭下游路石壁。石刻高120cm，宽70cm，字高12cm，宽12cm，字体为楷书。内容为“大宋淳祐己酉二月廿六日，古汴万俟晦夫游行”。宋淳祐己酉年（公元124

年）刻立。

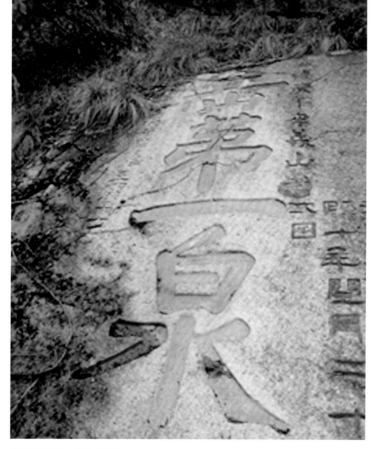

宋“南岳第一泉”题刻

此摩崖石刻位于衡山县南岳水帘洞石浪亭前山壁。题刻高380cm，宽120cm，字高90cm，宽60cm，字体为楷书。内容为“南岳第一泉”，款署为“咸淳庚午，李义山书会真观知观肖季湘，管辖住持王如璧上石”。宋咸淳庚午年（公元1270年）刻。

宋景定年题刻

此摩崖石刻位于衡山县南岳水帘洞石浪亭前山壁。石刻高70cm，宽110cm，字高8cm，宽10cm，字体为阴刻行楷。内容为“景定壬戌首夏前二日，眉山蔡昌文问戍桂林，过衡岳，会积雨，开霁乃□于水濂洞，质明谒岳祠，登祝融峰，宿上封寺，乾坤清夷，历览无际，寿宗观主者同郡人杨巽申同游”。宋景定壬戌年（公元1262年）刻立。

宋淳熙年题刻

此摩崖石刻位于衡山县南岳水帘洞石浪亭前山壁。题刻高180cm，宽0cm，字径10cm，字体为楷书。内容为绣江李浚明、龟谿卢宜之数人于淳熙十年润月二十有二日同游南岳水帘洞等处。宋淳熙十年（公元1183年）刻立。

宋淳熙年题刻

此摩崖石刻位于衡山县南岳水帘洞石浪亭前山壁。石刻高100cm，宽100cm，字径10cm，字体为楷书。内容为范子元等人于淳熙年间游南岳，在水帘洞石浪亭前山壁题记。宋淳熙年刻。

宋张孝祥“镇岳飞天法轮”题刻

此摩崖石刻位于衡山县南岳水帘洞石浪亭后侧山壁。石刻高400cm，宽200cm，字径100cm，题刻“镇岳飞天法轮”为楷书，刻跋为隶书。从吴兴卢宜之的跋文得知，书题“镇岳飞天法轮”的是绍兴年间的张公射荣。其跋书是淳熙甲辰年二月，宋淳熙甲辰年即公元1184年。

宋代巨幅"寿"字

此摩崖石刻位于南台寺山门前坪下约500米处原登山古游道边山壁上，有两处"寿"字，款署均为"三山黄桂"，字体为楷体。西侧的"寿"字，字高360cm，宽310cm；东侧的"寿"字（右图下），尺寸大小同上幅，该字左下角以及部分笔画略有破损。三山即为福建的三山书院，黄桂为福建侯官县人，宋嘉定元年（公元1208年）探花。

宋代留元圭题刻

此摩崖石刻位于衡山县南岳拜殿乡天台寺遗址西南约一公里处的巨型石壁上。题刻高330cm，宽220cm，字高130cm，宽100cm，字体为楷书。石刻内容为“妙高峰车辙亭”，款署为“留元圭”。留元圭为宋代宝庆年间的福建名宦宦。

宋徽宗题“寿岳”石刻

此摩崖石刻位于衡山县南岳瑞应峰下皇帝岩石壁上。题和跋高280cm，宽280cm，题字高140cm，宽150cm，字体为楷书。石刻内容为“寿岳”，题跋及款署：“寿岳二字，大气磅礴，相传为宋徽宗书，年湮代远，几不复辨。因重镌之，以饷游者。民国甲申春日，水绥石宏规题邑人李一夔书。”

据清光绪版《南岳志》记载及题记中“不复辨”因“重镌之”，有可能是在原宋徽宗的题刻上加深的重镌，故列入宋刻。

宋治平年题刻

此摩崖石刻位于衡山县南岳水帘洞下砥柱石处。题刻高140cm，宽90cm，字径高35cm，宽20cm，字体为篆书。内容为“南岳朱陵洞天”，款署“治平四年二月丙申转运判官沈绅题”。宋代治平四年（公元1067年）刻立。

宋绍熙年题刻

此摩崖石刻位于衡山县南岳祝融湃水瀑布下石壁处。石刻高130cm，宽80cm，字高16cm，宽12cm，字体为隶书。内容为“朱庆继等四人于绍熙初元二月癸卯同游”题记。宋绍熙初元（公元1190年）刻立。

元元贞年记事题刻

此摩崖石刻位于衡山县南岳南台寺下。石刻高50cm，宽100cm，字径10cm，字体为楷书。内容为“湘乡县汤王应雷，室王氏，男梦贤、梦祥，孙才兼施钞四十定重立石桥记。丙申元贞二年九月日，幹缘何仲敬化缘，石桥寺主口守运”。元代元贞二年（公元1296年）刻。

此文证明了至少从元代始，由南岳镇的白龙潭到赤帝峰再到南台寺的古游道就开始在使用并有信男善女捐资修缮。

元至元年题刻

此摩崖石刻位于衡山县南岳水帘洞瀑布石壁处。字体高12cm，宽10cm，字体为阴刻楷书。内容系记载“至元甲申夏奉圣旨修缮岳庙”之事。

元至正年题刻

此摩崖石刻位于衡山县南岳石浪亭下游路侧石壁处。石刻高40cm，宽100cm，字径12cm，字体为阴刻楷书。内容为“大元至正元年秋龚杏林重游”。元至正元年（公元1341年）刻。

元至元年题刻

此摩崖石刻位于衡山县南岳水帘洞雪浪亭侧石壁上。石刻高300cm，宽100cm，字高30cm，宽20cm，字体为行楷。内容为“至元廿九年八月初四日，资善大夫湖广行省左丞赵仁荣同前湖南道宣慰使中奉大夫赵淇来游住山洞泉，法师费希升上石”。元至元二十九年（公元1292年）刻。

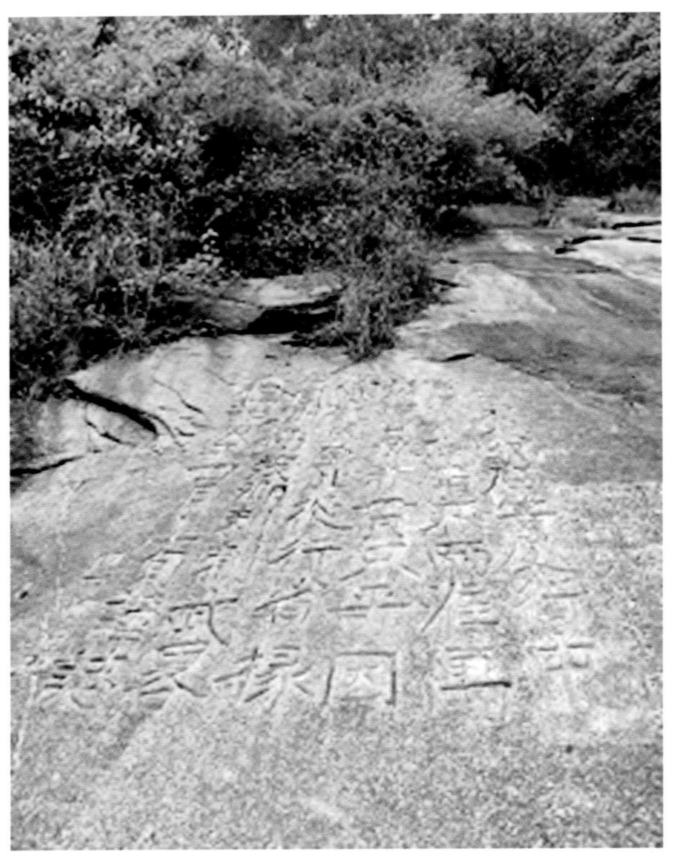

元大德年题刻

此摩崖石刻位于衡山县南岳水帘洞雪浪亭侧石壁上。石刻高250cm，宽150cm，字高20cm，宽15cm，字体为行楷。内容为："正奉大夫、湖广等处行中书省参知政事兼两淮万户府达鲁花赤贯只哥因赈济饥民至此。从行省禄霍周卿、杨茂卿剌束武备大德四年庚子四月上旬谨志。门下向通上石。"元大德四年（公元1300年）题刻。

元至元题刻

此摩崖石刻位于衡山县南岳水帘洞石浪亭下游路石壁。石刻高100cm，宽100cm，字径15cm，字体为楷书。内容为"至元后庚辰年秋，涟川龚杏村重游"。元代至元庚辰即公元1340年。

元“雷集坛所雷门”石刻

此石刻现在祁阳雷坛观遗址，碑高150cm，宽110cm，字体楷书，白玉蟾书写。

元至元年石刻

该石刻位于江永上甘棠村的月陂亭石壁上。高45cm，宽87cm，字体行楷。刻于至元二年，即公元1336年。记录的是当地和尚化缘修桥的事迹。

明代碑刻

明赵贤书刘禹锡题《桃源佳致》碑

此碑现藏于常德桃花源碑廊。碑原为唐代文学家刘禹锡所题，原碑字迹已被时光剥蚀无存。现碑为明万历三年(公元1575年)湖广巡抚赵贤初书，隶书3行，正文“桃源佳致”，字径47cm，上款为“唐刘禹锡题，明赵贤书”，下款为“光绪二十年余良栋重修”。碑高240cm，宽115cm，厚26cm。1980年重修碑亭，置碑于内，保存完好。

明甘棠八景诗石刻

该石刻位于江永上甘棠村的月陂亭石壁上。高133cm，宽113cm，字体楷书。诗刻记录了当地文人墨客、国子博士等人歌颂甘棠八景的七言绝句。刻于明代天顺庚辰年，即公元1460年。

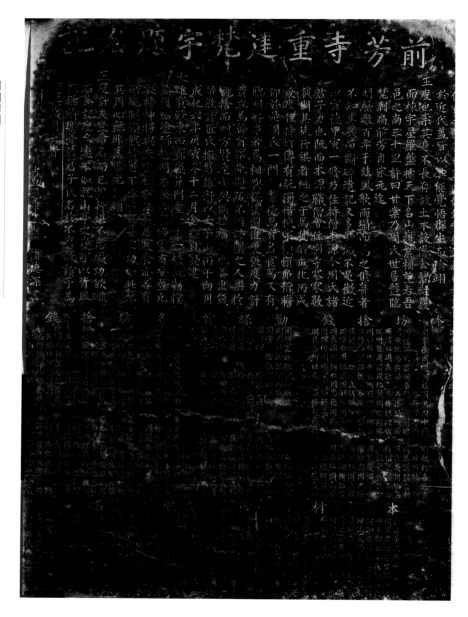

明《前芳寺重建梵宇题名记》石刻

该石刻位于江永上甘棠村的月陂亭石壁上。碑高170cm，宽124cm，字体楷书。刻于成化辛卯年，即公元1471年。此石刻真实地记录了当地人热心修庙、踊跃捐钱、求保平安的美好心愿。

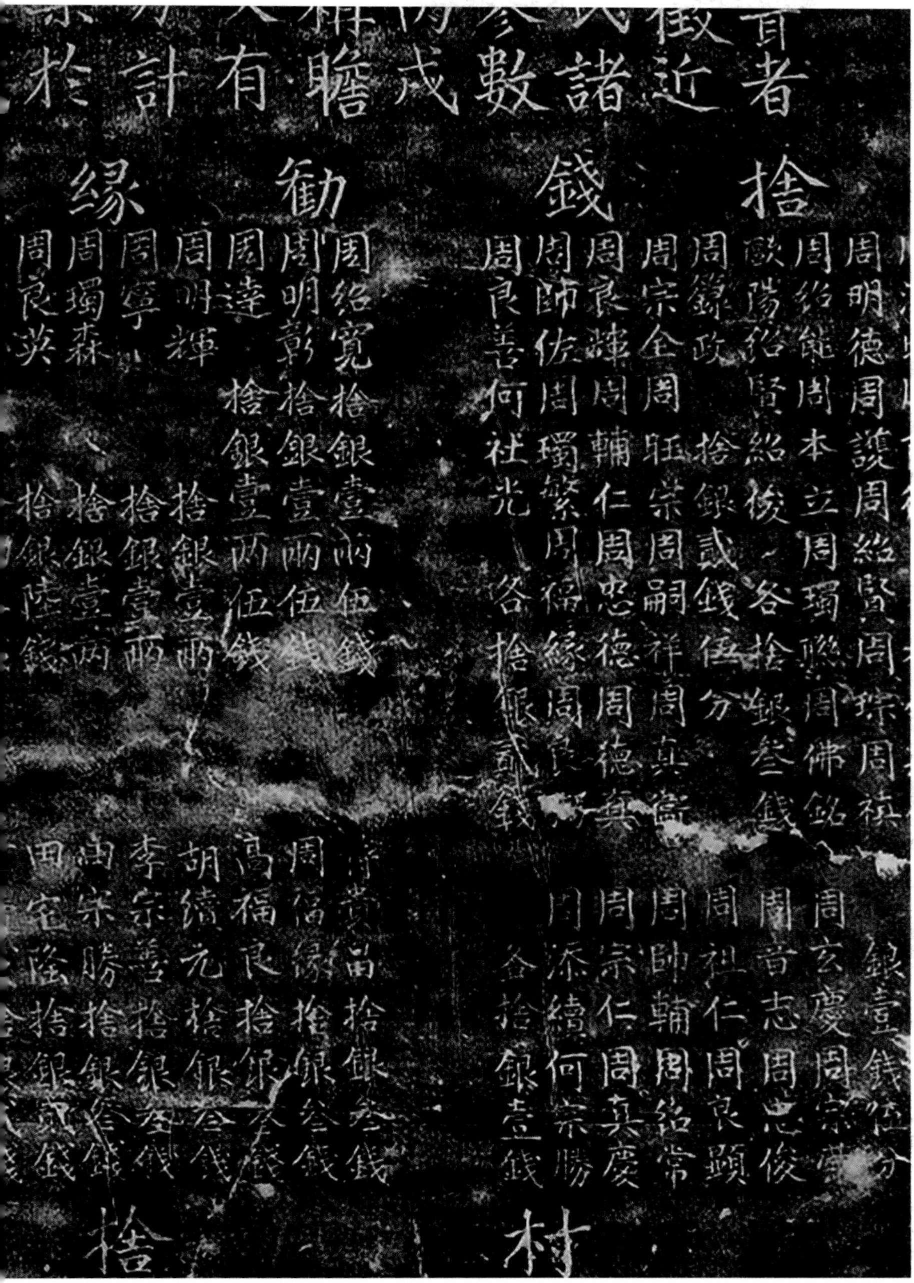

明《前芳寺重建梵宇题名记》石刻（局部）

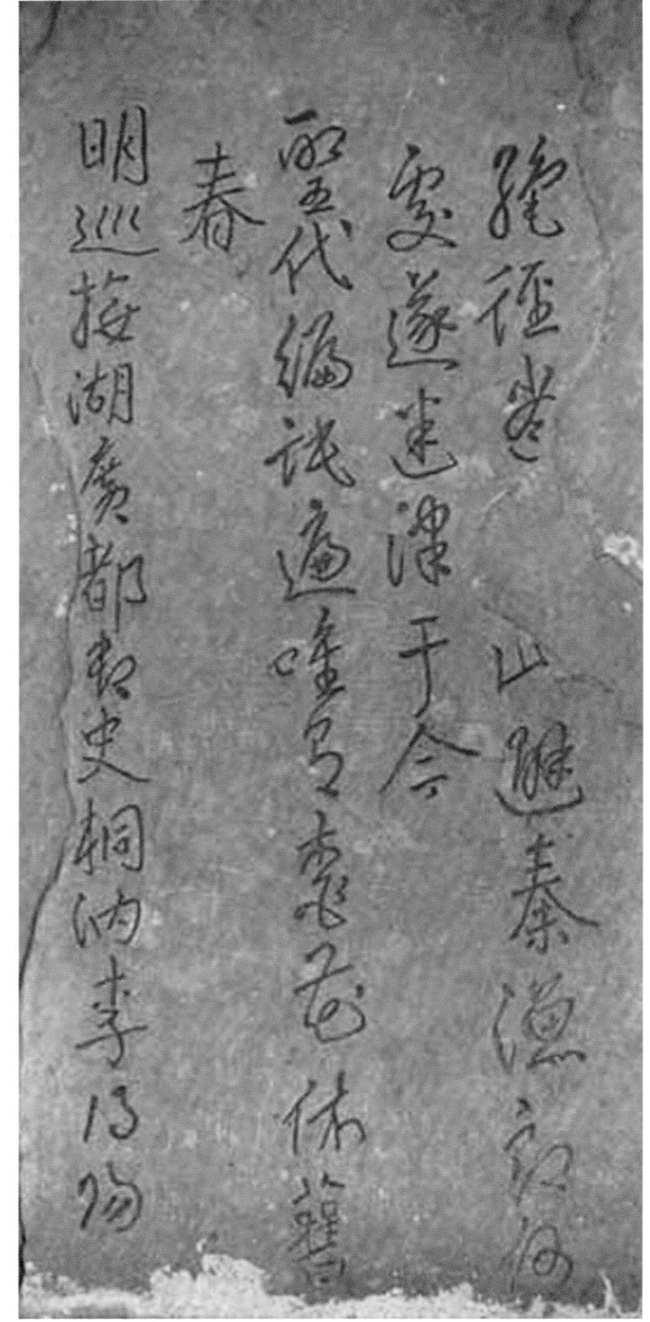

明李得阳《桃花源》诗碑

此碑现藏于常德桃花源碑廊。碑为时光所蚀，残高270cm，宽130cm，厚20cm。碑文行书，无年月。碑文缺损不全，为明巡按湖广都御史李得阳所作《桃花源》诗。

明“邑侯谦斋彭公大丞平灭贼首邓四功绩歌诗”石刻

该石刻位于江永上甘棠村的月陂亭石壁上。碑高96cm，宽80cm，字体楷书，字迹剥蚀严重，刻于明洪武三年，即公元1370年。

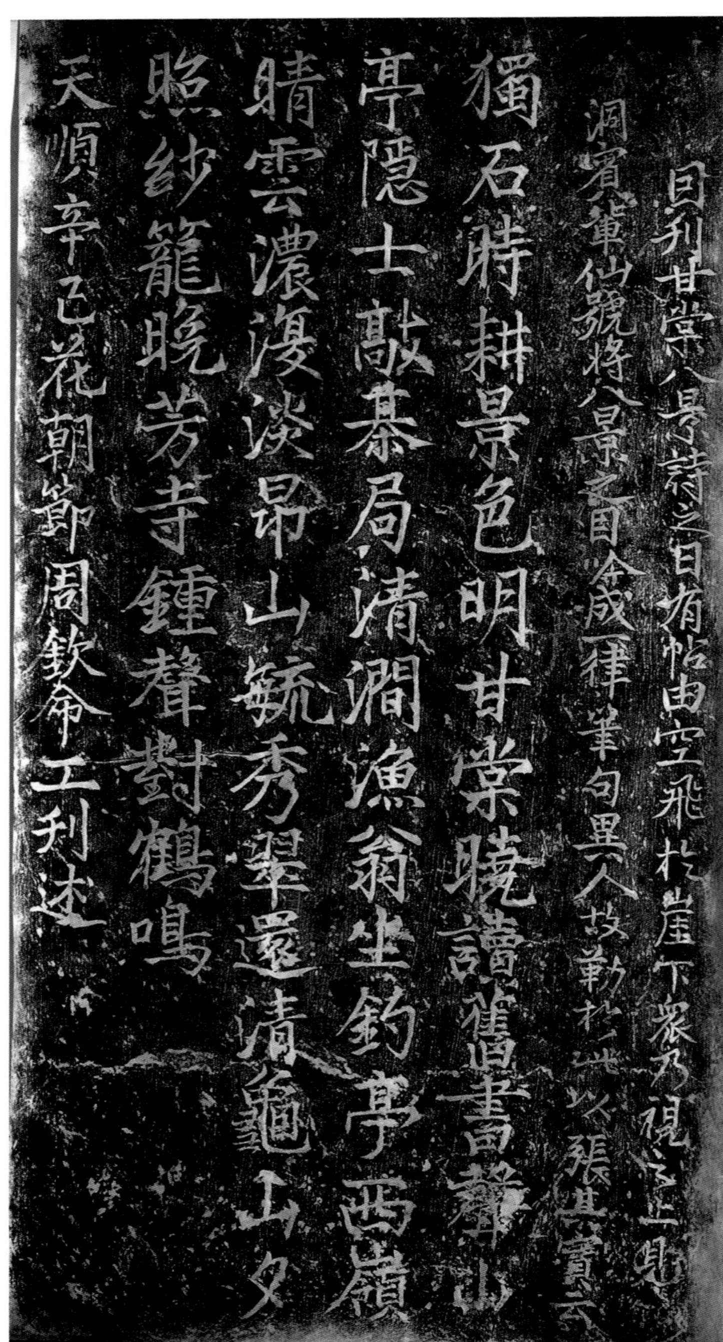

因刋甘棠八景詩之日有帖由空飛於崖下衆乃覩之上題
洞賓葷仙號將八景者因金成律華句異人故勒於此以張其實云
獨石時耕景色明甘棠曉讀舊書聲山
亭隱士敲棊局清澗漁翁坐釣亭西嶺
晴雲濃漫淡昂山毓秀翠還清龜山夕
照紗籠曉芳寺鍾聲對鶴鳴
天順辛巳花朝節周欽命工刋述

明《甘棠八景》
诗石刻

该石刻位
江永上甘棠村的
月陂亭石壁上。
碑高63cm，
32cm，楷书。
所描述是上甘
之八大景色，
“独石时耕”、
“甘棠晓读”、
“山亭隐士”、
“清涧渔翁”、
“西岭晴云”、
“昂山毓秀”、
“龟山夕照”、
“芳寺钟声”
等。明天顺辛
年（公元146
年），由周钦
工刊述。

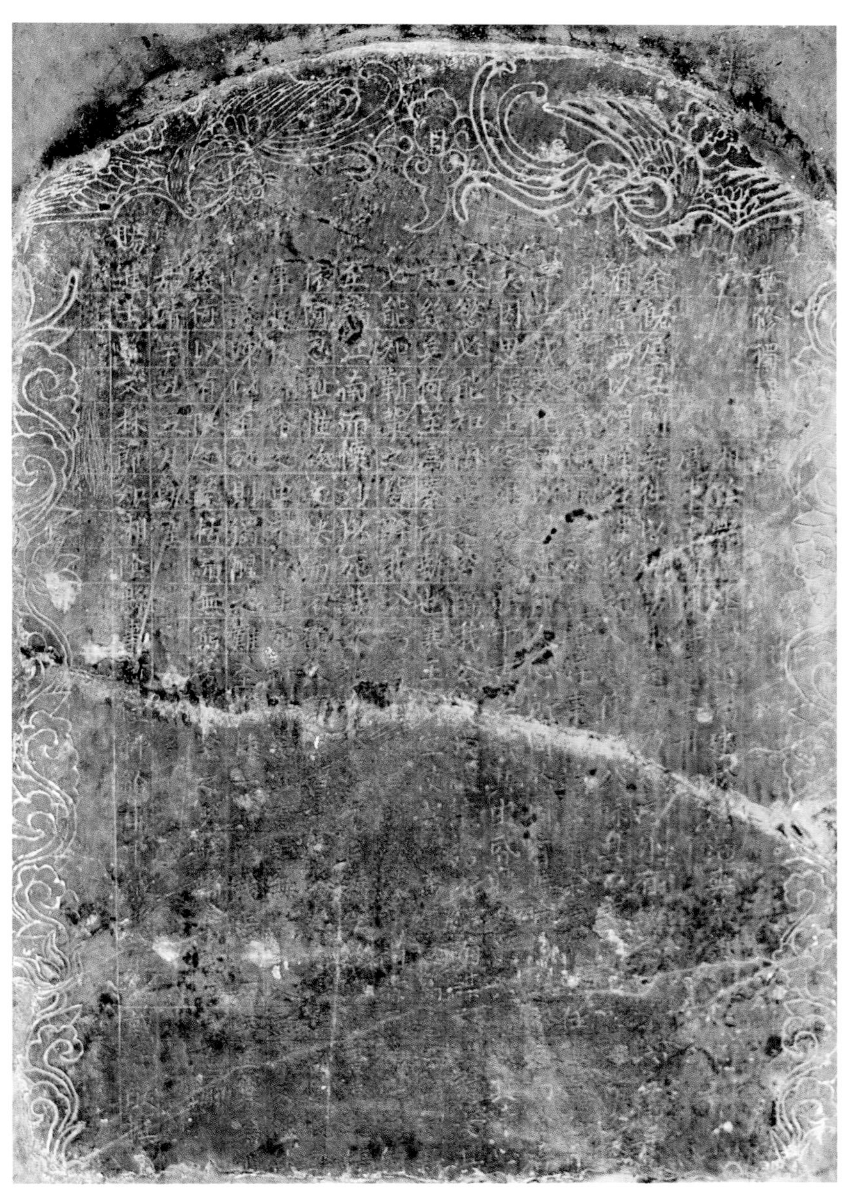

明戴嘉猷《重修独醒亭记》碑

此碑在汨罗市屈子祠。碑高105cm，宽75cm，刻文18行，每行字数不等。福建松溪范奭篆额，广东南海陈时恩楷书碑文。碑文从重修独醒亭阐述楚怀王之昏聩，以致客死于秦，襄王信任靳尚而谪屈原，以致秦拔楚郢都，而屈原投江以死明志，这一悲惨之历史教训，引起作者无穷的感慨。

明余自怡《重建三闾大夫祠碑记》

此碑现于汨罗市屈子祠。碑高155cm，宽80cm，碑文共1行，每行字数不等，楷书。此碑文记述了重修汨罗三闾祠过程：三闾祠自嘉靖二十年（公元1541年）戴嘉猷主持修葺后，至今缺然，崇祯二年（公元162年）余自怡知湘阴，与士民捐金三百两进行修葺，公元1631年完成，并于公元1633年立碑。

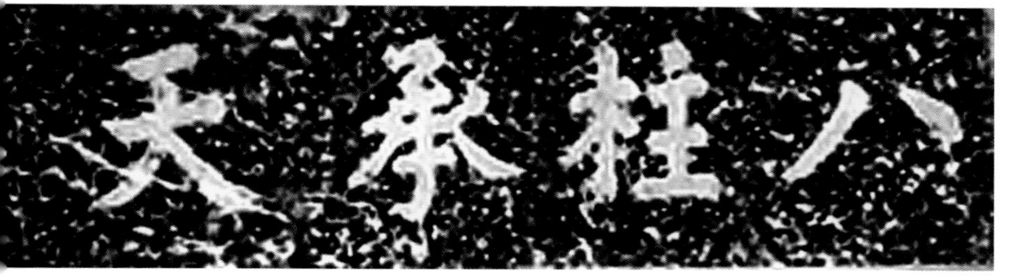

明八柱承天题刻

此摩崖石刻现在道县乐福堂乡政府后山中郎岩内。碑高65cm，长240cm，行楷。中郎岩（又名春陵岩），相传汉代中郎将张骞曾经至此，故名，岩内石幔、钟乳凝成八柱擎顶岩洞大厅，明钱达道题“八柱承天”，故名八柱岩。

明万历层岩诗题刻

此碑现存江永县，系明嘉靖丙午年（公元1546年）萧山黄九皋识题。碑高52cm，宽95cm，楷书。碑中“诗镌满壁留文泽”句显见岩中，自宋以来，铭刻之多，已至“满壁”。

明“汉营古迹”石刻

此摩崖石刻现在东安紫溪镇诸葛岭石壁上。摩崖石刻高83cm，宽250cm，行楷。相传三国时诸葛亮督军零、桂时曾屯兵于此，故名。明东安知县朱应辰题于万历己卯年（公元1579年）。

明万历《捕蛇歌》题刻

此碑现存零陵子庙后碑廊，系明神万历甲午（公元159年）冬，山阴（今浙绍兴）王泮撰书。碑193cm，宽89cm，行书。王泮对当时的苛政、役深恶痛绝，感叹“烟瘴雾毒于蛇，驱之若鱼游釜”，“谁知日从军愁，不减当年蛇苦”。碑文表达了位诗人、书家对时政评判。

含晖岩诗石刻

此摩崖石刻现在位于道县。碑高70cm，宽85cm，楷书。明代黄九皋诗，石刻内容为五言古诗，正明朗，诗意古健。

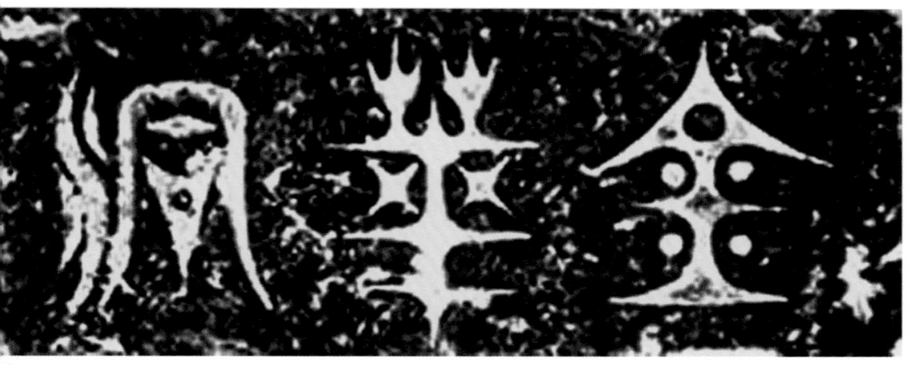

“金华洞”题额石刻

此石刻现在金华洞，即道县南四里含晖岩，碑高40cm，宽90cm，篆书。宋绍兴己卯（公元1159）改为金华洞，此题额系明嘉靖五年（公元1526年）州守叶文浩书。

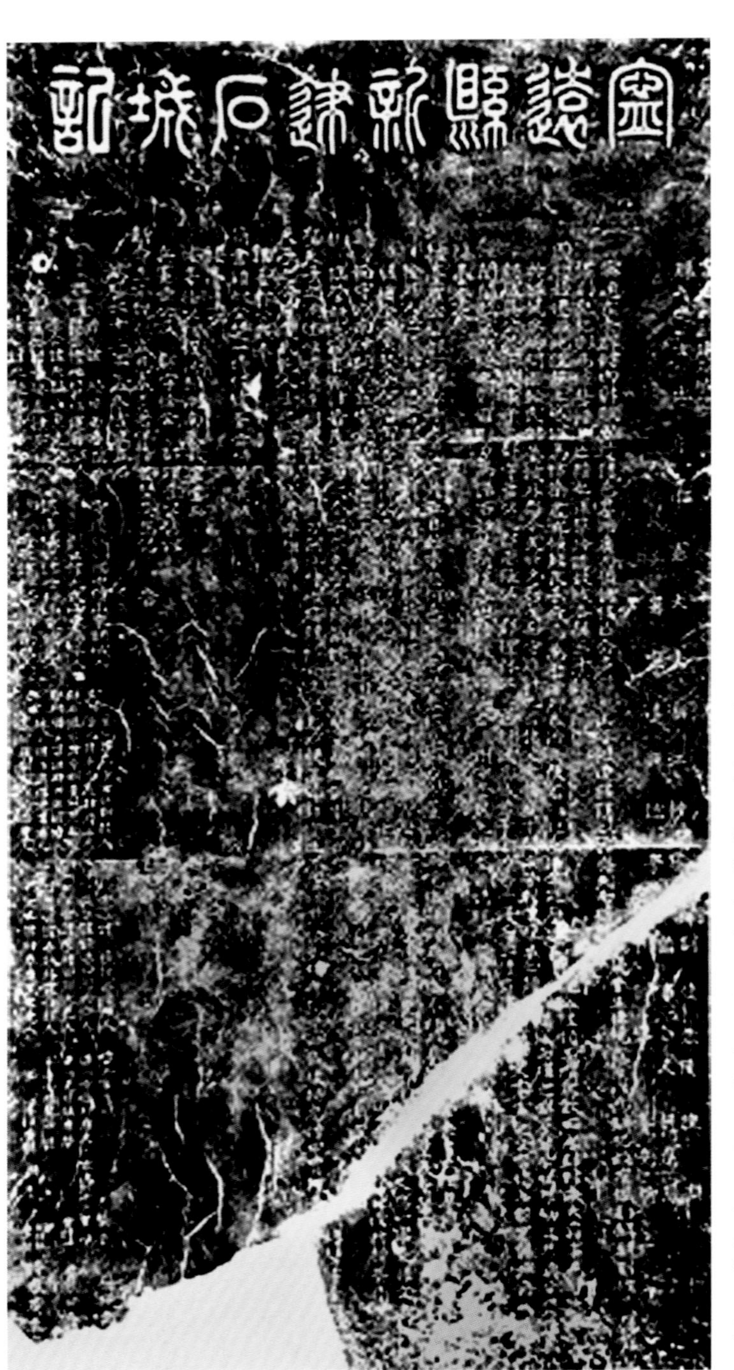

明“宁远县新建石城记”碑

此碑现存于宁远文庙。碑长205cm，宽109cm，楷书。宁远县城“国初始迁兹地”，史载为宋乾德三年（公元965年）迁入现舜帝陵镇，但明以前“仅筑土城，以为防卫，岁有倾辑，民甚疲焉”。明万历辛卯（公元1591年）春，在抚台李祯等的支持与配合下，历时二年有余，于万历甲午（公元1594年）冬竣工。赐进士身、中宪大夫、浙按察司副史零陵陈为此树碑立石。系万历二十二年（公1594年）立石。

“上湖南分守道题名”碑

此碑现存于零陵文庙，碑高28cm，宽96cm，楷书。明张孝撰写。

明“题避秦岩”碑

此石刻现存江华白芒营镇秦山村秦岩。碑高165cm，宽75cm，字体行书。万历庚子年（公元1600年）刻。

明正德年题刻

此摩崖石刻现在位邵阳武冈县城东法相岩乡境的法相岩。字体楷书，端庄挺秀，笔法娴熟。明代正德庚辰年（公元1520年）立。

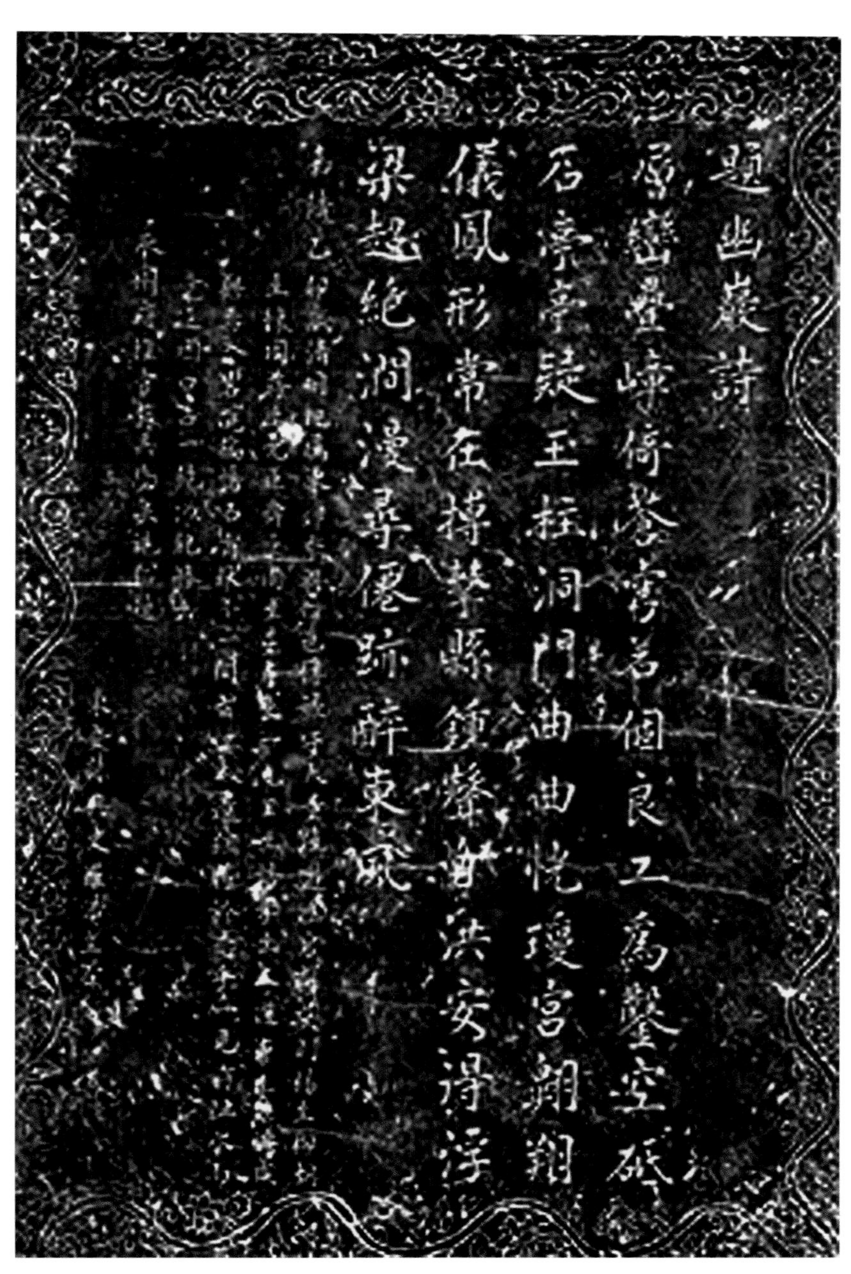

明《题幽岩诗》碑

此碑现存于东安县紫溪镇龙口幽岩。碑高120cm，宽70cm，字体楷书。嘉靖乙卯年（公元1555年），明永州府推官苏吴崑泉施仁题，东安典史罗浩立石。

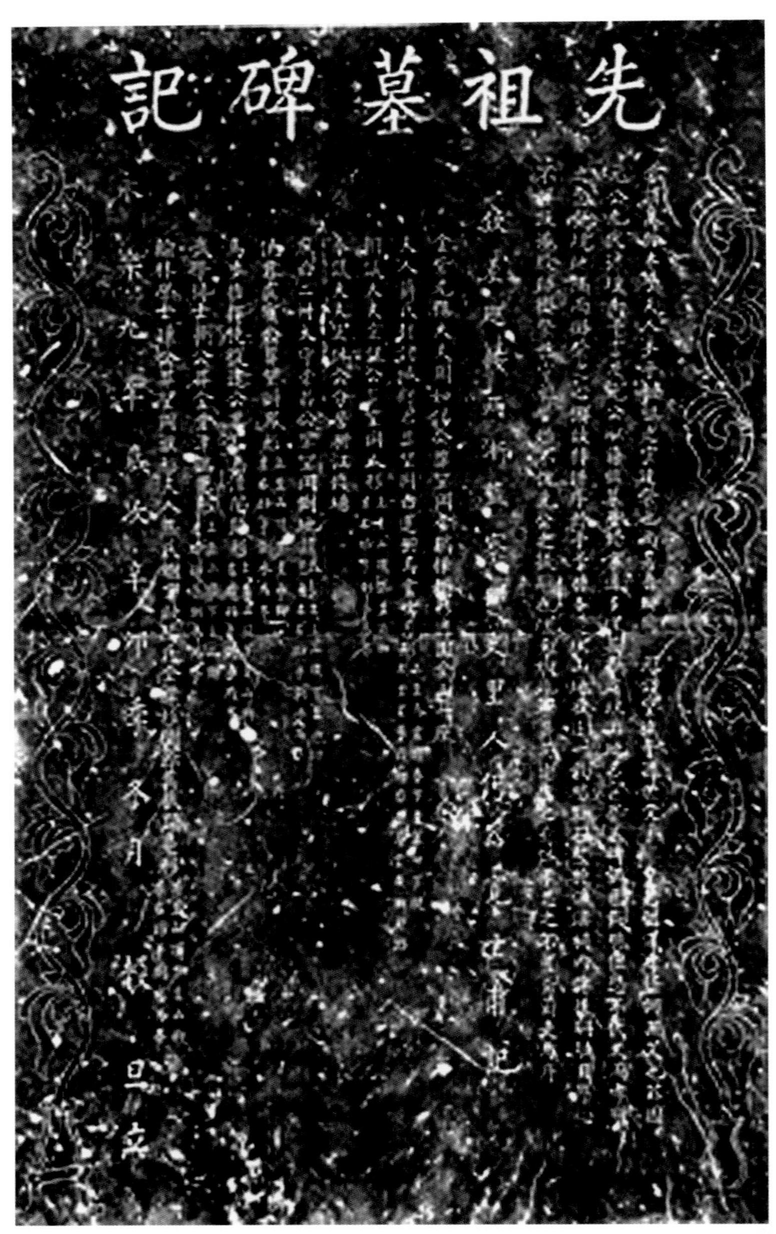

明何器宽《先祖墓碑记》碑

此碑现存宁远县。碑记为明巡按两浙监察史何器宽撰文，立于明永乐九年（公元1411年）。字体楷书。

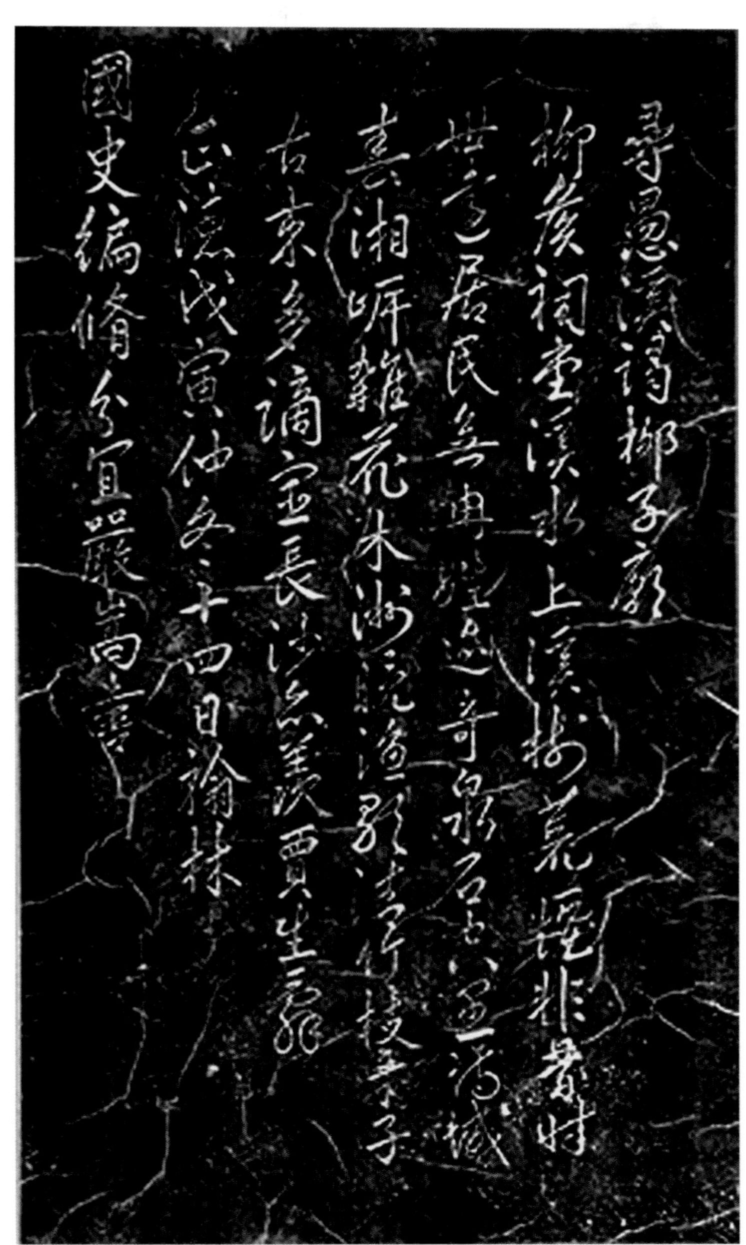

明严嵩《寻愚溪谒柳子庙》碑

此碑刻现存永州柳子庙。碑高120cm，宽58cm，字体行书。明正德戊寅年（公元1518年）严嵩书。

明段锦“阳华岩”题额

此摩崖石刻现存江华县阳华岩。碑高70cm，宽150cm，篆书。嘉靖三十一年（公元1552年）署“县事永州卫经历邓川西松子段锦书”。

明永山庙残碑

此碑现在双牌县永江乡白沙江村永山庙。明成化年间重修庙碑，碑中提到当地族人曾祭祀西汉赵王张耳，也谈及永州得名于永山永水之说，似是蒋姓人立。楷书，字体工整老练。碑残。

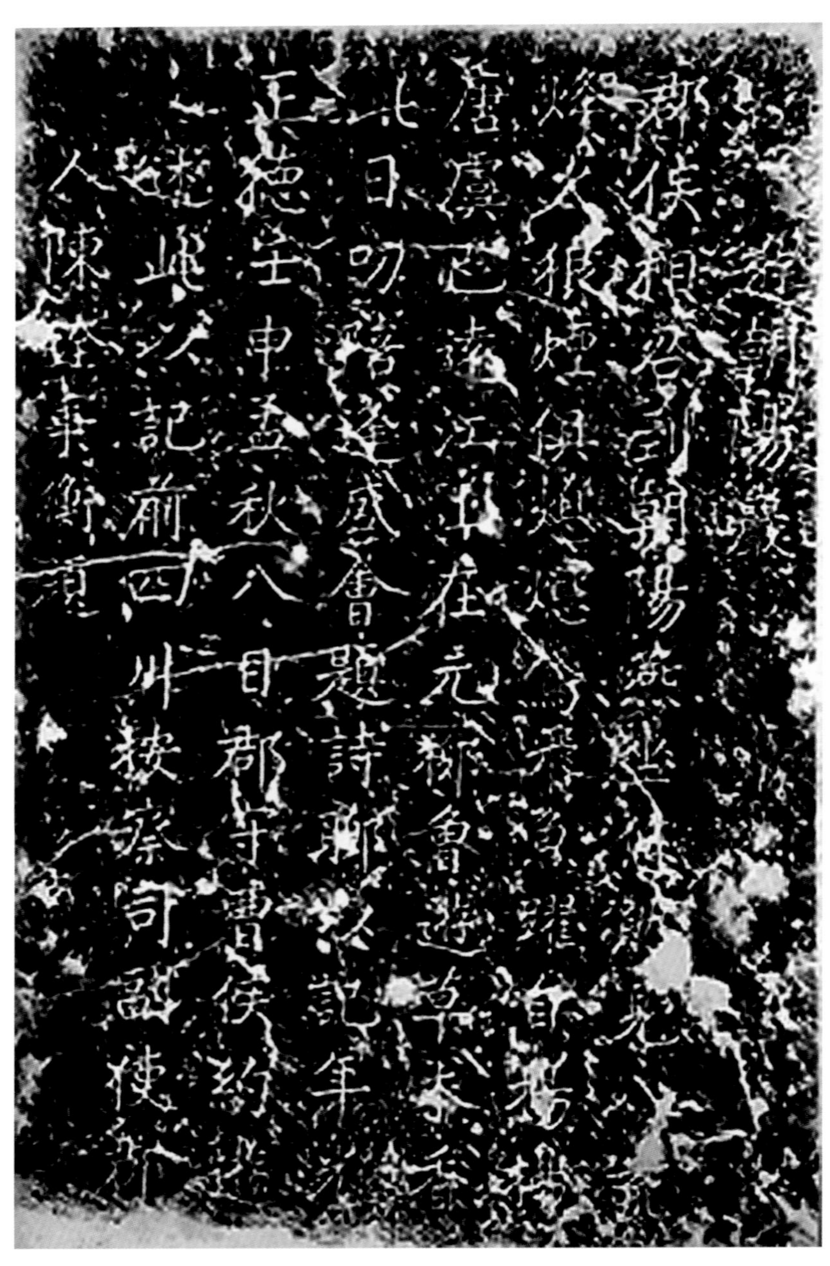

明《游朝阳岩》诗碑

此摩崖石刻诗碑，现在零陵朝阳岩上洞石壁上。碑高110cm，宽50cm，楷书。曹侯约游述、陈铨题，正德壬申年（公元1512年）立。

明许岳游朝阳岩诗碑

此摩崖石刻现在零陵朝阳岩上洞石壁上。碑高100cm，宽60cm，楷书。许岳撰书，诗中“谩教山水属高贤，开辟留将启后先”极富人文哲理。嘉靖十年（公元1531年）立。

明王泮游澹岩（今淡岩）诗

此摩崖石刻现在永州零陵澹岩（今淡岩）洞口石壁上。王泮撰书，立于万历甲午年（公元159年）。碑高85cm，宽62cm，行书。

明《游愚溪》诗碑

此摩崖石刻现在零陵柳子庙碑廊。碑高122cm，宽84cm，楷书，字体结构端正，笔锋老练。明正德六年（公元1511年），永州知府曹来旬撰诗并书丹，诗中由愚溪的“愚”字引发，道出了柳宗元“有才无用自谓愚，托名愚溪博一粲”的心路历程。

明《游月岩观诸峰峦奇之》诗碑

此摩崖石刻现在道县境内清塘乡月岩石壁上。碑宽120cm，高60cm，楷书。“大明口口甲戌腊月初六”徐爱时、洪通等同游并题诗。

明《游月岩诗并序》碑

此摩崖石刻现在道县境内清塘乡月岩石壁上。碑宽60cm，宽高35cm，行书。明人撰写。

明沈庆《状元山》题刻

此摩崖石刻现在道县状元山。碑高40cm，宽40cm，楷书。天顺三年（公元1459年）八月，湖广按察司副使、前翰林院五经博士沈庆题。

代天启年题刻

此摩岩石刻位于衡山县南岳景。内容为“天启三年五月望日，官杨一鹏真装观音菩萨三尊，永供奉。住持僧性征。”为明天启年（公元1623年）刻立。

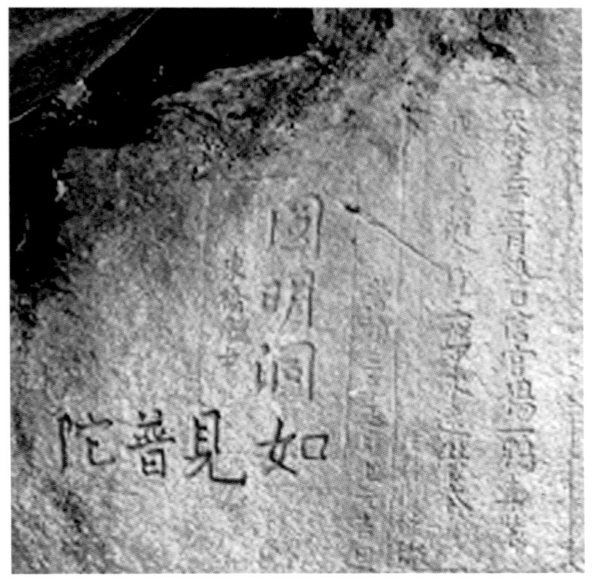

代万历年题刻

此摩岩石刻位于衡山县南景区皇帝岩东侧游路。题刻高10cm，宽140cm，字高30cm，宽0cm，楷书。内容为“愿天常生好、愿人常行好事”，款署“释怛般惶罪明万历癸卯仲冬二日□□□□□弟子智受夷陵万应”。为明历癸卯年（公元1603年）立。

明代崇祯年题刻

此摩岩石刻位于衡山县南岳景区湘南寺到皇帝岩300米处。题刻高160cm，宽110cm，字高13cm，宽14cm，楷书。内容为“虱松在何处天外外影班班隐见时无定岩虚任去还古潭周赞春为□静徒□惺崇祯壬申冬月立”。为明崇祯壬申年（公元1632年）刻立。

明“高山流水”题刻

此摩崖石刻位于衡山县南岳水帘洞景区。题刻高40cm，宽200cm，字高40cm，宽30cm，行书。内容为“高山流水”，为“万历丁巳秋（公元1617年）”题刻。后有“衡守二尹愉同衡山令谭嘉宿，郡人黄文华、杜炎桂、杨标、蒋光缮、王洪超来游纪胜”之刻跋。

明正德年题刻

此摩崖石刻位于衡山县南岳水帘洞石浪亭前山壁。题刻高50cm，宽100cm，字径10cm，楷书。内容为“正德十有三年冬十有一月戊戌，翰林编修严嵩，翰林检讨易舒诰，湖广提学副使张郑奇，衡州府知府计宗道同游。”为明正德十三年（公元1518年）题刻。

明代嘉靖年题刻

此摩崖石刻位于衡山县南岳水帘洞景区。题刻高200cm，宽200cm，字径30cm，楷书。内容为“七十二峰主者彭簪，九年来游，三度吁嗟乎，一去将百千万世。嘉靖癸巳九月日题”。嘉靖癸巳年（公元1533年）立。

明成化壬辰年题刻

此摩崖石刻位于衡山县南岳景区穿岩诗林。题刻高130cm，宽110cm，字径15cm，楷书。内容为“衡山县紫盖乡大唐保佳梓王祠下，施财信士刘自权合卷等住持僧圆海，开山父刘斌刻，长老悦芷。成化壬辰记”。为明成化壬辰年（公元1472年）立。

明代“上回鹰峰”题刻

此摩岩石刻位于衡山县南岳景区紫竹林道观香炉台基下50米处。题刻高100cm，宽500cm，字径100cm，楷书。内容为“上回鹰峰”，款署为“甘泉王世光刻石”。

明“大鹤行窝”题刻

此摩岩石刻位于衡山县南岳景区高台寺。题刻高70cm，宽230cm，字高40cm，宽30cm，楷书。内容为“大鹤行窝”，款署为“明嘉靖丁未重九日”。为明嘉靖丁未年（公元1547年）立。

明隆庆年题刻

此摩崖石刻位于衡山县南岳景区高台寺。内容为“隆庆戊辰颜鲸题”，题刻字径0cm，楷书。为明隆庆戊辰年（公元1568年）刻。

明“望月坛”题刻

此摩崖石刻位于衡山县南岳景区祝融峰。题刻高45cm，宽170cm，字高30cm，宽20cm，楷书。内容为“望月坛”，款署为“横山明嘉靖丁巳九月宝庆知府郭崇书登此四拜”。

明“观音岩”题刻

此摩崖石刻位于衡山县南岳景区。内容为“观音岩”，款署“大明天启癸亥年五月十五日，部验司郎中杨一鹏书”。楷书。为明天启癸亥年（公元1623年）立。

明“不语挂锡”题刻

此摩崖石刻位于衡山县南岳景区会仙上洞中。题刻高50cm，宽130cm，字径40cm楷书。内容为“不语挂锡”，款署“万历寅岷潘禋黎”。为明万历甲寅年（公元16年）刻立。

明代嘉靖年题刻

此摩崖石刻位于衡山县南岳景区会仙巨石上。字体高20cm，宽20cm，楷书。内为“谢应徵登时嘉靖乙巳七夕题”。为明靖乙巳年（公元1545年）刻立。

明崇祯王夫之题刻

此摩崖石刻位于衡山县南岳镇光明村坳（茶亭子）路边石壁处。题刻高140cm宽110cm，字高65cm，宽70cm，楷书。内容“涌儿”。款署“圭祯畕王夫之题”。

明“眠云漱月”题刻

此摩崖石刻位于衡山县南岳麻姑仙境上兜率寺遗址处。题刻高240cm，宽220cm，字高90cm，宽80cm，楷书。内容为“眠云漱月”，款署“万历甲戌秋九月蜀郡边维垣书”。明万历甲戌年（公元1574年）刻立。

明“云梯”题刻

此摩崖石刻位于衡山县南岳进山门票处稽查所后百步云梯石壁处。题刻高240cm，宽130cm，字高90cm，宽80cm，楷书。内容为“云梯”，款署为“明隐熊合元题”。

明“薜箩深处”题刻

此摩崖石刻位于衡山县南岳麻姑仙境上兜率寺遗址处。题刻高120cm，宽100cm，字高50cm，宽35cm，楷书。内容为“薜箩深处”，款署为“大明万历中桂人张孙振题”。明代万历年刻立。

明代万历年题刻

此摩崖石刻位于衡山县南岳麻姑仙境上兜率寺遗址处。题刻高160cm，宽140cm，字高100cm，宽70cm，楷书。内容为“松高玄览”，款署为“万历庚寅武进吴之□”。明万历庚寅年(公元1590年)刻立。

明正德年题刻

此摩崖石刻位于衡山县南岳南台寺下金牛迹凉亭后石壁处。题刻高120cm，宽160cm，字高0cm，宽18cm，楷书。内容为“手招黄鹤来，脚踏金牛背。尘世无人知，白云久相待”。落款为“正德乙亥秋龙门外史□良用题，无碍师刊。”为明正德乙亥年（公元1515年）刻立。

明正德年题刻

此摩崖石刻位于衡山县南岳南台寺下金牛迹凉亭后石壁处。内容有些模糊不清，落款为“无碍师刊”。楷书。

月“游兜率庵”诗刻

此摩崖石刻位于衡山县南岳麻姑仙境上兜率寺遗址处。题刻高130cm，宽60cm，字高12cm，宽10cm，楷书。内容为：“游兜率庵，名山多胜概，幽谷最奇观。树色千林晓，泉声六月寒。仙桥通古刹，松径隐经坛。修竹池亭上，流觞忆懒残。”诗作者张守约为明永乐年间上海知县。

明“蓑云钓月”题刻

此摩崖石刻位于衡山县南岳金简峰飞来船形石壁处。题刻高200cm，宽110cm，字高40cm，宽30cm，楷书。内容为“蓑云钓月”，款署为“明谏垣愚隐熊开元题”。

明“福”、“寿”题刻

此摩崖石刻位于衡山县南岳麻姑仙境上兜率寺遗址处。题刻石高180cm、宽160cm，字高180cm、宽140cm，楷书。内容为“福”、“寿”，两石相距50米，款署为“嘉靖丙辰六月吉旦巡按广西监察御史李一经磬石书。衡山主簿□大纲、儒学署举人郭林、训导江厚立”。明嘉靖丙辰年（公元1556年）刻立。

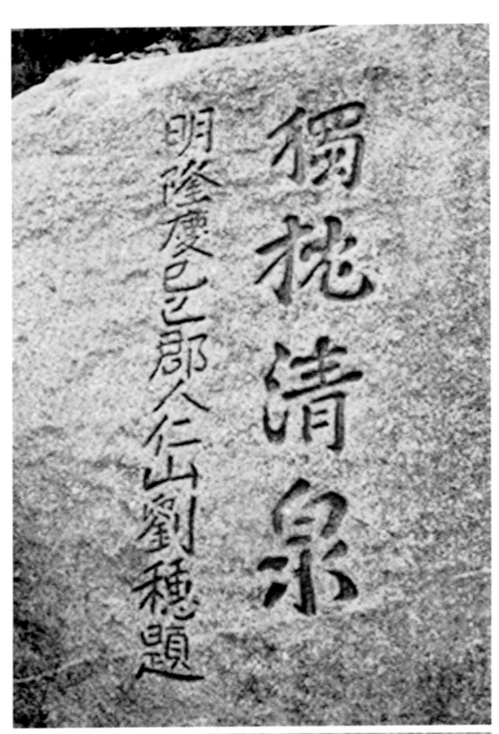

明“独枕清泉”题刻

此摩崖石刻位于衡山县南岳水帘洞瀑 石壁处。题刻高120cm，宽20cm，字径20cm，行楷。内容为“独枕清泉”，款署为“明 庆己巳郡人仁山刘穗题”。为明隆庆己巳 （公元1569年）刻立。

明隆庆年题刻

此摩崖石刻位于衡山县南岳去会仙桥 路边石壁处。题刻高220cm，宽90cm，字 20cm，行楷。内容为“御史部光先代隆庆 狩戊辰年正月元旦至于南岳”。为明隆庆 辰年（公元1568年）刻立。

明“天帝万年”题刻

此摩崖石刻位于衡山县南岳湘南寺侧文殊洞石壁处。题刻高350cm，宽130cm，字高80cm，宽70cm，篆书。内容为“天帝万年”，款署为“嘉靖七年岁次戊子春正月之吉湖广等处承宣布政使司衡州府知府□ □ □ □ □。”（残缺）明嘉靖七年（公元1528年）刻立。

明“天下第一泉”题刻

此摩崖石刻位于衡山县南岳水帘洞瀑布石壁处。题刻高500cm，宽120cm，字径100cm，楷书。内容为“天下第一泉”，款署为“大明正德戊寅岁衡郡知府柳川计宗道书，衡山知县临川邹岗上石”。为明正德戊寅年（公元1518年）刻立。

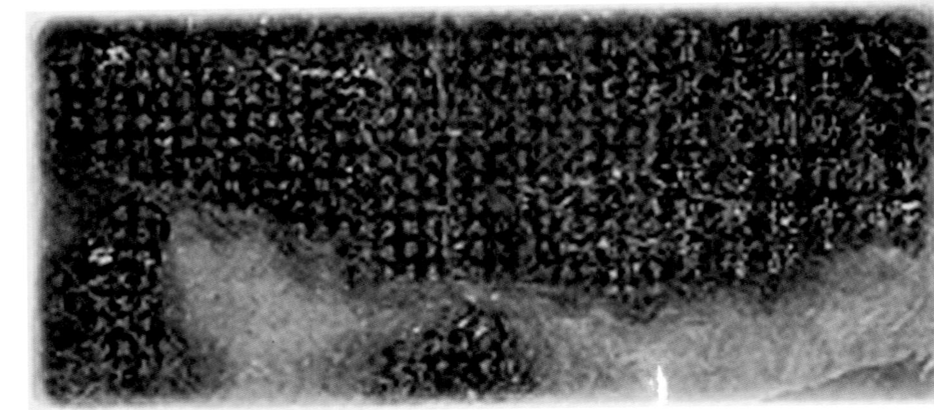

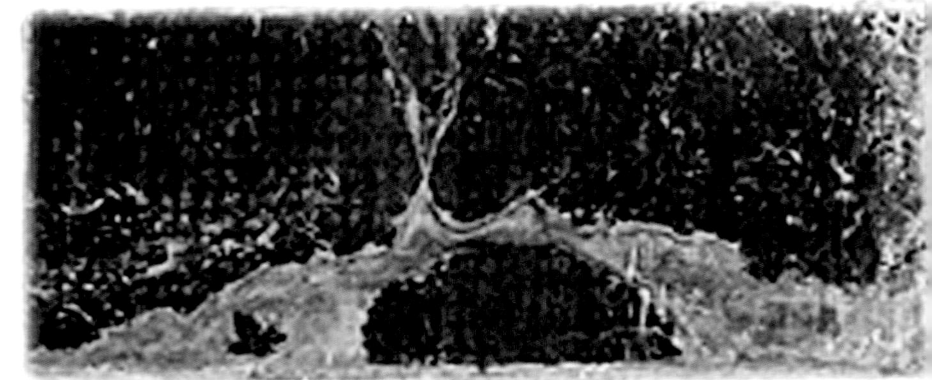

明刻程子四箴碑

四箴碑现藏长沙市岳麓书院四箴亭内。其中《视箴碑》残缺严重，箴文全缺。碑分4块，每[illegible]高46厘米，宽108厘米，字体为正楷，碑四周雕有龙纹。

“四箴”即宋代大儒程颐所撰视、听、言、动四箴。明世宗推崇理学，亲自注解，颁行天下[illegible]校。嘉靖九年（公元1530年），岳麓书院得御制四箴及世宗亲撰的“敬一箴”，特建“敬一箴”[illegible]保存，是岳麓书院碑刻中价值非常重要的文物。

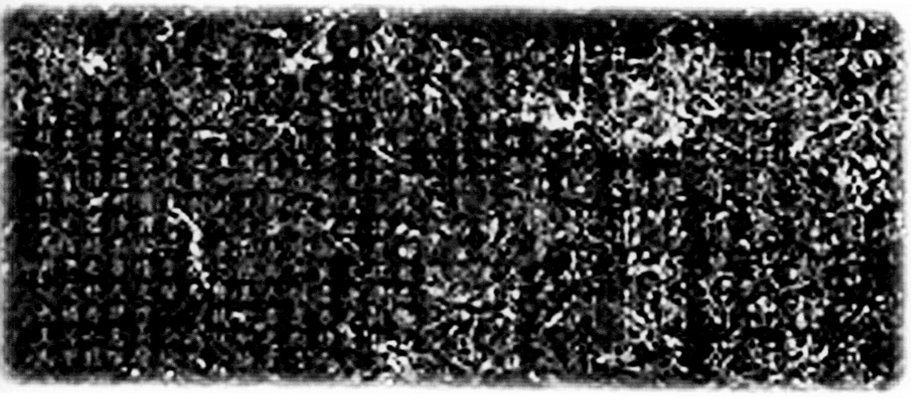

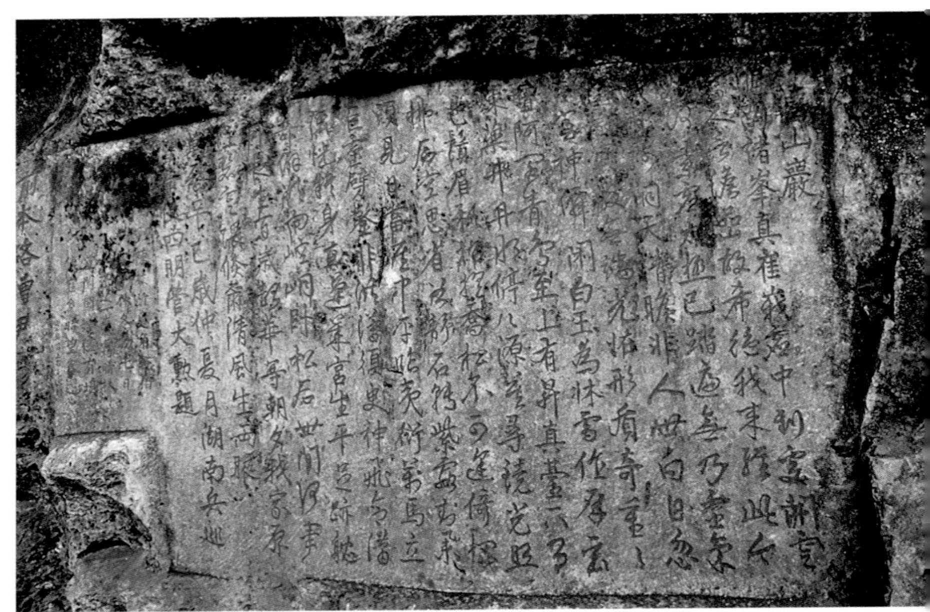

明《淡山岩》诗刻

此摩岩石刻现存于永州淡岩内。为明代万历辛巳年（公元1581年）管大勋题书。行书，字体飘逸遒劲。

■“差可共语”题刻

此摩岩石刻位于衡山县南岳景区高台寺开云亭东登山路边。题刻高250cm，宽100cm，字径)cm，楷书。内容为“差可共语”，款署为“崇祯壬午秋周星题”。为明崇祯壬午年（公元1642:）刻。

清代碑刻

《海誓山盟》碑

清《画皮坳护树》碑

此碑在绥宁县城西北三公里的画皮坳。《画皮坳护树》碑是由《海誓山盟》和《永垂不朽》两块碑组成，两碑记载了当地群众卖树护树的情况，是人民群众护树的珍贵历史记载。碑高132cm，宽80cm，厚6cm，楷书。青石质，现保存完好。清雍正六年（公元1728年）立。

《永垂不朽》碑

清《德洋恩溥》碑

此碑在石门县夹山寺槽门前，碑下截已残。碑高112cm，宽75cm，厚16cm，楷书。清道光九年(公元1829年)刻立。上端“德洋恩溥”四个大字，碑文为阴刻，记载十条禁令，故又称“十禁碑”。

此碑通告当地政府的十条禁令，内容丰富，对于了解当时的阶级关系和社会生活情况，有一定参考价值。

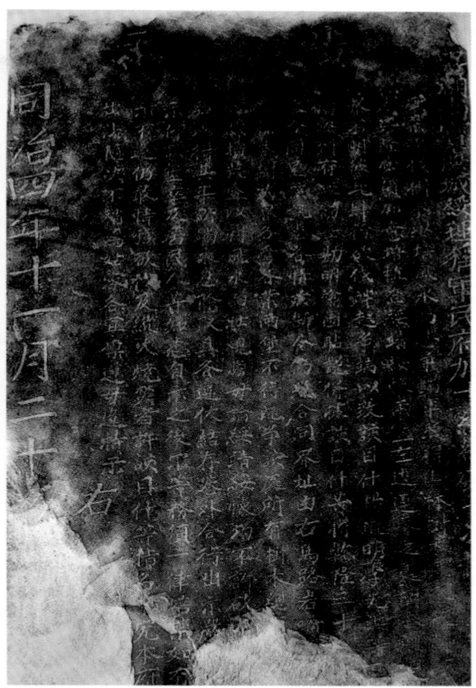

青《中堡护林》碑

此碑在绥宁县城南一公里的界溪中堡路旁石崖脚下。高120cm，宽80cm，厚5cm，青石质，楷书，现完好无损。碑文为清同治四年（公元1865年）宝庆府为解决绥靖、绥怀两堡疆界争端，禁止砍伐该处树木的告示，虽有护林“以利风水”的迷信说法，但可说明当时地方政府已认识对林木必须倡栽培，禁砍伐的重要性。

清刻忠孝廉节碑

碑现嵌于长沙市岳麓书院讲堂左右两壁。碑分4块，每字1块，碑每块高213cm，宽141cm，字高169cm，宽122cm。碑为大字行书，饱满有力。

忠孝廉节碑，明代曾嵌于岳麓书院尊经阁，后毁，现碑为清道光七年（公元1827年）山长欧阳厚均重刻。每块碑除大字外还有勒石人的名字。一般这样大的石刻汉字只有在名山的巨崖上才有，而单体刻于碑石上则为国内罕见，是碑刻中的精品，有极高的文物价值。

清刻道中庸碑

此碑现嵌于长沙市岳麓书院园林碑廊。碑高180厘米，宽46厘米，楷书，三字阳文竖刻。笔画刚健，刻工传神。碑为清道光七年（公元1827年），山长欧阳厚均修复道中庸亭时，所刻朱熹遗墨。

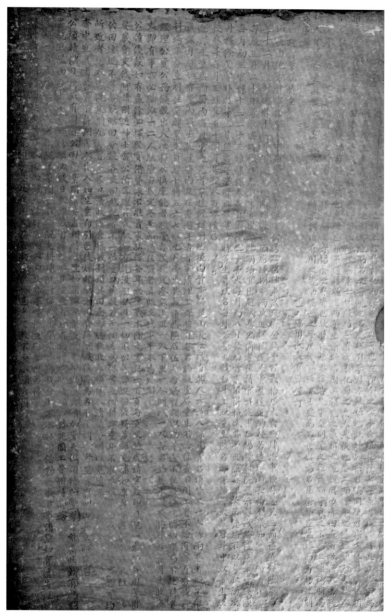

清《虎溪书院章程碑》

此碑在绥宁县城南二十公里的寨市镇（旧县城）农业中学内。碑高163cm，宽94cm，厚5cm，楷书，青石质，现保存完好。碑文全文镌刻当时的办学章程，序言系本县进士袁宝彝所撰。章程和序言均是研究绥宁县科举办学的重要资料。

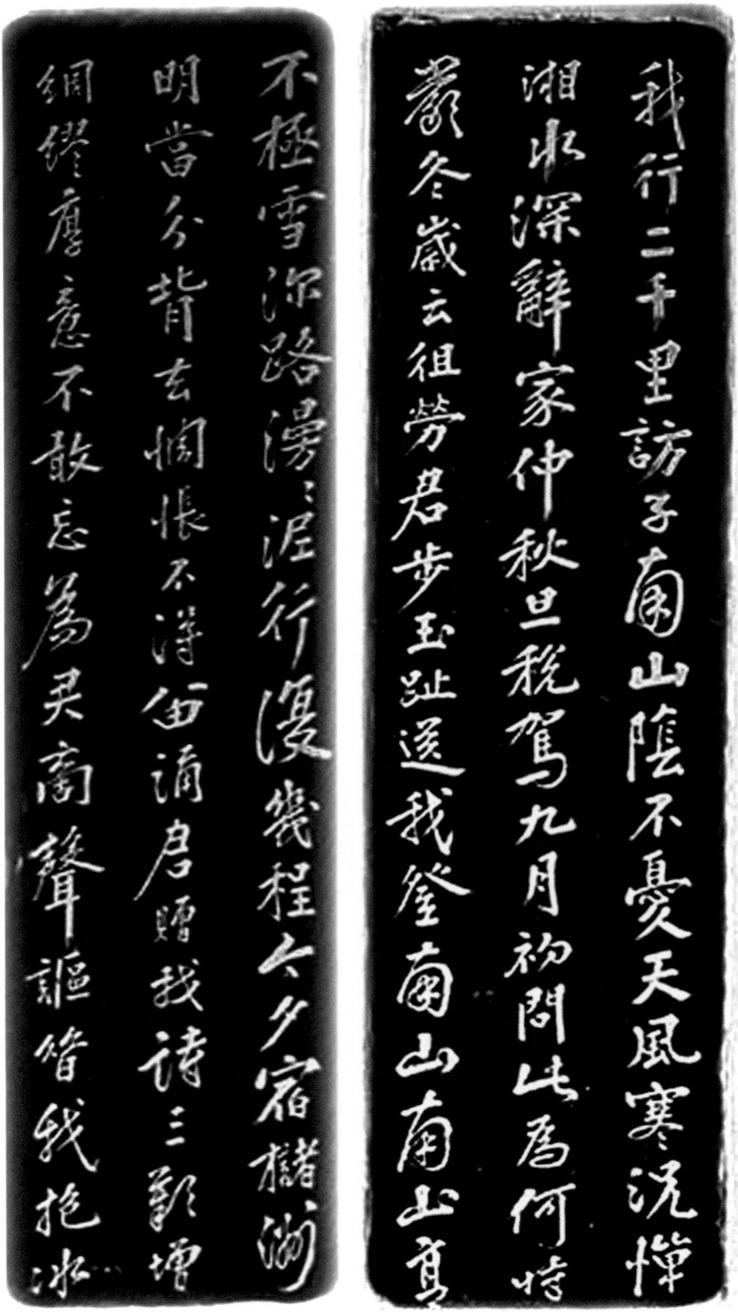

清刻朱熹诗碑

碑现嵌于长沙市岳麓书院园林碑廊。诗碑共4块，每块高160cm，宽44cm，行书碑文124字，篆体说明71字，抗战期间有两块被毁，后重刻补嵌于御书楼前碑廊内。为清光绪年间巡抚吴大澂所刻。

炭從君識乾坤始知太極蘊要眇難名論謂有
寧有跡謂無復何存惟應酬酢處特達見本根
萬化自此流千聖同茲源曠然遠莫禦惕若初
不煩云何學力微未勝物欲昏涓涓始欲達已被黃
流吞豈知一寸膠救此千丈渾勉哉共無斁此語期
相敦

乾道三年九月八日詩奉酬
敬夫贈言并以爲別
新安朱熹書

紫微山古開福寺記

長沙城北紫微山有時曰開福蓋後唐天成二年馬氏開國湖南始建之更際八代宗風未隊近南北開
遂將士迭入軍時寘屋火燬毘盧殿竝時法侶蟄寄殿東偏別有詩增寵殿由別室存碧湖詩社之舊號
為瀞土頃歲寶生法師自衡來卓錫發念修復探囊傾囷銀一誓佛願指然起富營度後竟息子錢三下
倍之乃興役運甓伐材得以規始又謁長沙黃吏部兆枚啟白諸信善曰長沙北門外開福時拗於五季
馬氏馬氏之後迭為廢興靈雨地注野煙棟亩佛趣引人兵燹致累慧鏡靈於冥路尼珠反其韜景傳蹟
千歲聞聲十方允空協意悽基及流展構種善提之樹如接祇洹握太康之專使成靈應夫形鴿形雁達
立之原也疑象疑龍莊嚴之幻也化蟲化鼠滅夢之導也是以供奉不忒瞻遊躡繞寶生主持參乃永元
儲慶之貽金躡明德顯之先躅謀新堪宇首規殿制餘址別念次弟設敞庇句掾削較豐鉅萬推緣啟覺
諷衆同辭方今狂劫大眚濫於軒堯之衢清言玄理鳴於冠帶之族屋廬兜率桃荐如來形瑰宋而擔然
識詠高而軼聖以茲啟述空蓋歡傾況復碧湖靈蘐來此相與嘉宴會春可以懷古者乎在昔龍門十寺
發香山之勝因法華由亭出司馬之清奉賢愚有躡應若決川陶形效能熾而復宇三使奔流趨靜群閈
知歸有開太平之權能持垂絕之命是關國運豈惟禪兒財斂法斂輪璽回信敍告同我願觀厥成寶生
奉持是語走募十方四輩悔福輪將悲後祺月之間華金山積既新後楹中奉毘盧五百應真廾尸列侍
悉如舊制增闢中極為大雄殿葺極為三聖殿遠邇肅瞻歎未曾有在昔五季綱裂道毀殷託象教群黑
粗靖嗣是八丁絕續賴佛攝持復陽之功俱世無極而實生以一宴衲子運大神力纏轉法輪未知視鄉
時保甯道甯紫珂徹堂佛國等革銀鉅又孰為多也湖社詩增者釋氏名宿常淨永光道香所幾護持是
時益最為婷勤故寶生得基以竟其功例得附書諸信善名族別立石疏記此不具也後馬王建國九百
九十八年甲子夏四月己酉湘陰郭大癡纂文秋八月庚戌長沙蕭榮爵書丹
今秋覺觀法師由寶來時願助千金頒請京師大秉法寶於佛成道日奉送回山住持寶生謹識

清郭大痴《紫微山古开福寺记》碑

此碑嵌于长沙市开福寺内墙壁。湘阴郭大痴撰文，长沙萧荣爵书写。额题篆书，碑文行书，字体劲秀，清光绪庚戌年立。

長沙開福寺碑

長沙開福寺碑

從来癈興之故雖曰人事寔關天運焉釋氏之法稱曰常住宜若不言興癈矣

轉移焉開福寺者五代石晋時馬武穆王所創建馬希範嗣業落成在長沙湘

禊亭圓通閣諸勝時則有若保宻禪師闡揚至教大啓禪關宋嘉祐間紫珂禪

精契三藏法門中興今寺後宻祖舍利塔存焉紹興間圓悟勤禪師住持明心

新廟貌淨土復光嘉靖間吉王与穀城王及善士周麟等合力興脩明季兵燹

國朝順治十七年佛國禪師翦荊卓錫重建茶亭放生池康熙八年卜總兵世龍

殿推官胡景曾為之記僧衆置寺田七百餘畝雍正七年縣令成泰薰爵空庫

寺田報部立案十三年

上諭清查天下叢林庵業永作香火掛單食用之費該寺契據存庫毋許典賣侵

嶺北至白蓮池基業世垂徒侶雲集乾隆三十七年金川用兵湘中廳副軍需

國治姜中丞晟先後脩復毗盧殿數年告成嘉慶初川楚勦匪復因造火藥

燬於賊蓋自五季至今歷九百餘年凡十興十癈矣同治間僧卻煩常靜自脩

羅漢像大悲八十四像凡寺田侵棄者收復之重佃者減輕之於是歲入香火

禪師心性慨然祖堂續建寶明禪師宏慈振癈俾我開来常靜禪師具大慧力

之倡雖則舊觀未脩庶幾墜緒克舉焉嗟乎自粵逆倡亂以来精藍古剎夷為

持則昌由繼絕扶衰傳宗衍緒以迄於今乎吾故曰癈興皆天也福山鎮捴兵

後俯瞰碧浪湖覩復禊襖之舊春朝秋夕集緇素之能詩文者聯吟煮茗嗣響

為銘曰 鷲峰誕粹鹿苑馳聲靈源少廣寶樹王城至道幽顯聖迹信徵功叡

環採波澄德水五季忽焉千年邈矣天運循環無往不復内護外護先覺後覺

服膺二諦永矢四宏鑒周沙界勤演契經真如斯暢正念常惺金繩吐芒寶鐸

景仰淨境恒留真教不沒澤拯悲田功昭曠刦福祐遐長深慈普徹式鐫貞石

記名御史 賞戴花翎戶部福建司郎中軍機處行走長沙徐樹鈞撰并書

光緒十三年歲次丁亥正月上旬吉 住持自脩 首座慧舲 維那銘達

清 徐树钧《长沙开福寺碑》

此碑嵌于长沙市开福寺内墙壁。碑高255cm，宽110cm，厚13cm，青石质，额题篆书，碑文作正楷，24行。光绪十三年立，词语精湛，刻工劲秀。

王九溪先生手定讀書法
讀經六法
一正義 二通義 三餘義
四疑義 五異義 六辨義
讀史六法
一記事實 二玩書法
三原治亂 四考時勢
五論心術 六取議論
乾隆戊辰春受業弟子
敬刊於嶽麓書院

王九溪《读书法》碑

此碑现在岳麓书院正厅侧壁。碑高34cm，宽52cm。正书，现保存完好，碑文楷书。碑刻于乾隆十三年（公元1748年），所刊王文清读经、读史六法，集前人读书经验，读经明义；归纳有自己的见解，读史记事实，重在“原治乱”、“考时势”。这些对于后人仍可借鉴。

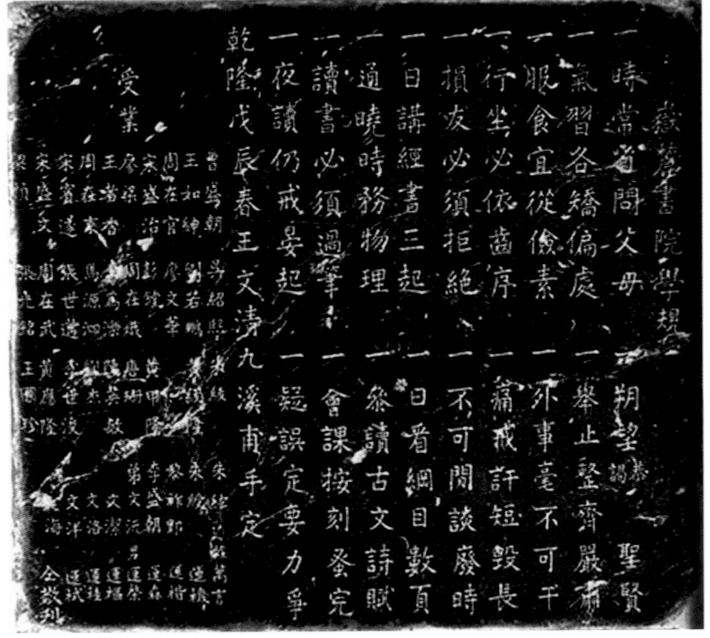
嶽麓書院學規
一時常省問父母 一朔望恭謁聖賢
一氣習各矯偏處 一舉止整齊嚴肅
一服食宜從儉素 一外事毫不可干
一行坐必依齒序 一痛戒訐短毀長
一損友必須拒絕 一不可閒談廢時
一日講經書三起 一日看綱目數頁
一通曉時務物理 一參讀古文詩賦
一讀書必須過筆 一會課按刻蚤完
一夜讀仍戒晏起 一疑誤定要力爭
乾隆戊辰春王文清九溪甫手定
受業

清王文清《岳麓书院学规》石碑

此碑现在岳麓书院正厅侧壁。刻于清乾隆十三年（公元1748年）。碑高58cm、宽63cm，楷书，碑文共127字。学规正文108字，共9行，18条。《岳麓书院学规》实为古代学生守则。

清《王九溪夫子岳麓书院学箴九首》碑

此碑现嵌在长沙市岳麓书院正厅侧壁。碑高60cm，宽94cm，楷书。

清“整齐严肃”碑

此碑现嵌在长沙市岳麓书院讲堂正面两侧壁上。每块碑高164cm，宽94cm，字高107cm，宽0cm。

整齐严肃碑分为4块，每字1块。与忠教廉节碑相映衬。其中“肃”字碑，在抗战期间被日机炸毁，战后据拓片用沙灰塑制而成。除四个大字外，碑上还有“乾隆丁丑欧阳正焕书”字样，每块碑上有勒石人的姓名。

清《书整齐严肃四字因示诸生》碑

此碑现嵌在长沙市岳麓书院正厅侧壁。高34.5cm，宽71.5cm，碑正文16行，160字，另有标题
落款26字。字体为正楷。

清《六有箴》碑

此碑现嵌在长沙市岳麓书院讲堂右壁。碑高37cm，宽114cm，全碑共427字，碑文内容所似于学
规，为劝学诗歌。

《六有箴》碑为清乾隆十九年（公元1754年）至二十二年掌教岳麓书院的山长旷敏本撰文，由
刘元华镌刻而成。

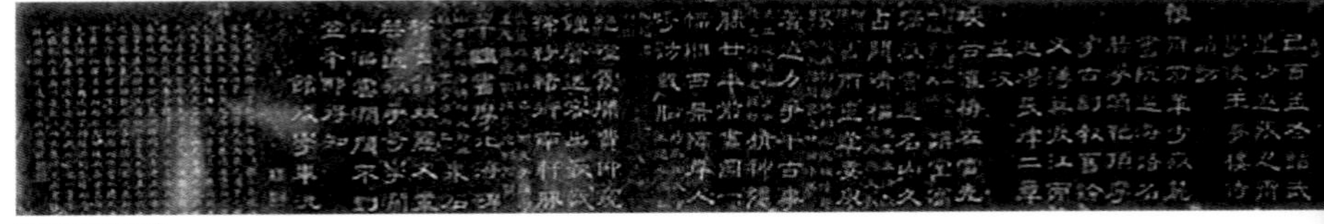

清毕沅诗碑

此碑现嵌在长沙市岳麓书院讲堂后壁。

碑高34cm，宽162.5cm，共53行，591字，诗及序共37行，279字，跋文16行312字。诗序为隶
书，跋文楷书。毕沅诗碑系在毕沅湖广总督任上撰书，乾隆五十六年（公元1791年）罗典嵌立。

毕沅（公元1730－1797年），字纕蘅、号秋帆，先后在陕西、湖南等地任职。一生撰碑甚
多，现陕西碑林博物馆及陕西帝王陵前均有他的遗墨。乾隆五十四年（公元1789年）冬，毕沅邀学
使张忍斋，侍读王梦楼访问罗典，遍游岳麓名胜，尽兴而归，作诗二首以记其事。诗写好两年后，
书寄罗典，刻石保存至今。

清重修岳麓书院碑

碑现嵌长沙市岳麓书院御书楼前左壁碑廊。碑高166cm，宽88cm，共有756字。碑为清康熙三十九年（公元1700年）按察史常名扬重修岳麓书院后所撰记文，是重修岳麓书院的重要原始文献。

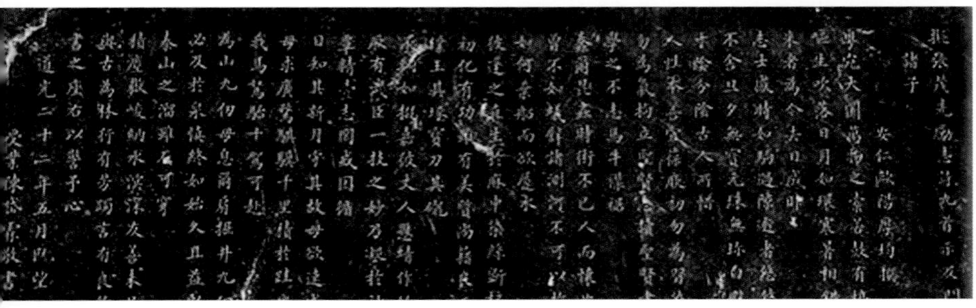

清欧阳厚均《拟张茂先励志诗九首示及门诸子》诗碑

碑现嵌长沙市岳麓书院讲堂左壁。碑高40cm，宽104cm，碑文共326字。字体为正楷。碑为欧阳厚均清道光二十二（公元1842年）撰文，门生陈岱霖（字云石，进士，兵部郎中）书。张茂先为宋代诗人，以言志诗著称于世，本碑文为山长欧阳厚均仿其诗而作。

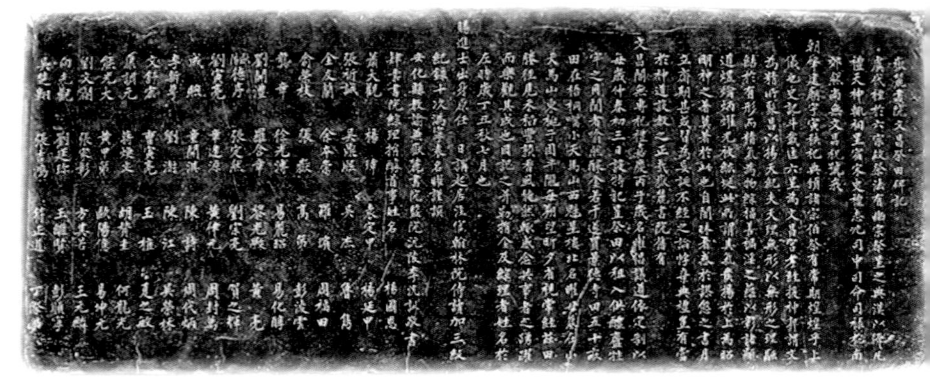

清《岳麓书院文昌阁祭田碑记》碑

碑现嵌长沙市岳麓书院御书楼前右壁回廊上。碑高79cm，宽188cm，为清嘉庆二十二年（1817）七月，山长袁名曜撰写，监院李沆训书。是岳麓书院现存碑刻中反映古代祭祀经费来源的珍贵文物。

清文昌阁祭田契券碑

碑现嵌长沙市岳麓书院回廊上。碑高80cm，宽200cm，共1341余字，系山长袁名曜于嘉庆二十二年（公元1817年）勒石嵌立，是岳麓书院租田管理方面的原始资料，对研究岳麓书院教育经费、祭祀经费的来源有重要的作用，碑文充分体现了岳麓书院古代的管理水平。

清刻戴嘉猷《重修汨罗庙记》碑

此碑现在汨罗玉笥山屈子祠左廊壁上，高105cm，宽70cm，楷书。与刘行荣《重建忠洁清烈公庙记》等二碑共一石。碑文15行，每行字数不等，现保存完好。

原碑刻立于嘉靖二十年（公元1541年），已毁。现碑为同治八年（即公元1869年）湘阴虞绍南重书，黄世崇跋，延龄氏刻。

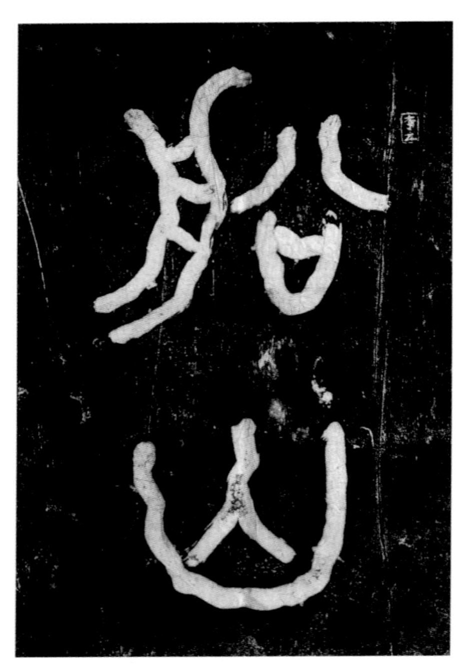

清船山书院记

碑高49.5cm、宽36cm。清晚王闿运撰文，李瑞清篆额，曾熙书写，文后有何维朴的题跋。四人皆清晚著名人物，此乃文学大师与书法大师结合之典范。

船山书院是清末十大名书院之一，光绪四年（公元1878年）在彭玉麟的支持下，张宪和创于回雁峰下的王衙坪王氏宗祠，四年后，即光绪八年，曾国荃将家藏《船山遗书》332卷珍本捐给书院。光绪十一年改建东洲岛，并由彭玉麟亲聘，国学大师王闿运任山长，从此，东洲岛船山书院名之日显，“海内传经问学者踵相接”，“岳麓、城南，渌江书院学子纷纷南下”，一时有“学在船山”之称。后来著名书画家曾熙主讲于此。船山书院培养了大量有真才实学的人，“湖南省艺术名家”、教育界前辈、政界俊杰皆出此门。旷世奇才杨度就是其中的佼佼者之一。

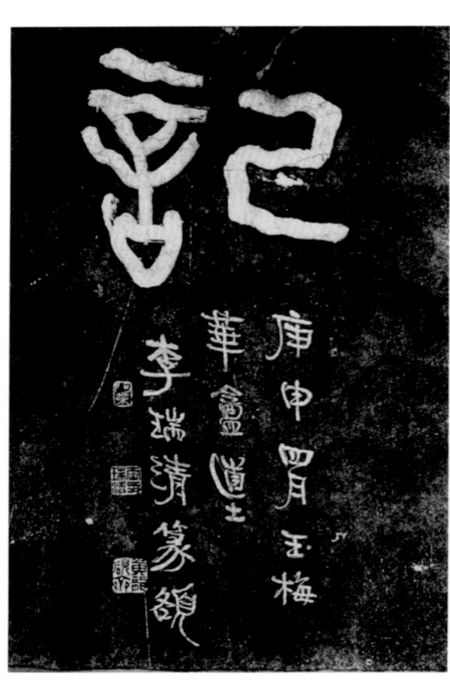

船山書院記

光緒十一年三月十五日欽差辦理廣東防務兵部尚書彭玉麟片奏臣本籍衡陽士紳前湖南學臣朱逌然西諭建船山書院於南城外擇師主講已閱一年因院地偏近城市不足以安弦誦臣捐貲改建於湘水中東洲集衡永郴桂府州屬縣舉貢生監肄業其中延聘師儒甄别生徒整飭學規給獎膏獎動用經費繇衡永郴桂士紳捐集書院則繇臣買地改建未支公款應免造冊報銷其肄業生每年期定二月初旬繇道甄別先繇巡道札飭各府縣學詳慎舉報出具切實考語送道應試書院掌教擇學問名望素優者繇本籍士紳商請巡道巡道轉達學政關聘不得濫薦掌教不到亦不得致送乾脩以昭慎重當此海氛不靖異教龐雜補救之術惟在扶持人材出膺艱鉅而人材之賢否賴學校之陶成臣以諸生遭際聖明忝竊蹤分無濟時艱所望二三豪俊景仰鄉賢養其正氣儲為通才是區區之心所竊願者仰懇飭下湖南撫學臣札行衡永道將應辦事宜議定舉行其南城舊址改作船山祠宇飭有司春秋致祭明行人司行人王夫之俾士民有所觀感於我　皇上育才之道不無裨益五月初八日準兵部火票遞回原片軍機大臣奉旨禮部議奏七月十八日湖南巡撫準禮部咨開五月二十四日本部覆奏王夫之既入鄉賢例繇地方官春秋致祭改建祠宇未免重複至所建船

山書院應如所奏責成衡州府巡道主持本日奉旨依議八月十八日録撫札布政使咨道轉行原奏大臣于時院產不豊適衡州有團防餘款積年購置田祖一千六百石丁良駿主之程龢祥議提歸於院以助經費曰亦公用也四府州人士聞之皆迭輸銀錢田產故船山書院爲宏富學官憚于濫舉安縣率

不能三五人來學者亦自量不輕試於書院最簡靜矣及議主講則書聘闓運闓運辭又面要之乃許一年至則以外室喧囂後院精舍狹小更擴地築重屋五間時尚書已薨丁良駿王其事曰新築室宜多留數年已而諸生與道署閱卷者有嫌嫌不可去遂經二年而朝議改學制停科舉以學產并充新學費管

學大臣張百熙持電告湘撫[illegible]船山書院楊度者肄業生也獨議宜先改船山留學生衡山向仲瑩稟湘撫言書院基礎大祖稅多前經蕭鶴祥請改學堂為王之春阻撓抗違部議護撫龐鴻書札行議改巡道譚啓瑞乃陽言增輿地算學兩科以為調停宣統壬子民國民政司劉仁熙公移文巡道言船山書院不

新不舊以有用之財為無用凡募學堂經費者皆指曰船山於是衡陽程龢祥郴陳善均等具牒初立書院縣衡陽令張憲和奉學院札仿學海堂專課經帶詩賦本非科舉之學及鼓勵直改建章程咨部中明未動公款私產私學非外人所能干豫而湖南都督譚延闓亦以為未

學大臣張百熙持電告相[illegible]院者
院不勝[illegible]院[illegible]是[illegible]院生亦以新學
法政為名開船山中學於舊館
其所增二科竟無問學者闓運
名領掌教二十年矣中間或出
游或家居亦間至一視學或覺
終歲不來其脩金初定四百洋
元程鯀祥少之說王之春歲益
二百元出其和官奉其罷官後
一年改學制乃益歲脩為千元
而諸生膏火錢虛糜者類此巡
道甄別州縣申送皆虛應故事
於是闓運議以書院經費出於
田穀穀賤時斗主四十錢今乃
至斗又百錢若復舊買費立絀
令二十七學之田產俱被奪諸
生數千人無所習學宜罷膏火
脩金獎錢遂以租穀供館食通
告各學諸生[illegible]新學亦
[illegible]院

學大臣張百熙持電告相[illegible]具列
祖田捐數[illegible]院生亦[illegible]石堂
辟以貽學人[illegible]潭王
闓運記衡陽曾熙書

東洲船山書院彭剛直公奏建其擴充學
田禮聘名師衡陽程香霖觀察引為己任
詒興學校斯院僅存禮重經師朝野
知敬今讀此記不僅文字之傳流實掌故
之攸關日月不墜斯道重光願吾四府州
人士勿忘先正遺烈也
庚申孟夏道州何維樸敬跋 書

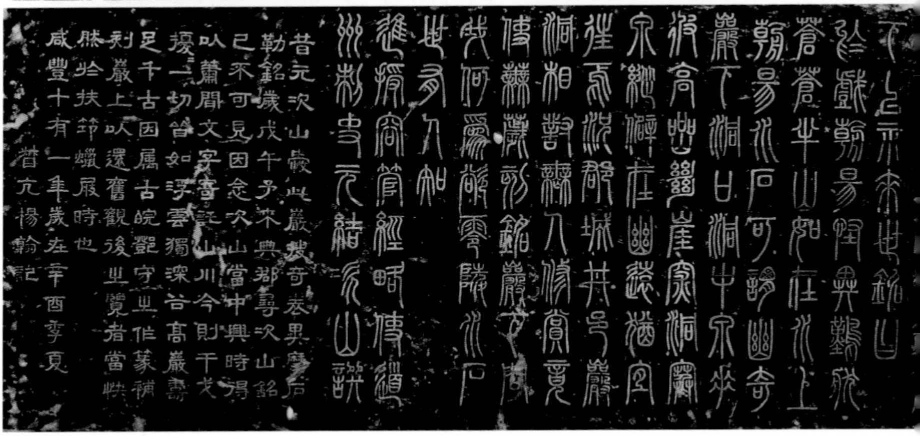

清咸丰年题刻

题刻位于永州城西南二华里，潇水西岸之临江峭壁的朝阳岩上。清咸丰、同治年间，杨翰任永州知府时，于其东侧石上补刻元结《朝阳岩铭》及《游朝阳岩诗》，字为篆体，由当时书法家邓守之所书，杨翰隶书题跋。碑高70cm，宽209cm。篆、隶书体苍劲有力，是研究邓守之、杨翰书法艺术的重要实物。清咸丰十一年（公元1861年）立。

清“中藏有素书”题刻

此摩崖石刻位于衡山县南岳半云庵处。内容为“中藏有素书” ，款署“雍正甲寅夏五月，古歙许士谓题”。题刻高60cm，宽120cm，字高26cm，宽18cm，楷书。清雍正甲寅年（公元1734年）刻立。

清“一览无遗”题刻

此摩崖石刻位于衡山县南岳湘南寺至南天门游路150米处。内容：“一览无遗”，款署“广陵李珠起文氏题”。题刻高120cm，宽40cm，字高30cm，宽40cm，楷书。

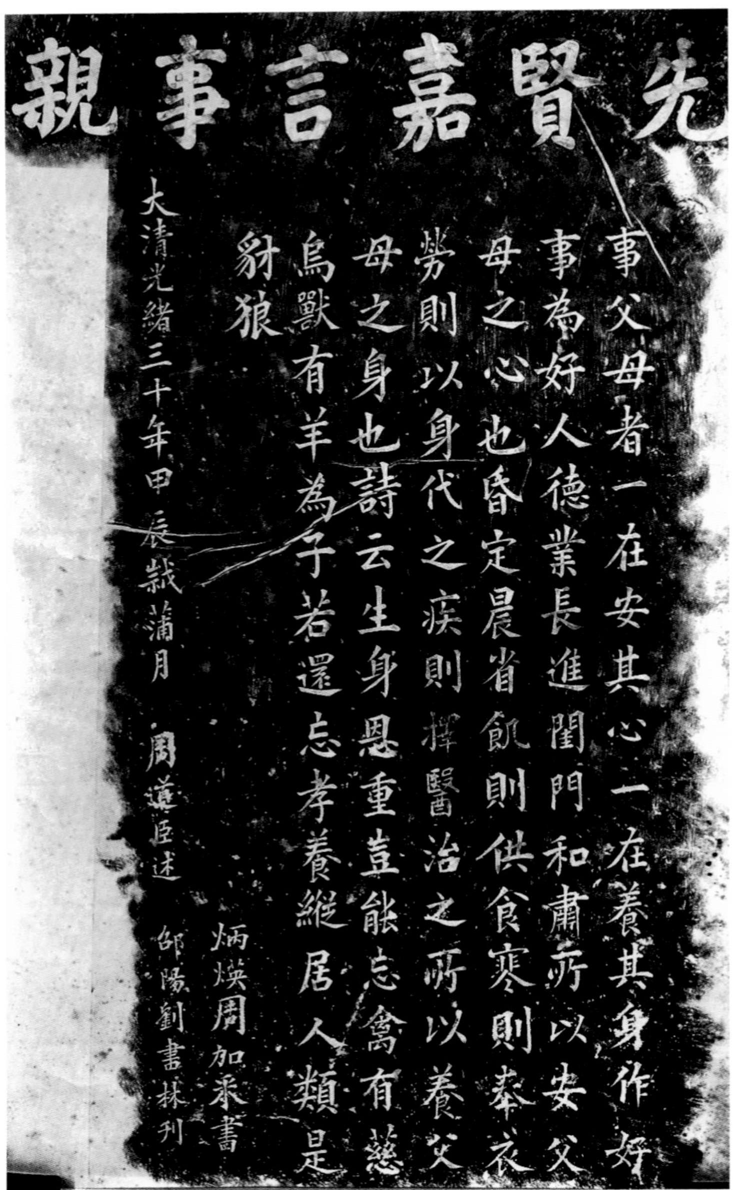

清《先贤嘉言事亲》碑

该碑位于江永上甘棠村的月陂亭石壁上。碑高140cm，宽82cm，字体为楷书。《先贤嘉言事亲》由周道臣述，周加采书，刘书林刊。刻于光绪三十年，即公元1904年。

清《棉花规例》碑

该碑现在湘潭市平正路关帝庙内。碑为汉白石制成，高175cm，宽55cm，因年久风雨剥蚀，字迹约有四分之一难辨认。此碑记建于乾隆四十六年（公元1781年），为河北、山东、河南、陕西、山西五省旅潭棉商公议之行规，详细地开列了棉花行情、脚力等级、买卖规矩等条款，对研究清初尤其是湘潭地区的经济状况有着较高的研究价值。

清“伏象朝真”题刻

此摩岩石刻位于衡山县南岳高台寺西侧。内容为“伏象朝真”。字体为楷书，苍劲有力。

清“谁不允首”题刻

此摩岩石刻位于衡山县南岳半云庵。内容为“谁不允首”，款署“雍正六年山阴沈祚远书并题”。题刻高170cm，宽60cm，字高30cm，宽34cm，楷书。清雍正六年（公元1728年）立。

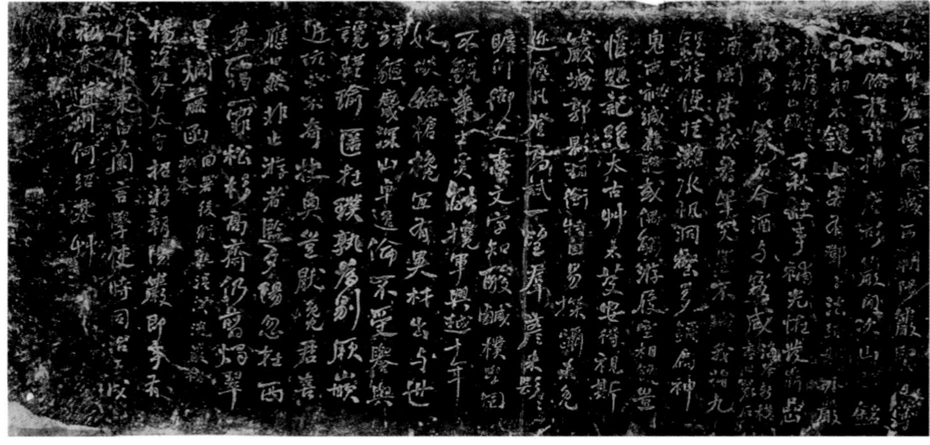

清何绍基诗刻

诗刻在永州城西南二华里的朝阳岩上。碑高40.5cm、宽85cm，行书。飘逸生动。同治壬戌年（公元1862年），书法大家何绍基游历朝阳岩所撰写。

清《般若波罗蜜多心经》题刻

此碑刻现在永州零陵文庙，碑文为波罗蜜多心经。碑高135cm，宽5cm，经文篆书，题记隶书。为清代邓传密书立。

清“名山往哲”联石刻

此汉白玉石刻位于衡山县南岳景区。内容为“名山胜迹，往哲流风”，行书，左右对立。款署为“同治五年丙寅年秋，文岳英敬书”。公元1866年立。

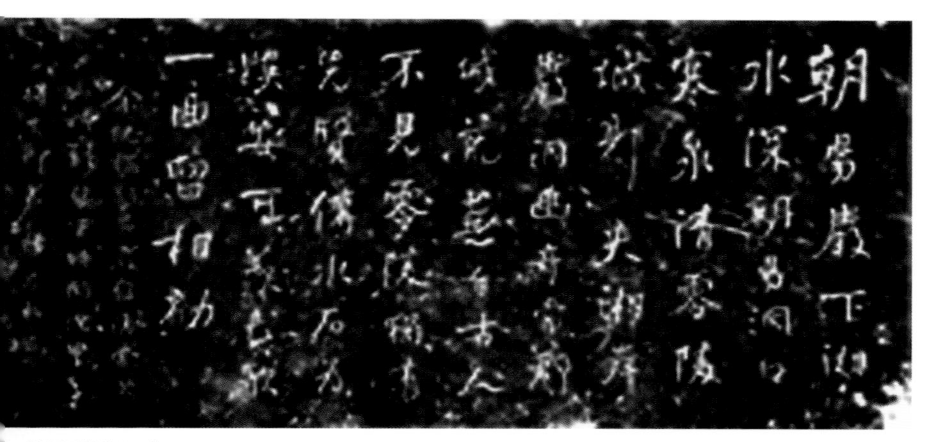

清《朝阳岩诗》碑

此摩崖石刻现在永州零陵区潇水河西面朝阳岩石壁上，为杨翰题书的《朝阳岩诗》。碑高0cm，宽40cm。字体为行书。清同治甲子年（公元1864年）立。

清《出郭渡潇水》诗碑

此碑现在零陵朝阳岩上洞石壁上，此诗是光绪丙子（公元1876年）冬锡吾偕零陵门人吕渭渔孝廉游朝阳岩时，书赠此诗。碑高95cm，宽60cm，字体为行书。

清《慈悲佛母他字歌》碑

此碑现在江永县上甘棠村寿萱亭内。碑文字迹清秀端正，由副贡生周加采书，碑文共81个“他”字，讲的全是做人、育人、治人、生活、生存、生命的哲理，体现了佛家的伦理道德观和为人处世之准则，至今仍不失为一篇如何教化民众崇尚忠孝的道德宣言。碑高200cm，宽70cm，楷书。

奉節母命鼎建茶亭碑記

戊寅秋節母熊張氏流火月三日壽古稀誦一兒欲製錦以侑觴入告母

曰吾製錦壯觀耳於我失實於人無濟繼請曾齎旌典即樹坊母亦否曰

建坊揚名耳榮於我何利於人兒善謀之余無對既而母自謂曰其為河

西張富公季女自幼生長其地有以茶亭名菴者果何謂也執兒於是按

母之意矣母追欲建長亭以利行人施茶水以解渴煩乎遂覓愚溪旋水

灣通粵西官途前行數里方見亭行者每苦之亟為購地鳩工採木運石

附亭枕流并建茶舍其間樹竹陰翳山水迴環饒有畫图幽趣告成日迎

輿請觀之母大忻慰曰兒可謂善體吾意矣遂援筆書由以畢母命者在

光緒四年冬男翰林院待詔學禮謹撰並書

《奉节母命鼎建茶亭碑记》

此碑现在永州一茶亭，光绪四年，邑人翰林院诏熊学礼奉节母张氏之，不“制锦”，不“树”，而“建长亭以利行人茶水以解渴”，遂母之，茶亭名“节考亭”，特此碑记，足可见永州城淳朴的民风和张氏高尚道德情操。碑高190cm，90cm，行楷，书体端庄秀，保存完好。

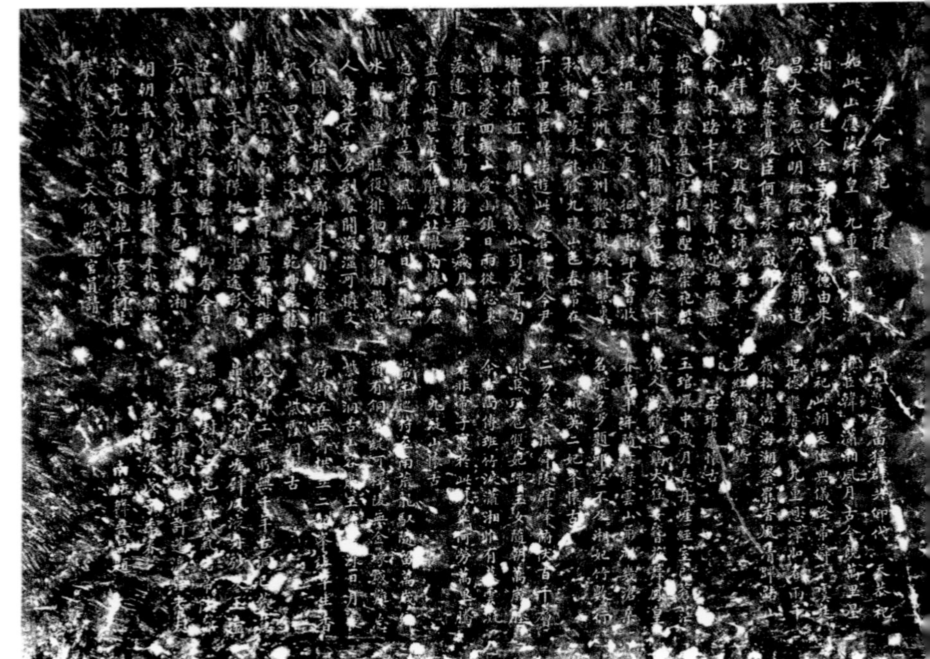

清《奉命恭祀虞陵》怀古诗石刻

此摩崖石刻现在宁远县玉琯岩内石壁上。该碑刻为韩晋昌的诗书，其中，四首怀古诗题
《玉琯岩怀古》、《娥英二妃怀古》、《九疑山怀古》、《紫霞洞怀古》。碑高77cm，宽58cm，
书。字虽小，但字的结构、笔锋非常讲究、工整，是一幅难得的摩崖佳作。为清光绪戊子年（公
1888年）立。

青《奉诏抚瑶颂》碑

此碑现在宁远舜帝陵左祭碑廊内。碑高350cm，宽136cm，碑文系楷书，字体端正遒劲。碑首刻又凤朝阳图案，两边刻卷草纹，碑题为篆体。

清《奉宪禁采》碑

此碑现在宁远舜帝陵左祭碑廊内。碑通高215cm，宽116cm，楷书，字体端正遒劲。于清同治三年（公元1864年）立。碑文记录的是严禁在宁远西江源（即九疑山癞子岭一带）乱采乱挖地下矿产的禁令，也是九疑山尚存的环境保护碑刻。

奉憲□禁採

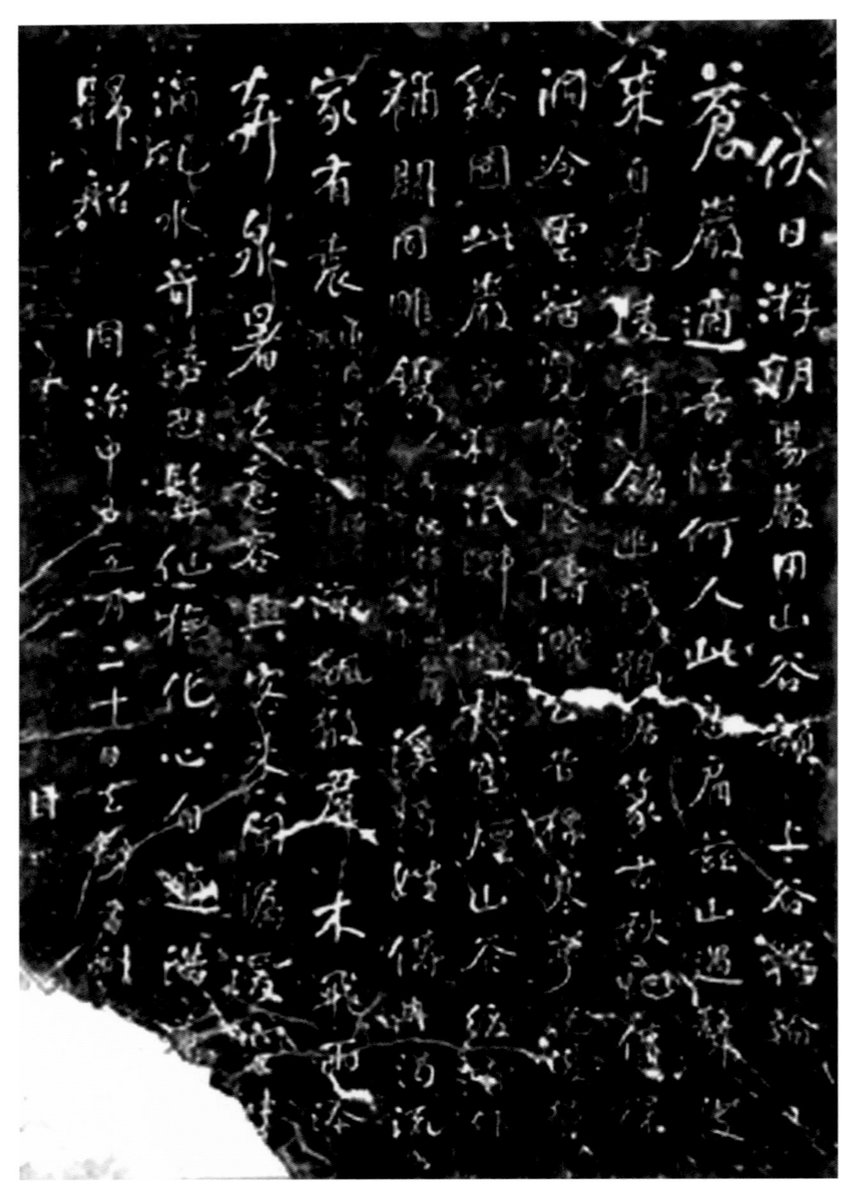

清《伏日游朝阳岩用山谷韵》诗刻

此摩崖石刻现在零陵朝阳岩上洞石壁上。碑高90cm，宽60cm，行书。杨翰作诗并书，于清同治甲子年（公元1864年）立。

清《高岩幽窟》题刻

此摩崖石刻现在零陵朝阳岩上洞石壁上。摩崖高60cm，宽150cm，行楷，张勉学题书。

清观澜亭“环吞层出”联石刻

此石刻现在蓝山县塔下寺观澜亭亭柱上。内容为“环吞舜水化鱼龙，层出云亭光翼轸”。石刻高140cm，宽25cm，行楷。

清何凌汉墓残碑

此石刻现存道县东门进士楼，系何凌汉墓之副碑。何凌汉墓原位于于望城县黄金乡金滩村九子冲，后因墓被盗，墓碑及墓中石牛、石马均已散落。碑系何绍基所作，楷书。

清何凌汉墓残碑

此石刻现存道县东门进士楼。系何凌汉墓飨堂屋副碑，后飨堂屋被毁，被一农民改建为住房和猪舍，此碑在猪舍旁被发现。碑刻高130cm，宽25cm，楷书，系何绍基书作。清道光二十一年辛丑年（公元1841年）立。

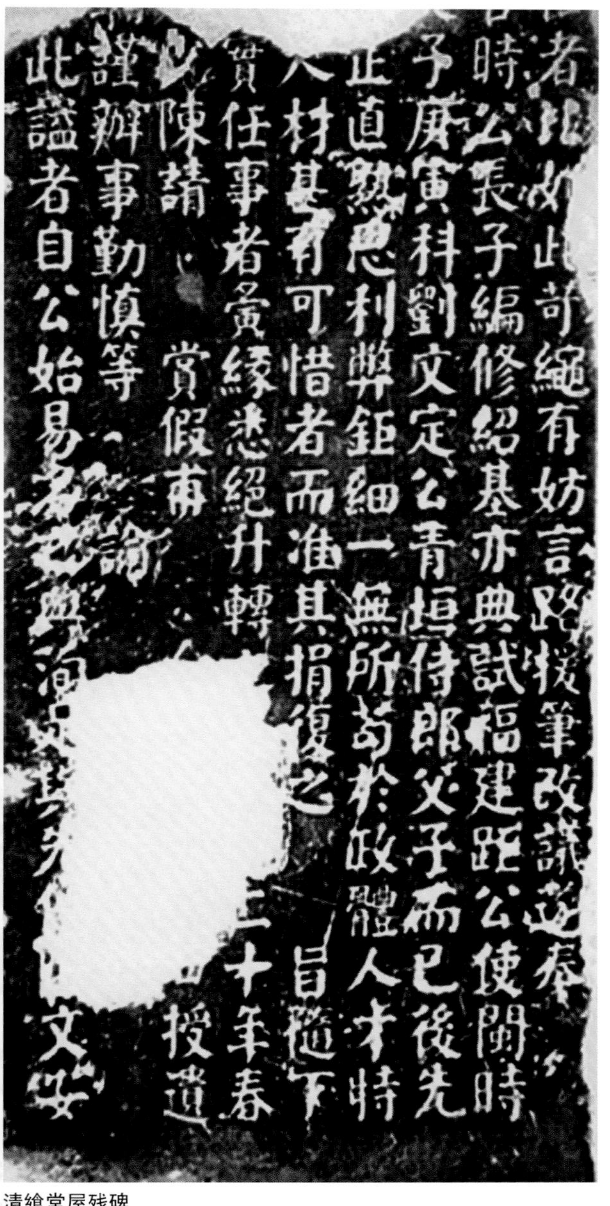

清飨堂屋残碑

此石刻现存道县东门进士楼。系何凌汉墓飨堂屋副碑，后飨堂屋被毁，被一农民改建为住房和猪舍，此碑在猪舍旁被发现。碑系何绍基用颜体书写。

文武官員至此下馬

清“文武官员至此下马”碑

此碑现存于江华文庙东西两侧门。内容为“文武官员至此下马”。碑高145cm，宽24cm，楷书，字端正遒劲。清雍正年间林调鹤立石。

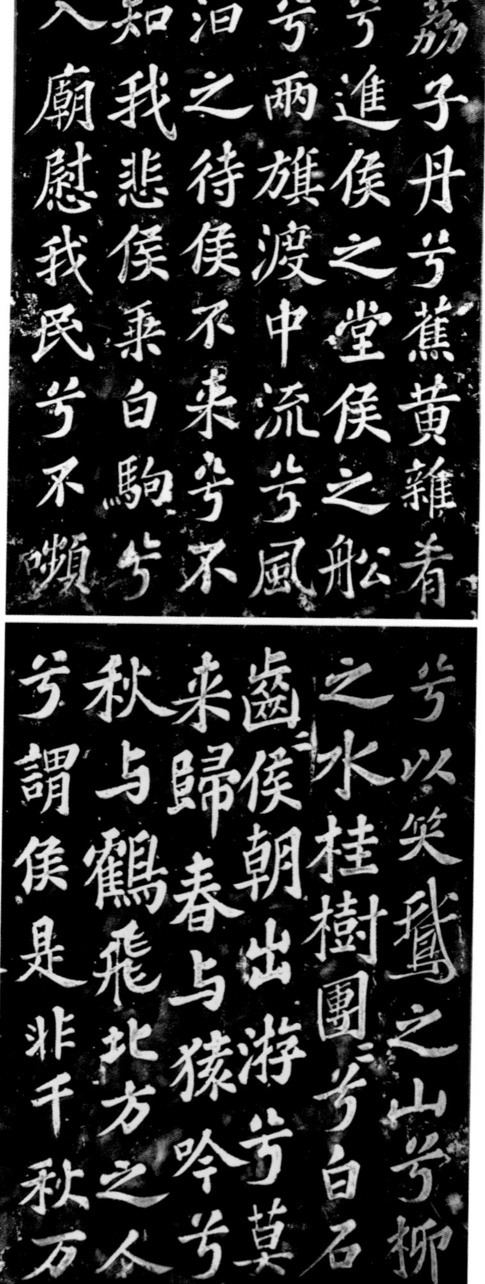

清荔子碑

此石刻现存于柳子庙，共4块。碑高120cm，宽81cm，行书。荔子碑，唐代韩愈悼亡友柳宗元文，宋苏轼书丹，刻碑于柳州罗池庙，世称“三绝”。明万历二十四年（公元1596年），永州司里刘克勤以永州乃柳宗元谪居十年之所，首次将碑摹刻于永州柳子庙中，至清初毁于兵乱，清顺治十六年（公元1659年）永州知府魏绍芳又重新摹刻一次。现存此碑为清同治五年（公元1866年），廷桂任永州知府，喜得碑文拓本，重刻上石，并将自己所题书的“跋”一并刻于“荔子碑”正文之后。

歲兮侯無我違願侯福我兮壽我驅癘鬼兮山之左下無苦濕兮高無乾秔稌充羡兮蚍蛟結蟠我民報事兮無怠其始自令兮欽于世世

同治戊辰孟夏朔日知湖南永州府事滿洲廷桂跋

清零虚山诗石刻

此摩崖石刻现在零陵朝阳岩上洞石壁上。碑长60cm，宽40cm，行书。杨翰撰书。刻于清同治甲子年（公元1864年）。

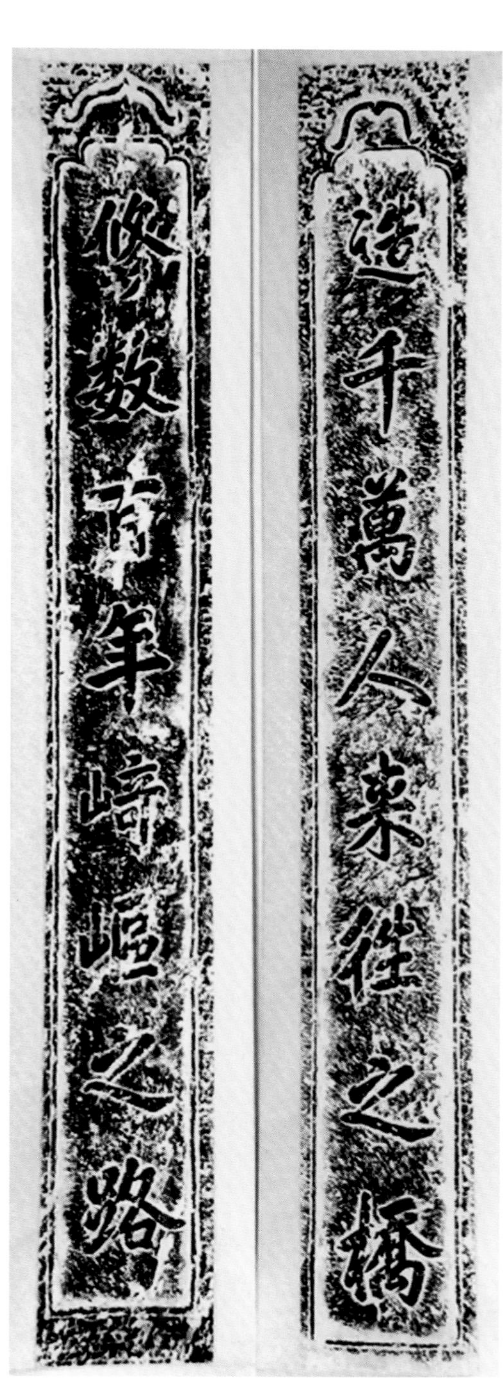

清积寿亭“造千修数”联石刻

此石刻现在蓝山县所城万年桥积寿亭石柱上，共两副，此为其一。内容为：“造千万人来往之桥，修数百年崎岖之路。”联高170cm，宽23cm，行书，建于清乾隆五十七年（公元1792年）。积寿亭为楚粤古盐道上必经之隘口，旧时过往客商挑夫常在此歇息，今路已废，亭仍存。

清积寿亭“憩片饮一”联石刻

此石刻现在零陵区河西节考亭内石柱上，共两副，此为其一。内容为：“憩片时沿溪寻柳迹，饮一勺放步到枫林。”联高170cm，宽23cm，行书，充分体现了作者追思古迹的浪漫情怀。

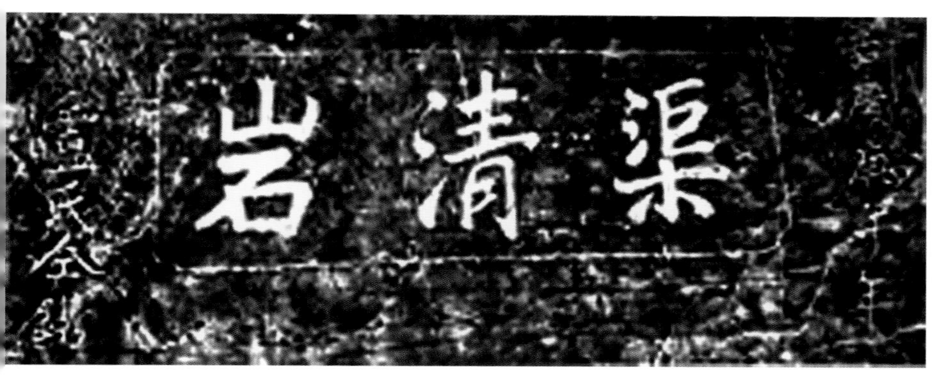

清“渠清岩” 石刻

此摩崖石刻现存于双牌县。刻于清嘉庆庚午年（公元1810年），卢氏仝镌。碑高160cm，宽64cm，楷书。

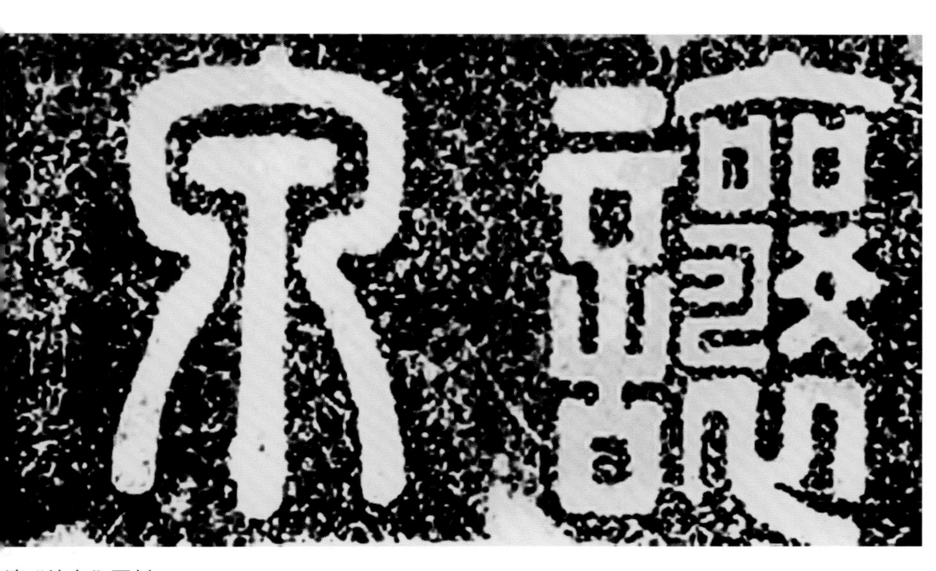

清“让泉”石刻

此摩崖石刻现存于宁远县城东北五里逍遥岩附近的泰伯祠，祠已无存。碑宽175cm，高95cm，篆书。在《永州府志》云“泰伯祠之上为至德山，其下出泉，荫注万顷，名让泉”。宁远崇正书院山长欧阳泽闿所题“让泉”即此。

清千字文碑

此碑现存于永州文庙。碑高215cm，宽120cm，草书。原有八块，现仅存清代摹刻怀素千字文石碑一方，字如疾风劲草，龙飞凤舞，酣畅淋漓，潇洒飘逸。《千字文》又称《小草千字文》、《千金帖》。唐德宗贞元十五年（公元799年）释怀素书于零陵，时年六十有三。该帖以章草笔意、狂草体裁书之，用笔古朴淡雅、稳健含蓄、苍劲静穆，变化多而无狂怪之态。

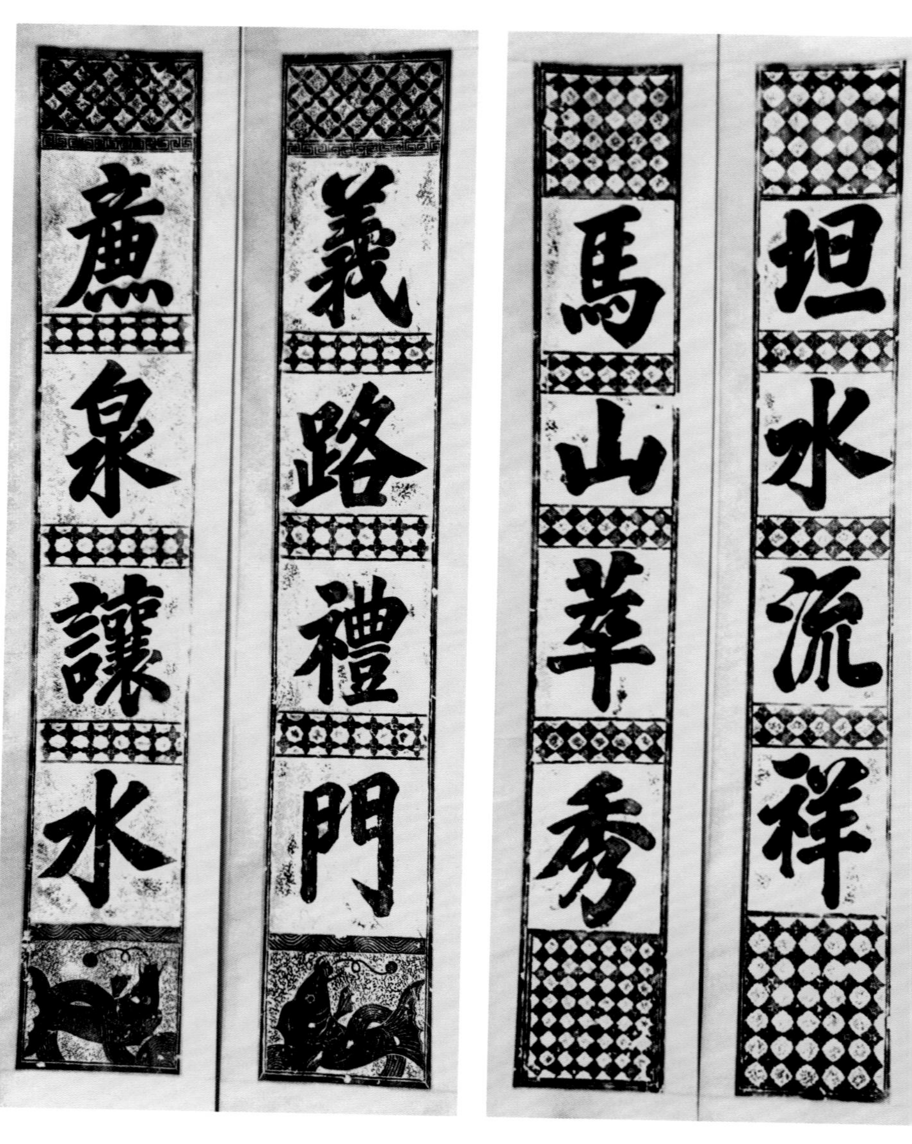

清“义路廉泉”联石刻

此石刻现在永州双牌岁园楼石柱上，共两副，此为其一，内容为“义路礼门，廉泉让水”。联高158cm，宽24cm，楷书。

清“坦水马山”联石刻

此石刻现在永州双牌岁园楼石柱上，共两副，此为其二，内容为“坦水流祥，马山萃秀”。联高158cm，宽24cm，楷书。

清刻刘行荣《重建忠洁清烈公庙记》碑

此碑现在汨罗玉笥山屈子祠左廊壁上，高105cm，宽70cm，楷书。碑字迹完整，碑文连跋共13行，与戴嘉猷《重修汨罗庙记》共一石。

碑文记述了重建忠洁清烈公庙的过程。原碑刻立于元代致和元年（公元1328年），已毁。现碑为同治八年即己巳年（公元1869年），由虞绍南重书，黄世崇跋，樊尹刻。

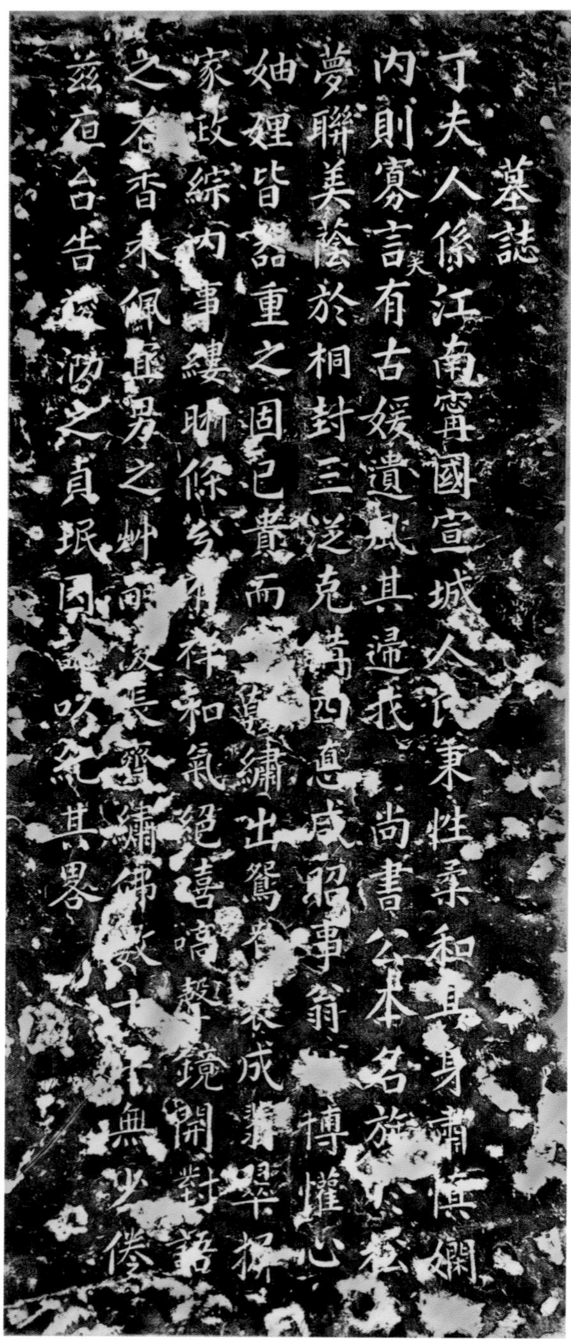

清丁夫人墓志碑

此碑现存于东安。碑高120cm，宽50cm，楷书。唐元甫墓是一座异穴合葬墓，左为大夫人余氏，右为三夫人丁氏，墓志对称立于丁氏墓围栏中，可见唐元甫与丁氏关系甚笃。墓志对丁氏的出生、性情、品行等作了介绍和赞誉。

詞曰

疑山毓秀湘水鍾靈才同絮詠惪媲蘭馨幽閒本性

喜怒不形事親豐膳諸婦咸甯柔嘉之則閨壼之型

宜以象服錫自蟠建長齋繡佛翻貝葉經雲間鶴白

江上峰青香裡玉骨丹灝銀鋪春禴秋嘗薦蘋設鉶

大氣磅礴萬山作屏

鄉庠生孝侯唐敎忠頓首拜撰并書

光緒己亥廿五年秋月重陽節立

清三夫人墓词铭

此碑现存于东安。碑高220cm，宽30cm，楷书。唐元甫墓是一座异穴合葬墓，左为大夫人余氏，右为三夫人丁氏，词铭对称立于丁氏墓围栏中，可见唐元甫与丁氏关系甚笃。词铭由唐教忠撰写，于光绪己亥年（公元1899年）立。

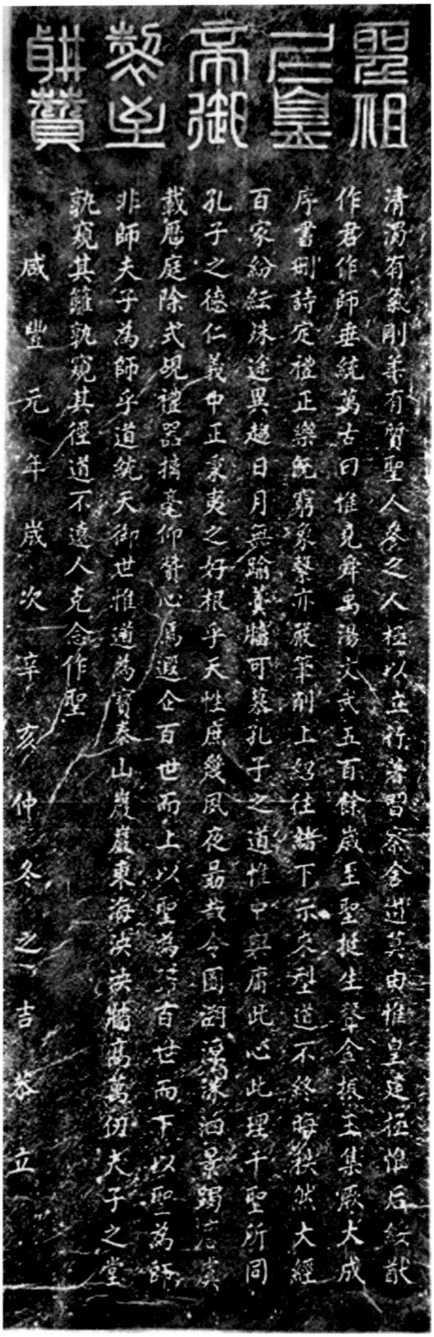

清《圣祖仁皇帝预制至圣赞》碑

此碑现存于在零陵文庙大成殿后右侧。碑高205cm，宽65cm，楷书。立于圆刻的青石龟上，碑石为汉白玉，左右上为青石高浮雕腾龙，象征皇权高贵。碑立于咸丰元年（公元1851年）。

清《书岩天榜》碑

此碑现存于在祁阳文昌塔下，碑高200cm，宽70cm，楷书。塔为明万历元年（公元1573年）初建，后被毁，清乾隆九年（公元1744年）重修。清甘庆增于嘉庆壬申年（公元1812年）题镌。

清唐元甫墓“精魂忠骨”挽联碑刻

此碑现存于东安石期市镇洪井村的唐元甫墓上。其规模之大，石雕之多，可称为湖南之最，现有墓碑、挽联共11方。此其中两对挽联中之一：“精魂定长子孙枝，忠骨得埋帝王土。”楷书。

清唐元甫墓“虎将龙光”挽联碑刻

此碑现存于东安石期市镇洪井村的唐元甫墓上。其规模之大，石雕之多，可称为湖南之最，现有墓碑、挽联共11方。此其中两对挽联中之二：“虎将名高功垂简策，龙光宠大色壮松楸。”楷书。

清何绍基姑父姑母墓碑

此石刻现存道县文管所。碑高70cm，宽100cm，字体楷书，为何绍基道光二十九年（公元1849年）为其姑丈、姑母合葬墓写的碑文，从碑文中可知，何绍基对姑丈、姑母“视我如孩提，嬉游江边老屋”的深厚感情。

清“何须大树”题刻

此摩崖石刻现在零陵朝阳岩上洞石壁上。石刻高60cm ，宽260cm，楷书。

青“我心非石”碑

此碑现存于东安紫溪市镇渌埠头尖峰岭沉香庵，碑高240cm，宽75cm，楷书。沉香庵始建于書，重修于清乾隆四十八年（公元1783年）。“我心非石”出典于《诗经》。

青“西佛桥”碑

此碑现存江华县。碑高42cm，宽190cm，楷书。西佛桥系江华县沱河上的一座古桥，清光绪二十三年（公元1897年）秋天开始兴建，第二年（公元1898年）冬季建成。

清游朝阳岩诗碑

此摩崖石刻现在零陵朝阳岩上洞石壁上。碑高为110cm，宽50cm，行书。清林绍年撰书，清光绪丙午年（公元1906年）立。

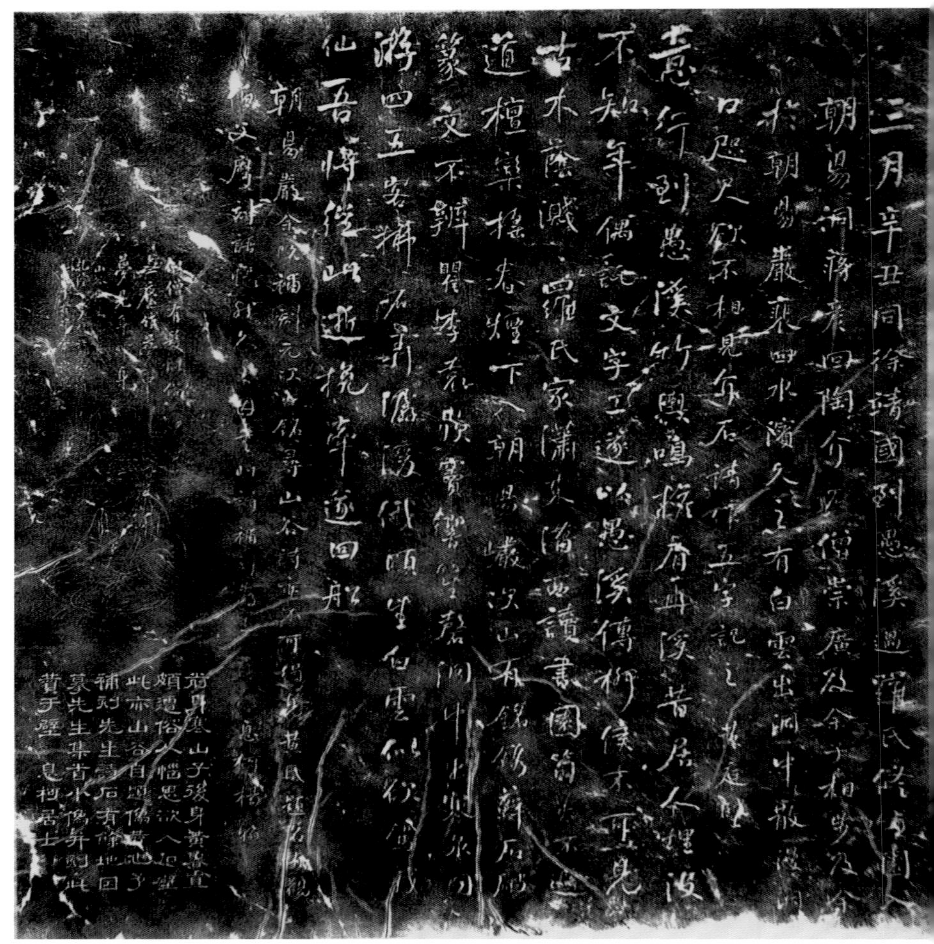

清补《游愚溪》诗石刻

此摩崖石刻现在零陵朝阳岩上洞石壁上。碑高85cm，宽80cm，行书。内容为补黄庭坚《游愚溪》诗，附有题跋，杨翰书。

清《游朝阳岩和山谷老人诗韵》碑

此摩崖石刻现在零陵朝阳岩上洞石壁上。碑高185cm，宽80cm，行书。内容系吴大澂题书的诗作，即《游朝阳岩和山谷老人诗韵》。光绪十九年（公元1893年）立。

清《愚溪怀古》诗碑

此摩崖石刻现在零陵柳子庙碑廊。碑高110cm，宽60cm，楷书，碑文流畅，书艺精辟。系清嘉庆己卯（公元1819年）年届古稀的"潇湘柳村居士"王日照先生题。对柳子"怀才被谤"给予了深深的同情，并赞颂柳子"一代文章万古传"。

清“月陂亭”题刻

此石刻现在江永上甘棠月陂亭，亭已废，摩崖题额尚存。碑高40cm，宽125cm，隶书。系光绪三十二年丙午（公元1906年）文昌社会公镌，小峰氏周邦翰学隶，邵阳刘书林刊。

清刻“云龙飞驾”碑

此石刻现在江华县。碑高42cm，宽190cm，行书。清杨霖书。光绪乙亥年（公元1875年）立。

清《正堂示谕》碑

此石刻现在江永县。碑长150cm，宽82cm，楷书。记叙江永兰溪勾蓝瑶自宋以来，“求避寇难而侨居”此地，“守边粤，石盘斑鸠两隘，恩赐瑶产，承纳瑶粮，量水开垦，报税兑丈”等情况。永明县（今江永）府正堂示谕，就勾蓝瑶应完钱粮等具体款项，交纳办法以及纳税人名单勒石立碑，这恰好是勾蓝瑶文明守法，依章纳税的历史存照。永州涉及少数民族交纳皇粮国税的古碑仅此一例。清道光二十九年（公元1903年）立。

清宣慰彭弘海德政碑

此碑在永顺县城东二十二公里之老司城内土王祠西侧。碑高273cm，宽120cm，厚20cm，座为莲花石，高40cm，宽120cm，碑面正中一行篆书“甘棠遗忘”。衔名及碑文均为楷书，阴刻，碑阴刻各官、各首领姓名。碑文叙述彭弘海治理永顺之“德政”，朱鸿飞撰文，清康熙五十二年（公元1713年）立。

清《流芳万代》碑

又称革除舅霸姑婚陋习碑，位于靖县城西南60公里之平察乡楠木山寨边，碑高170cm，宽80cm，青石质，碑文楷书，清道光二十二（1842）年立。记载当地官员重申革除苗民姑女定为妻舅之媳的陋习。

清《群村永赖》碑

位于靖州县三锹乡，高为180cm，宽110cm，楷书，青石质，清道光二十一年（公元1841年）立。记载当地官员为革除舅霸姑婚陋习所颁布的禁令。

清道光年题刻

此摩岩石刻位于永兴县碧塘乡湘洲村侍郎组。6竖行排列，34个字，阴刻。文字内容为：“石亦喜公过，得公方不磨，彼婉娈者奈公何，道光戊戌五月，长沙邹钠题，宁乡张自箴勒。”“道光戊戌”即公元1838年。

清道光题刻

此摩岩石刻位于永兴县碧塘乡湘洲村侍郎组。11竖行排列，85个字，阴刻。文字内容为：“侍郎簝石屋，有署曰昌黎经此，无款及年月，波磔崚嶒，非唐法，意宋人所为，白垩书而未刻，历久弥新，亦一奇也，知永兴县事王君晋庆，抚刻面返之壁，使过者式为且便毡腊，意良善。大清道光八年夏四月古歙程恩泽跋。”“道光八年”即公元1828年。

清道光题刻

此摩岩石刻位于永兴县碧塘乡湘洲村侍郎组。7竖行排列，113个字，阴刻。文字内容为：“侍郎窾为永邑古迹之一，临江石屋粉书昌黎经此四字，体势森严，风骨遒劲，历千百年而未损其真，事属创见，岁丁亥予宰是邑，公余之暇间至其地，见其仔树密茂，古洞幽深，昔贤遗迹宛然在目，惜未刻之壁上，能榻摹以宝也，爰命工镌于左，大清道光七年嘉平月，知永兴县事，聊城王晋庆跋。” “道光七年”即公元1827年。

清重刻萧振《楚三闾大夫昭灵侯庙记》碑

此碑在汨罗市城西玉笥山屈子祠，与蒋防所撰《汨罗庙碑》同镌一黑色大理石上。原碑由后梁萧振撰文，柴墢书并篆额，建于开平元年（公元907年）十月二十五日。原碑已毁，现碑为同治八年（公元1869年）湘阴虞绍南重书，樊尹刻。

碑高185cm，宽95cm，楷书。碑文24行，704字，现嵌在祠内左侧墙壁上，碑文仍清晰完整。

清衡州教案碑

此碑原在衡阳市三医院教堂，1962年藏于衡阳市图书馆，现存衡阳市博物馆。碑高50cm，宽230cm，碑文35行，每行5字，共173字。碑体断为两截，碑文尚完好。

1900年，意大利传教士范怀德、司铎安、董哲西死于“衡州教案”。清政府迫于外国强势压力，在外籍教士被杀处立碑道歉。此碑是中华民族备受屈辱的历史见证。

清“天地同流”石刻

此摩崖石刻位于衡山县南岳水帘洞景区。内容为“天地同流”。款署为“光绪壬午春，湘潭冯淮书，时年八十，善化姚恭孝题”。石刻高80cm，宽320cm，字径45cm，楷书。清光绪壬午春（公元1882年）立。

清 “醉眠观瀑”题刻

此摩崖石刻位于衡山县南岳水帘洞景区。石刻高230cm，宽48cm，字径40cm，楷书。内容为“醉眠观瀑”。款署为“次青仿陶”。

清卞宝第《重修南岳庙碑》

此碑在南岳庙嘉应门左侧与东角门相接处。碑高400cm，宽150cm，碑额篆“重修南岳庙碑”6字，碑文作楷书，保存完好。光绪九年（公元1883年）立。

碑文对南岳庙之沿革、崇祀与废兴，特别是清光绪年间对该庙之增饰、拓新、修复规模及费用等情况，叙述颇详，对研究该庙历史沿革有参考价值。

清重修南岳庙碑

此碑在南岳庙内。高246cm，宽118cm，楷书。碑文记载了同治乙丑年（公元1865年），李瀚章就任湖南巡抚，认为“国之大事在祀”，用一年时间，拨款修缮了南岳庙许多已破损不堪的楼宇、亭阁、碑栏等。碑为清同治五年（公元1866年），李瀚章撰书并立。

清“有本者”题刻

此摩岩石刻位于衡山县南岳水帘洞景区。题刻高200cm，宽50cm，字高50cm，宽25cm，行书。内容为“有本者”，款署为“大清同治陈符”。

清“合涧桥”题刻

此摩岩石刻位于衡山县南岳景区广济寺。内容为“合涧桥”，款署为“竜山”，字体为楷书。

清九疑山诗文图刻

此石刻在宁远县境内，由32块石刻组成，每块石刻高50cm，宽80cm。清代画家杨浩亭等作图，宁远抚瑶参将石光陛作诗文《九疑行》，其中有两江总督刘坤一、湖南巡抚陈宝箴、书法家何绍基等10多位清朝重臣名人作序跋文，文人雅士聚集众多。由石光陛之子、荣禄大夫石焕章刊刻于清同治年间。诗文为楷书，题跋为行书，刻工精湛。

清九疑山诗文图刻之一、之二

清九疑山诗文图刻之三、之四

清九疑山诗文图刻之五、之六

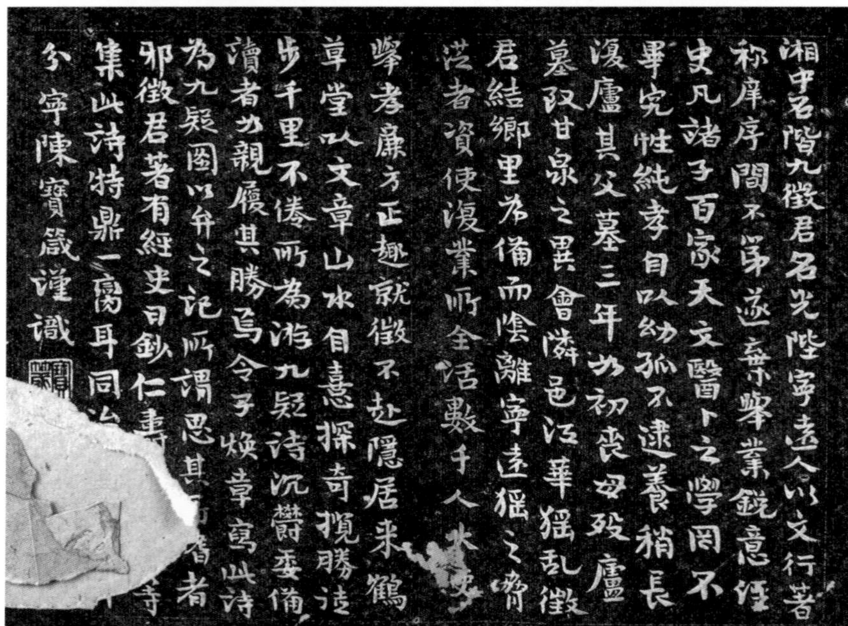
湘中名賢九徵君名先陛寧遠人以文行著稱庠序闈不第遂棄舉業鋭意經史凡諸子百家天文醫卜之學罔不畢究性純孝自以幼孤不逮養稍長復廬其父墓三年如初喪母歿廬墓致甘泉之異會鄰邑江華猺亂徵君結鄉里爲備而陰離寧遠猺之儕從者資使復業所全活數千人[illegible]安舉孝廉方正趣就徵不赴隱居采鶴草堂以文章山水自憙探奇攬勝足步千里不倦所爲游九疑詩沉鬱委備讀者如親履其勝焉令子焕章寫此詩爲九疑圖以弁之記所謂思其[illegible][illegible]者邪徵君著有經史日鈔仁壽[illegible]詩集此詩特鼎一臠耳同治[illegible]分寧陳寶箴謹識

清九疑山诗文图刻之七、之八

昔人謂胸中無數萬卷書目中無
天下奇山水不足以為文即為文
亦喁喁如兒女語又謂筆墨無靈
不足為山寫照未可以語游山今
讀吾湘石階九先生九疑山行
洋洋二千五百數十言凡是山之
磅礴嶙峋盤紆險怪與夫朝煙夕
靄風雨晦明泉石之清幽草木之
蒼秀又若叢祠古刹斷碣殘碑佛
跡仙蹤瓦棺篆鼎以及田夫野老
之過從竹籬茅舍之棲遲一一收
之毫端放之紙上使讀之者低徊

往復如置身於層巒疊嶂絕壑窮
岩空翠撲人飛濤滿耳笙竽鐘磬
時出於曇雲隱現之間披蓑戴笠
之儔服穀餐霞之客往來揖讓令
人前後應接不暇恍兮惚兮竟忘
其為讀詩者比閱楊公浩亭所繪
八圖益歎是詩之神化無以曲盡
山之勝境也噫先生其有得於山
水之奇以發為文耶若先生者可
以無負是山無負是游矣
同治壬申秋七月夫彝後學劉坤一
題於章門官舍

清九疑山诗文图刻之九、之十

詩一

九疑行并序

辛未季秋因修邑乘有九疑訪古之行遂遍
歷巖谷登高探幽旬有五日而返搜採之餘
不無感興爰成七古一百八十韻以紀勝云
奇哉九疑奇至此天開圖畫古山水襟帶瀟湘
數郡間磅礴蒼梧二千里虞姚一去不復還百
代迷茫景遺軌山下珠塵猶自飛山上青鳥為
誰使連峯接岫何繽紛千巖萬壑都足書皇古
迹祕事亦巖多少游人勞屐齒我亦訪古出南
城鼇頭(山)數點連雲起馬踏寒英俱琪花水繞
山環行不止淹口(地名兩山陡窄如門)勢同壺口圓洞天
都在壺天裏壺公既邈誰挈壺海外巨靈伸五
指(山)夜摘星斗朝摩雲揮洒青天一張紙紅葉
酣戰風蕭蕭碧泉寒漱石纍纍汀上蓼花帶月
踈月照溪流清見底萬歲(山)嶙峋萬仞間隱隱
嵩呼長在耳虛堂(潞亭王氏宗祠)時慧使星車壁上題

詩二

痕霞散綺竟日恬吟纔出門騫翩天鷲(山)欣陟
彼一覽眾山層層低似疊夏雲簇春蕊山中老
衲出山迎老衲出塵若脫屣話我善慶(庵)千僧
鍋圓徑二丈真無比洗鉢池中水盈盈不溢不
竭復不滓談罷導看天鷲跡頑然石卵(天鷲庵二石如卵大可四圍)
大而已探奇不覺夜沉沉山僧眠雲我
隱几忽聞飄瀟急雨聲開門樹杪風披靡山靈
弔詭夫何疑身在疑山本如是鐘鳴漏盡日初
紅摻雲直馳太平東(地名)亘白繚青山合沓矗立
雲表排三峯(即舜峯為九疑主山)南接三千羅浮秀北壓
七二衡山雄直上不知幾百里但見匹練(三峯上飛泉倒垂如白練)
垂長空停鞭下馬撫危石洗眼西灣(地名)
青澗(澗中生黃蓮花)中百折千迴不可紀舜源峯(即華蓋九峯之一)
下朝虞宮虞宮神主石為碑古老傳聞三
峯來時非秦漢緣三代千秋高臥白雲隈自是
神物難湮沒明初得得離塵埃古杉(宮墻外)十五

清九疑山诗文图刻之十一、之十二

皆合抱生者蒼勁乾不摧昔吐天燈志稱木精積久夜吐天燈今含霧雨後晴初覯幾回雙樹舊襲將軍號樹在廟中古封將軍摩天拔地何年栽乾坤正氣受應足鬼神呵護雨露培枝柯交加廣清蔭抑鬱磊落真奇材王韶曾有松竹記竹比鄧林松徂徠老松已作龍飛去淚痕空點斑竹岩西垣壁立平猺碭寒谷逢春迴蕩駘東垣平地峗危石石篆正穴湮綠莓我來於此觀華蓋舜廟後山鬱鬱蔥蔥氣佳哉娥皇九峯之一端拱稱敵體女英九峯之一側侍相追陪石肹馬山大小馬山連鑣出左顧平布杭粧臺山臺上雲鬟抹翠黛雲從侍女都點梅舜源發脉三峯石蜿蜒頡昳結三台山五臣山擁立皇宮後鵷班秩秩元愷才衆峯卻立九門外萬笏揷天旌旗排庭下平地二三里回看金闕疑蓬萊我素不識青鳥法對此異想從天開詰朝把袂過桑塘地名月影朦朧紫霞岩光仙梯

詩三

亭址今猶在露冷煙寒石磴荒外巖張口如圓月石龍噴水音丁當晝角喧喧之而濺仙田石田汪瀛承天漿古樹倒生根穴石虬驚蛇走懸崖傍上巖久為鋏治錮深鐫仙洞誌不忘下巖幽窈深莫測列炬入扃風生涼循磴捫辟百餘武軒豁直抵讀書堂巖內地名黃石老人便便卧瀛洲學士分兩行九疑記昔人游此閱讀書岩高座一石仙人旁列石童子曾披石函讀金簡或聽書聲諧鏗鏘摩崖堂上承天柱石高如金莖擎雲房仙人盆石生如盆水滿不溢裡清冷水伐毛洗髓餘蘭湯瓊花綺韭看未足幾道溪澗走淵滂披蓑老翁石灘上釣應釣神龍十丈長蹻然仙人石披綠髮蹻然石燕飛紅檣蹻然青牛石呼田畔蹻然獅象石跳沙場或見普陀石崖出南海片片蓮花凝清香或見雲英石名藍橋上手携瓊漿飲裴航或見麋墨石與鵝管石黑者如墨白者霜或見芝田石田又名舜井田耕鳥

詩四

清九疑山诗文图刻之十三、之十四

跡或見楊梅石水中央珠纓寶絡垂縷縷紅門
白門一地生如門如廟廊雪山石過去數十里風雷
深處有風雲雷雨洞諸洞皆蒼茫時聞鷄鳴雜犬吠不信
人間有仙鄉東方曼倩十洲記幻游未免遠八
方伯翳山經多奇異詎能耳目審周詳況乃唐
宋多遺蹟當年題壁韻琳琅自是神仙護佳句
留與騷客充錦囊我來訪古千載後一珠一字
宜珍藏燭殘書罷耿肆路滄海月明登胡床攬
衣起視東方白揚鞭直指馬蹄石地名蹄石磨滅
不復存崖上祇留仙掌跡青雲梯坡上聽呼猪
峡寂寂無聲路陡窄窄路據峗若劍門豈是五
丁運斧劈蛺蝶山不知秋已深猶作雙雙舞紫
陌南望峩峩五臣峯山麓怪石列劍戟移步又
別有一天幻出蓬壺在咫尺上結茅屋三兩間
居人亦等桃源客下有澄潭名水晶波光蕩漾
圓兎魄泉從石罅穿花來味擬白玉凝素液瀡

詩五

瀡灌入巖竇中巖竇不知何年開內如環室外
如門藤蘿蒼蒼皆蘚碧紅塵不到萬緣空此間
定是神僊宅北望仙樓何蒼翠又名石樓岩對此誰
言冬山睡景象依稀勝洛陽不但春園步步媚
梵宮高插入雲天云是南齊無為寺舜祠舊在玉琯
岩前已徙殘碑湮相傳昔為護陵置木魚雖怪不
復存金鐘雖在不復異寰宇志寺中木魚金鐘屢著靈異與華嚴寺鐵
鍋石桶俱千年古物我來不見御書樓宋紹興時所建但觀齊雲
閣上記我來不見彌陀臺石白但識觀音巖外字
華巖古跡何處尋閣名鐵鍋石桶俱廢墜借問秋
雲知不知到處滄桑總一致碧虛洞口即無為洞築
清池碧虛洞裡蟠蒼螭洞石如螭蒼螭前躍水深處
一竅通天光陸離次山山水有凤癖洞天四字
題無為無為左崖懸百尺上有紹興題名碑西
崖雲篆半剝落半殘姓氏存張維碧虛兩銘開
生面作者沈紳蔣之奇簽判虞部江員外題名

詩六

清九疑山诗文图刻之十五、之十六

又覺留漓熙諸刻皆封多不識危尋曲討神形
疲斯文顯晦原有數忽教風雨妒鴻詞忽見東
方騰紫氣訊是何侯故宅基即玉琯岩當年拔宅飛
昇日五老下降祥雰垂盤春翚華目未瞬紫雲
白鶴飛九逵何侯記以仙藥製酒舉家同飲白日飛昇惟一童牧猪未歸時有盤
春翚華二人見紫雲白鶴繞空而上宅中人物杳然去宅後空餘
牧猪兒吾聞六螭西馭日帝舜於此攀龍髯三
代以來隆祀典騷言沂湘楚辭云沂沅湘而上征應可知
荒郊瓦冷鴛鴦卧碑碣埋沒留石龜祠後石室
藏玉琯王母來貢舜所遺法物精光不自秘奚
景得之獻漢塀崖間三字衮二丈九疑山三字方信儒書
書法遒勁匪夷思中郎蔡碑銘鐫其側跋語為
誰李襲之九井依然在巖後何侯煉丹處金蛙棲處
杳難知瑤篸直從平地起峭石嵯峩樹參差根
如鴻爪纏石頂蒼藤宛曲龍蛇姿低徊仙境不
能去瀟水涵月碎琉璃瀟水之源三峯發更欲

窮源探仙窟旁有老翁為我言勸君且勿興勅
勅從茲直上楊梓山九龜井地名中水汩汩羌入
盤洞地名瞻石城九峯之一牛頭江水寒侵骨對面巒
山如壁橫千尋古樹怪咄咄下如重淵上青天
十步氣已三而竭寰宇都傳蜀道難何堪比蜀
更突兀過此程途差平坦側耳水聲益清越左
為天柱山極穹窿右為紫荆山亦嶢屼仰望三
峯竝昂然狀同碧甕插三笏正中飛泉下瀟江
左右分注東西粵石耳龍鬚生鴻崖仙桃香爐
均石名未磨滅上人居此數千秋恍惚曾摩古銅
碣舜峯舊有銅碑神聖祕境先天造鴻濛鳥道防顛蹶
我聞斯語心魄驚搔首踟躇無限情歌枕輾轉
不能寐平明馳馬登石城城上三峯亦英武宛
若亞夫當軍營闕上四折三百步又如萬馬隨
千兵中間經涂容九軌周遭峭壁削不成老樹
歷落俱奇古旌旗飛動疑神京辟下石室頗軒

清九疑山诗文图刻之十七、之十八

詩九

厰一榻清風邀月明拈筆直書睡仙洞若非瑶島即蓬瀛翌旦復登朱明頂(九峯之一)下界峯如兕孫迎油村(地名)古鼎(舊在舜陵)今何在舜陵魯觀(均地名)環瀟清舉頭仰觀紅日近青雲冉冉脚底生古人來者兩不見一聲長嘯萬山鳴乘興而來興盡返道宿仙政(鄉名)清泉山(地名)月明人定雲初淨恍在麓牀山縹渺間手拈永明十二磬(南齊武帝時鑄)脚踏修真第一壇(麓牀修真舊有四壇)九疑群仙聞我到駕霧鞭霆來盤桓我見安期(修煉麓牀)揖鋏问我見妙想(蒼梧女道)弄靈丸仁覧(封冲道真人)來騎青竹杖明期(魏末入九疑乘雲昇天)來服紅景丹金絲脱是綠華(九疑道女羅郁也)舞黃庭經惟妙典(九疑女冠白日昇天)看雙師(自南岳來黃庭觀脩煉溪沐隱去)赤身纏月帔三娘(九疑人少得道術仙去)白馬披金鞍羣仙向我笑而語爾來訪古亦太苦仙樂曾寄高士巖(方輿勝覽載昔有獵者於岩中獲古樂器一部無為觀道士獻於朝)呼童徑往取一部各奏一曲為君歡請

詩十

慰名山之風雨初如廣樂奏鈞天又如清虛霓裳譜宮商泠泠聞未聞毋乃所奏即韶舞忽然山僧叩晨鐘始知卧游神仙宇推枕起看簫韶峯(九峯之一)彷彿琴瑟尚搏拊麟山遊兮鳳山(俱仙政鄉)儀獅石山仰兮象石岩俯神仙有無真渺茫自覺此身登皇古歸途迤邐過梅林(地名)細嚼梅花香肺腑回看虞陵百千峯々峯離天咫尺五風雲變化惟須臾舉目江山移步武時如金壺山酌酒漿時如玉笥山插花圓時如棋布與星羅時如生龍并活虎杷林桂林兩高峯(俱九峯之一)土人亂指青雲塢紛紛不似向來山風景翻驚目未睹昔人所疑祗九疑我之所疑不勝數春風秋月誠無邊鴻名自昔垂天府安得謝眺驚人詩天工造化將筆補衆勤欲結後來緣千仞岡頭重振羽

階九石光陞甫草

清九疑山诗文图刻之十九、之二十

右詩
先君子紀游之作載在全
集自見背後梓鄉多故未
付手民今年薄游豫章公
餘敬錄一則囑孫暘谷茂
才書丹及楊丈浩亭曾繪
圖卷端並勒於石湖自嘉
慶辛未迄今甲子一周雖
手澤如新而春暉莫報撫
茲遺咏不禁感慨係之時
同治辛未季秋重陽日
男煥章沐手謹記

題二

石公天下才英姿亦奇偉廿載勤王兵時艱忍
坐視轉餉佐西征重游章貢水長揖謁公卿高
談薄流輩胡為愛鯫生青眼屢顧視公尊獨能
降我貧亦不訾以故寒畯廬常枉高賢屐袖示
尊人詩云游九疑紀繪圖弁卷端選勝闕桑梓
披吟一再過煙雲忽滿几蒼梧帝子鄉臥游如
見耳公言經刼灰貽留剩片羽著作雖等身裒
輯待後起乃知冥漠中呵護信若此往歲事戎
軒什襲藏在笥共有千秋思手澤敢遐棄慷慨
揮泉刀委我監剞劂薰沐敬書丹所不容辭矣
人生宇宙間最難得知己結習渾未忘我愧鑽
故紙賴公重斯文為我消塊壘姓氏附以存濡
毫差自喜紹述思淵源討論見根柢如公本傳
人豈徒博朱紫 辛未冬 麟祥觀察以
封翁所作九疑詩索書勉錄應命並附數言
聊誌顛末不足當方家一哂也 西疇孫旭光

清九疑山诗文图刻之二十一、之二十二

仁

天下名山奥區往往遠者能到而近者或不及遊余家距九疑百餘里朝烟暮靄在縹緲有無間顧少時伏案誦書不暇往眺厥後應試省垣服官京邸觀察蜀都於南衡東泰西華岷峨諸山率皆經過而故鄉瀟水發源處則歸田以來尚未登臨也今夏 石君麟祥以其 尊翁瓊洲先生遊九疑詩一百八十韻見示 先生余詩友也此詩成時曾擊節賞之不意歷廿餘年而手澤如新 哲嗣特裝潢成帙徧索諸名士題詠可謂善繼善述者矣卷首并載疑山全圖俾玉琯石樓羅列紙上余雖未身到其境而境中佳處已領畧過半腰脚若健他時當攜屐一遊以彌補其闕陷也爰綴二絶於左

疑山吾未到忽見故人詩詩在山俱永高名千載垂

圖亦不可廢能傳真面目譬諸園日涉卧遊佳趣足

時咸豐三年歲在癸丑立夏後三日

古稀拙叟楊上揆達甫氏

題三

奇絶九疑煙嵐萬狀誰奪天工寫來紙上瀟湘之源盤高有陟接此梯蹤導吾先路者中有詩詩中有畫神動天隨分流別派生面獨開良工心苦並與疑山并垂千古

月樵儕年逢拙題

九疑昔屬蒼梧舜帝南巡墓有無千古廟堂開楚域三分石嶺覓靈區銅碑遥望迷荒莽玉琯曾經獻御厨史載陟方應未誤五臣朝拱尚山呼

癸丑冉膺致祭虞陵之役漫錄前題於階九先生游九疑詩後

秀峰官文

題四

清九疑山诗文图刻之二十三、之二十四

余家濂溪之濱距九疑不百里髫年隨宦離鄉井後雖以事旋里皆不久即去未緣往游辛亥歸里住家中五閱月日坐鶴鳴軒望遠山煙靄欲來几硯間則九疑山色也遊興勃然適廣文楊紫卿來相招同往游此行使吾乃感暑病瘧久未得與紫卿昆季濯溪石樓之間履齒不得往即無何緣之淺也頃讀湛亭丈所作九疑圖并詠附九先生詩可謂精鑿往復數四如身入其間卧遊矣

何紹基記於長沙俟石園

萬笏㟧巒拱五臣依稀仙仗帝南巡江山載筆詩皆史忠孝傳家畫入神廬墓儘堪風楚俗披圖休僅目騷人十洲荒遠東方記巖壑何曾杖履親

麟祥尊兄大人屬題先德游九嶷山詩畫冊即請郢正 高安蕭浚蘭拜稿

清九疑山诗文图刻之二十五、之二十六

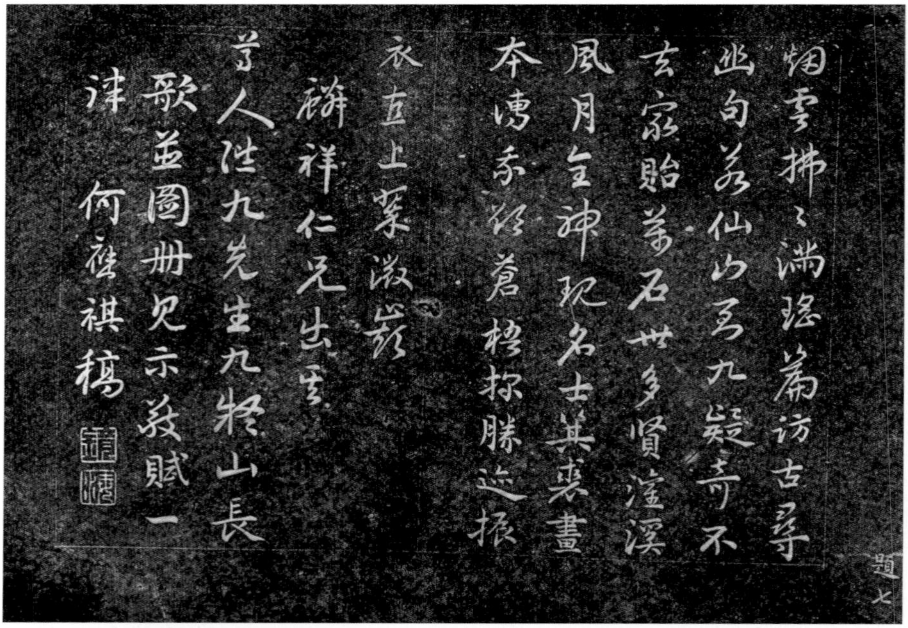

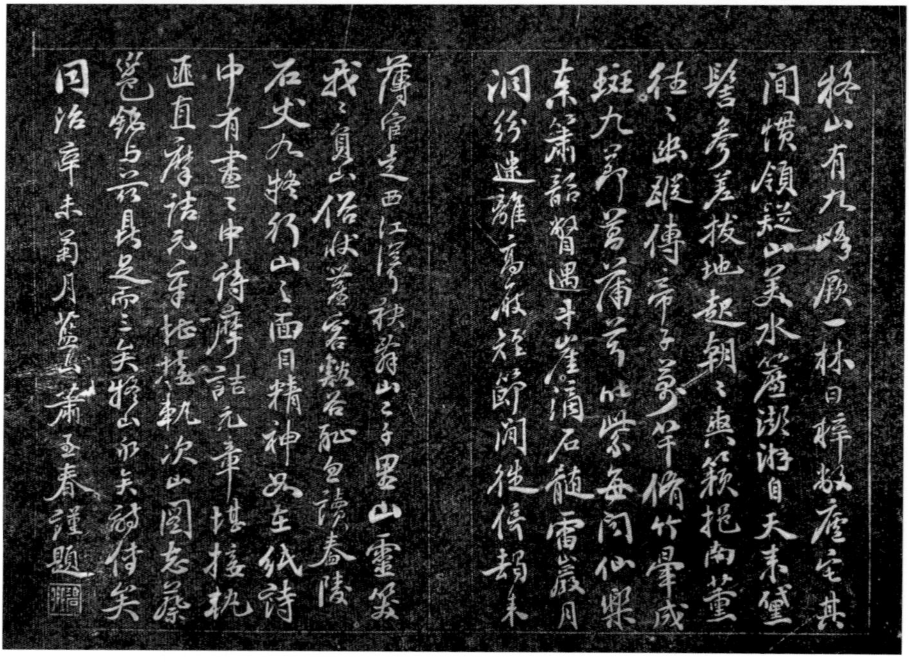

清九疑山诗文图刻之二十七、之二十八

题九

瀟水發源處詩人
著屐尋魚龍蟠絕
壑鸞凰嘯平林斑
竹皇英邈蒼梧煙
雨深名山看接武
讀畫憶登臨

麟祥仁兄大人屬題
先德階九徵君游九嶷山詩畫冊
光州王蕙谿存稿

题十

徵君埜完士激詩人之儔况
闡舜源秘九嶷著長篇龍
蛇有神手攬勝圖其全籍
以壽貞石世稱繼述賢摩
挲等圭璧几案生雲烟遠
与瀟湘接故園資水邊所游
紫霞起春為古洞天薰風動
杖登臨約同虞衍李題
麟祥觀察
尊贈其瓊洲前輩九嶷詩刻後
同治壬申夏初新化劉昌嶽

清九疑山诗文图刻之二十九、之三十

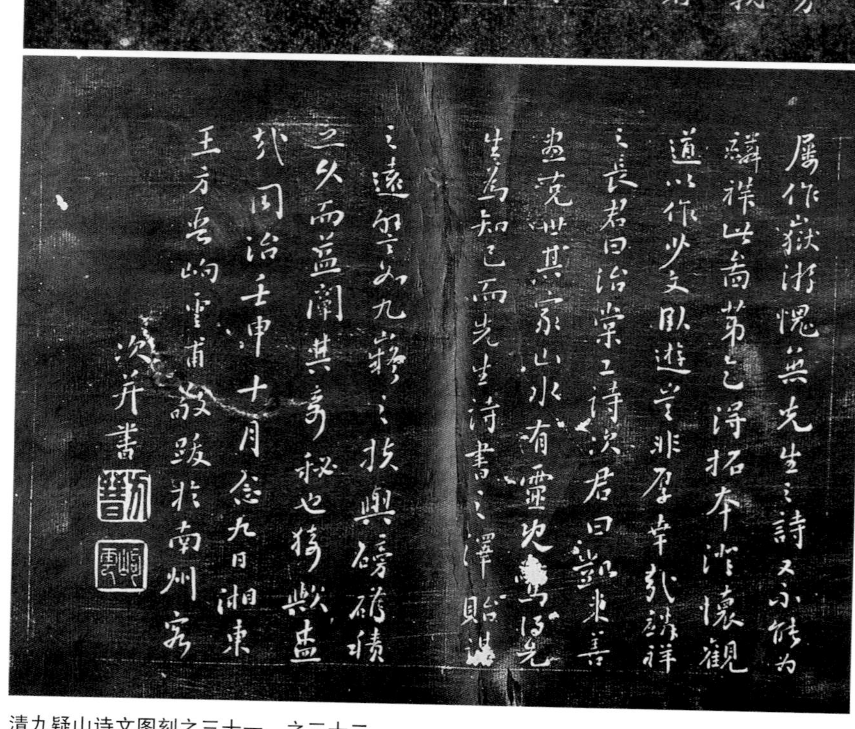

清九疑山诗文图刻之三十一、之三十二

清“听泉”题刻

此摩崖石刻位于衡山县南岳水帘洞石浪亭下游路石壁。题刻高120cm，宽30cm，字高40cm，宽30cm，楷书。内容为“听泉”，系“清礼部右侍郎北海曹申吉题，衡山王令家勒石”。曹申吉，顺治年进士，清初大臣。

清代同治题刻

此摩崖石刻位于衡山县南岳水帘洞石浪亭前山壁。内容为“风磴吹阴雪，云门吼瀑泉。同治上元甲子午月端贰日，海宁俞凤翰同僧破愚来游，一度题此”。题刻高80cm，宽150cm，字径15cm，楷书。清代同治甲子年（公元1864年）立。

清“夏雪晴雷”题刻

此摩崖石刻位于衡山县南岳水帘洞石浪亭前山壁。题刻高350cm，宽120cm，字高60cm，宽40cm，行书。内容为“夏雪晴雷”，款署“光绪七年辛巳秋月平江李元度刻石”，清光绪七年即公元1881年。

清“试看来人”题刻

此摩崖石刻位于衡山县南岳景区门票处康家垅门票稽查站（百步云梯）山壁。题刻高270cm，宽80cm，字高65cm，宽60cm，楷书。内容为“试看来人”，款署“乾隆四十九年孟冬月知衡山县方廷机刊”。清乾隆四十九年即公元1784年。

清代题刻

此摩崖石刻位于衡山县南岳景区门票处康家垅门票稽查站（百步云梯）山壁。题刻高130cm，宽180cm，字径10cm，楷书。

清“自归依佛”题刻

此摩崖石刻位于衡山县南岳景区门票处康家垅门票稽查站（百步云梯）山壁。题刻高380cm，宽70cm，字高80cm，宽70cm，楷书。内容为“自归依佛”，款署“光绪壬寅秋，信心人书”。清代光绪壬寅年（公元1902年）立。

清“南无阿弥陀佛”题刻

此摩崖石刻位于衡山县南岳景区门票处康家垅门票稽查站（百步云梯）山壁。题刻高350cm，宽50cm，字高50cm，宽65cm，楷书。内容为“南无阿弥陀佛”，款署“光绪戊戌云水僧书”。清代光绪戊戌年（公元1898年）立。

清“看山一半”题刻

此摩崖石刻，位于衡山县南岳景区半云庵遗址前（斜平石上）。题刻高100cm，宽135cm，字高34cm，宽24cm，楷书。内容为“看山一半”，款署“雍正六年戊申春，寄广源楼释源口题。未写峰顶胜，山色恰平分，欲上南天路，还须出半云”。清代雍正六年（公元1728年）立。

清“禹王城”题刻

此摩崖石刻位于衡山县南岳景区广济寺。题刻高140cm，宽60cm，字高50cm，宽45cm，楷书。内容为“禹王城”，款署为“竜山道人”。

清“寿”题刻

此摩崖石刻位于衡山县南岳景区广济寺至祝融峰游路溪流中。题刻高200cm，宽100cm，楷书。内容为“寿”，款署为“竜山”。

清“洞水逆流”题刻

此摩崖石刻位于衡山县南岳景区广济寺至祝融峰游路溪流中。题刻高150cm，宽120cm，楷书。内容为“洞水逆流”，款署为“竜山书”。

清《镇山碑》

此碑刻位于衡山县南岳景区神州祖庙入口。碑高120cm，宽50cm，碑座高100cm，宽80cm，楷书。内容为禁止境界内上山动土、践踏禾田、捕捉鳅鳝、砍伐树竹等条例。清道光八年（公元1828年）三月立。

清“蓬莱胜际”题刻

此摩崖石刻位于衡山县南岳景区观音岩。题刻高250cm，宽50cm，字高60cm，宽50cm，楷书。内容为“蓬莱胜际”，款署为“滇南郭斗书”。

清“冠石”题刻

此摩崖石刻位于衡山县南岳景区高台寺。题刻高100cm，宽40cm，字径40cm，楷书。内容为“冠石”，款已被风化。

清“我皈依佛”题刻

此摩崖石刻位于衡山县南岳景区高台寺。题刻高200cm，宽40cm，字径40cm，楷书。内容为“我皈依佛”，款署为“光绪庚子冬月”。清光绪庚子年（公元1900年）立。

清“南无阿弥陀佛”题刻

此摩崖石刻位于衡山县南岳景区高台寺开云亭东登山路边。题刻高600cm，宽60cm，字径60cm，楷书。内容为“南无阿弥陀佛”，款署为“光绪庚子冬释唯持书”。清光绪庚子年（公元1900年）立。

清“观海”题刻

此摩崖石刻位于衡山县南岳景区高台寺开云亭东登山路边。题刻高180cm，宽160cm，字高80cm，宽50cm，题刻为篆书，署款为楷书。题刻为“观海”，款署为“戊寅五月望，昭陵刘铏、上梅段自立、蓉城刘雨次、潭洲柳菊生、古吴黄銕龕、江夏徐石、邑人周安汉纪游”。

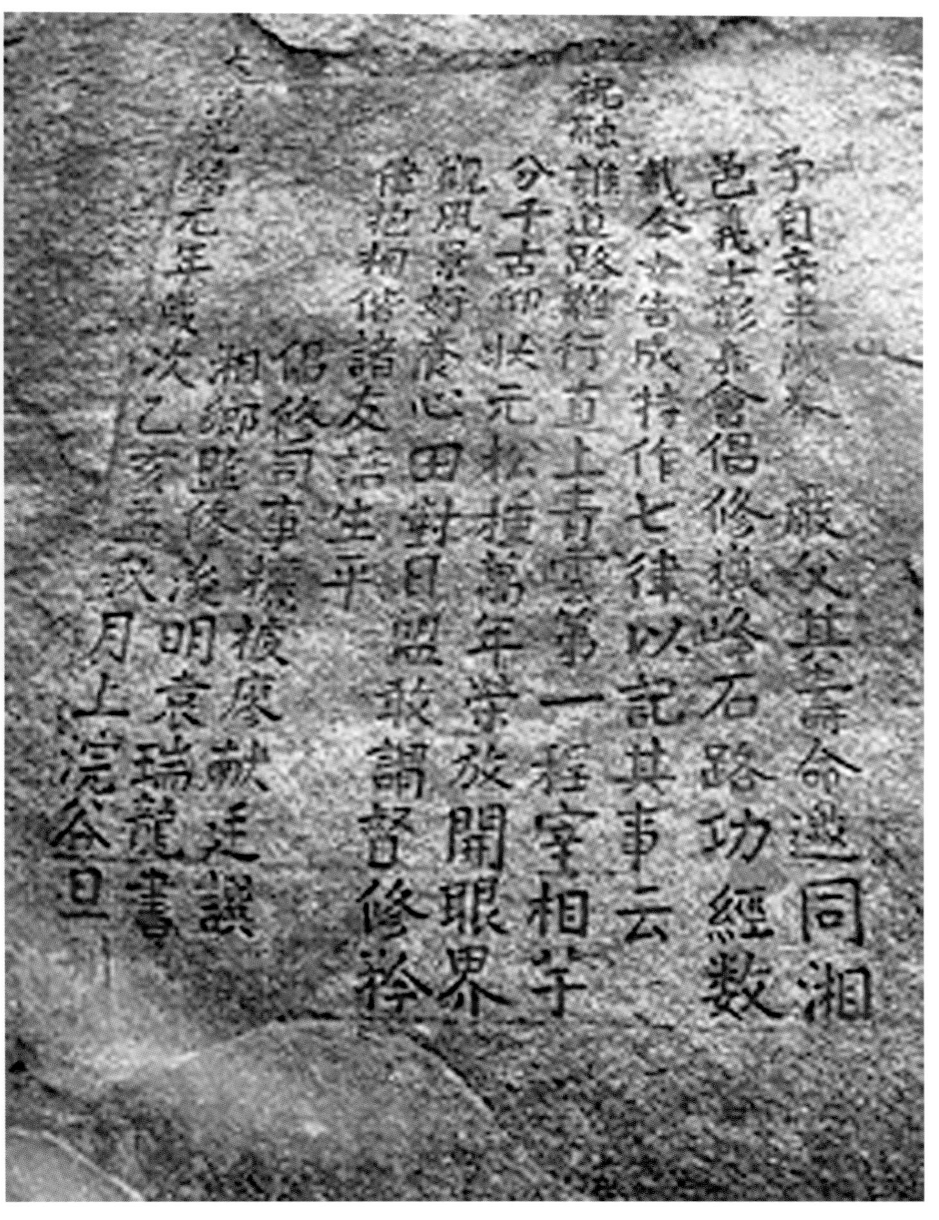

清光绪年题诗刻

此摩崖石刻位于衡山县南岳景区距会仙桥门票站50米巨石壁（游路）。题刻高130cm，宽220cm，字径13cm，楷书。为当时文人廖献廷邀彭嘉会同游南岳至此，即兴作七律一首，湘乡袁瑞龙书，清光绪元年乙亥年（公元1875年）刊立。

清咸丰年题刻

此摩崖石刻位于衡山县南岳景区会仙桥售票处。题刻高130cm，宽50cm，字径12cm，楷书。内容为“衡山县正堂徐吩示：严禁罗汉洞永不许架搭棚厂贸易生理。咸丰二年三月日示晓谕”。清咸丰二年（公元1852年）刊立。

清“摸心自问”题刻

此摩崖石刻位于衡山县南岳景区会仙桥上洞中。内容为“摸心自问”。题刻高50cm，宽130cm，字径40cm，楷书。

清“爽心豁目”题刻

此摩崖石刻位于衡山县南岳景区距会仙桥80米处游路边。题刻高120cm，宽120cm，字高20cm，宽30cm，楷书。“爽心豁目”，为李邵生题并书。

清“何去何从”题刻

此摩崖石刻位于衡山县南岳水帘洞瀑布石壁处。题刻高300cm，宽400cm，字高80cm，宽70cm，楷书。内容为“何去何从”，款署为“康熙甲申秋日，宛平吴珂题”。清康熙甲申年（公元1704年）刊立。

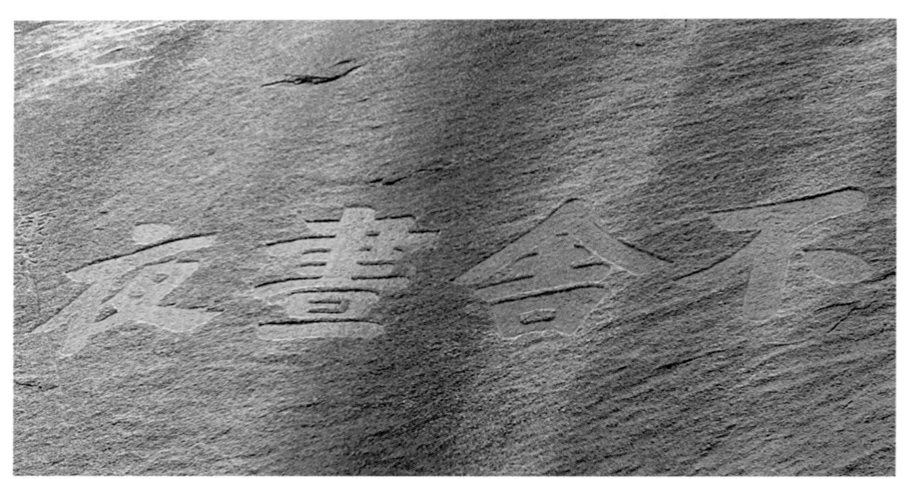

清“不舍昼夜”题刻

此摩崖石刻位于衡山县南岳水帘洞瀑布石壁处。题刻高80cm，宽200cm，字高70cm，宽50cm，楷书。内容为“不舍昼夜”。款署：“康熙甲申秋月，衡山姜立广题。”清康熙甲申年（公元1704年）刊立。

南岳水帘洞

清“活埋”偈语题刻

此摩崖石刻位于衡山县南岳皇帝岩东侧游路石壁处。题刻高130cm，宽100cm，字径30cm，楷书。内容为佛教偈语“活埋”，由水翁英书题，清康熙戊子年（公元1708年）刊立。

清康熙年题刻

此摩崖石刻位于衡山县南岳祝融殿西侧石壁处。题刻高160cm，宽200cm，字高50cm，宽55cm，楷书。内容为“山矗天止，云起峰流”，款署：“康熙丁未仲冬白门郑旭题，许岳书。”清康熙丁未年（公元1667年）刊立。

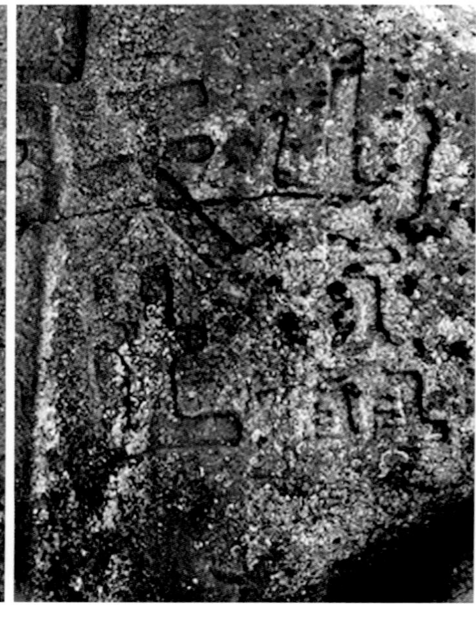

清“云程初步”题刻

此摩崖石刻位于衡山县南岳售票处稽查站百步云梯边。题刻高135cm，宽100cm，字高34cm，宽24cm，行书。内容为“云程初步”，清光绪庚寅年（公元1890年）刊立。

清“半壁烟云”题刻

此摩崖石刻位于衡山县南岳福严寺西侧游道边石壁处。题刻高150cm，宽280cm，字高70cm，宽50cm，行书。内容为“半壁烟云”，款署“同治年辛未春，偕海岸山僧游此，彭玉麟题”。清同治辛未年（公元1871年）刊立。

清“福”字题刻

此摩崖石刻位于衡山县南岳半云庵。题刻高330cm，宽460cm，字高330cm，宽460cm，楷书。内容为“福”，款署“甲辰菊月，邑人吴怂书篆于僧纲司胡心玉土廿前”。

清“龙潭应祷”题刻

此摩崖石刻位于衡山县南岳镇兴隆村舜溪瀑布中段石壁处。题刻高65cm，宽250cm，字高50cm，宽40cm，楷书。内容为“龙潭应祷”。款署“大清光绪丙申秋，荔浦张祖良题石”。清光绪丙申年（公元1896年）刊立。

清“南无阿弥陀佛”题刻

此摩崖石刻位于衡山县南岳会仙桥至红旗电站游道边。题刻高550cm，宽120cm，字高60cm，宽60cm，楷书。题刻为“南无阿弥陀佛”，款署“光绪甲辰春，念佛僧敬书”。清光绪甲辰年（公元1904年）刊立。

清“容光必照”题刻

此摩崖石刻现位于郴州临武县南强乡境内的秀岩岩洞内。“容光必照”四字为楷书。慧朗和尚题书，清乾隆庚午年（公元1750年）刊刻。

民国碑刻

永州朝阳岩洞口

朝陽巖記
朝陽巖之名始於元次山即柳
子厚詩所謂西巖者也昔賢遊
者唐以來至今歌詠題記具於
零陵縣志戊午夏　茶陵譚公
督師駐永州暇遊於巖顧瞻祠
宇病其蕪廢其明年乃鳩工庀
材葺而新之而屬零陵水警署
署長[illegible][illegible][illegible]董其役巖深廣愈
入則幽以狹不可以通人而巖
陰故有小穴一公意其可通也
又命工疏泉鑿石始僂以入繼
乃益窮遠迤曲折豁然貫通歷
井而升益曠以明則西北向而
出於青蓮峡之東焉是役也始
於己未之春迄秋七月工竣屬
崇立紀其畧夫茲巖之在天壤
間不知其幾何年也乃至有唐
而始顯迄今日而始通天下巖
壑之美類是者多矣而茲巖特
著遊者眾矣而元柳特聞豈不
以其德澤之及人者遠而其文
章尤足以藻繪山川與然則繼
元柳而起者益可知矣己未重
九長沙徐崇立記劉善渥書

民国《朝阳岩记》碑

此摩崖石刻现在永州零陵区潇水河西面朝阳岩石壁上，为徐崇立撰文，刘善渥书丹。于己未年（公元1919年）立。碑高135cm，宽75cm，楷书。

民国《万人坑第一墓碑记》

此碑现存洪江市文化馆大门外。碑高200cm，宽85cm，厚8cm，青石质，楷书。碑文记述1925年秋天灾导致“田谷无收”，大批饥民流入洪江市，接连瘟疫，“死者日百数十人”。洪江市红十字会乃于市郊购地方为万人坑之墓以葬。碑于民国21年（公元1932年）由洪江红十字会刊立。

民国“不息”题刻

此摩崖石刻位于衡山县南岳景区半山亭，楷书。内容为“不息”，款为“民国戊子”。公元1948年刊立。

民国“峻极”题刻

此摩崖石刻位于衡山县南岳景区祝融峰，楷书。内容为“峻极”，款署为“民国甲戌仲秋，海城陈兴亚题”。公元1934年刊立。

民国“三战三捷”石刻

此石刻于岳阳大云山隆兴宫前的崖壁上，摹刻杨森书写的“三战三捷”四个楷书大字，每字高215cm，宽180cm，下刻说明50字：“倭寇侵我中国，在湘者相持五年，中经大举犯长沙三次，赖民众协力，将士有命，都予击溃。国人正精诚团结，矢志澄清，泐石共勉。”于民国31年（公元1942年）12月刊立。

民国年题刻

此摩崖石刻位于衡山县南岳景区。内容为“魏夫人礼斗坛即此，民国廿九年秋，平江吴楚敬撰，湘阴柳敏泉敬书”，字体为楷书。于公元1940年刊立。

民国“卧虎”题刻

此摩崖石刻位于衡山县南岳景区麻姑仙境西南150米山坡。题刻高200cm，宽400cm，字高200cm，宽120cm，楷书。内容为“卧虎”，系国民党爱国将领宋哲元题书。公元1938年（戊寅）刊立。

民国“虎跑泉”题刻

此摩崖石刻位于衡山县南岳景区穿岩诗林。题刻高为400cm，宽200cm，字高140cm，宽90cm，隶书。内容为“虎跑泉”，款署为“朝陈光大间慧思祖师开闭道场，有猛虎攫岩，哮阚槛泉随出，故名。李鸣九书”。

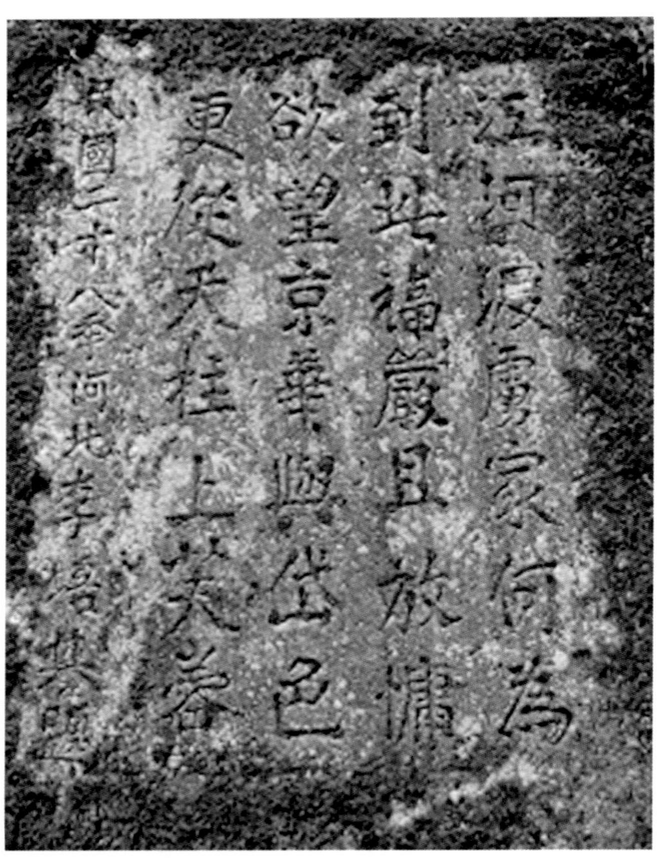

民国年题刻

此摩崖石刻位于衡山县南岳景区福严寺。题刻高为140cm，宽100cm，字高15cm，宽12cm，楷书。内容为“江河渡虏家何为，到此福岩且放慵，欲望京华与岱色，更从天柱上芙蓉。民国二十八年，河北李培基题”。于公元1939年刊立。

民国年题刻

此摩崖石刻位于衡山县南岳景区福严寺。题刻高为350cm，宽100cm，字高40cm，宽40cm，楷书。内容为“唵苏悉悉地地悉娑地诃”，款署为“生生世世正信出家，中华民国二十六年孟冬月，金刚藏弟子不空敬书”。公元1937年刊立。

民国“南无阿弥陀佛”题刻

此摩崖石刻位于衡山县南岳景区福严寺。题刻高为350cm，宽100cm，字高40cm，宽45cm，楷书。内容为“南无阿弥陀佛”， 款署为“民国甲戌，轮空发愿”。公元1934年刊立。

民国题刻

此摩崖石刻位于衡山县南岳景区高台寺开云亭东登山路边。题刻高为110cm，宽80cm，字径10cm，楷书。内容为：民国廿一年，罗奠中、周临之、郭振声等12人游历登峰后之题记。公元1932年刊刻。

民国“雍容大雅”题刻

此摩崖石刻位于衡山县南岳景区高台寺开云亭东登山路边。题刻高为100cm，宽200cm，字高55cm，宽50cm，楷书。摩岩石刻“雍容大雅”为邹鲁于民国26年所题书。公元1937年刊立。

民国题刻

此摩崖石刻位于衡山县南岳景区高台寺开云亭东登山路边。题刻高为120cm，宽120cm，字径15cm，隶楷。内容为“众生无边誓愿度，烦恼无尽誓愿断，法门无量誓愿学，佛道无上誓愿成”。款署为“民国甲戌夏，讲经上封寺，刻此以广法。化空也敬书，弟子净性李仲飞刻”。公元1934年立。

民国“秀出群峰”题刻

此摩崖石刻位于衡山县南岳景区高台寺开云亭东登山路边。题刻高为140cm，宽100cm，字径30cm，楷书。内容为“秀出群峰”，款署为“民国二十五年秋，偕内子邓智仙游此书作纪念。祁阳张伯英题”。公元1936年刊立。

民国“起舞南天”题刻

此摩崖石刻位于衡山县南岳景区狮子岩。题刻高为300cm，宽50cm，字径40cm，隶楷。内容为“起舞南天”，款署为“民国第一，戊寅夏宁远阙汉骞题”。公元1938年刊立。

民国“狮舞”题刻

此摩崖石刻位于衡山县南岳景区狮子岩。题刻高40cm，宽300cm，字径40cm，楷书。题刻“狮舞”，是“庚辰初夏，余因游衡岳见此狮岩雄壮屹立，玲珑生动，故名曰舞狮”。而“吾国七七抗战，愈战愈强，外人视我同如睡狮之说不足信矣”。赖贵山题，萧星然跋，公元1940年刊立。

民国“登峰造极”题刻

此摩崖石刻位于衡山县南岳景区狮子岩。题刻高为300cm，宽60cm，字径50cm，楷书。内容为“登峰造极”，款署为“民国廿一年壬申末春，吴奇伟、罗卓英、刘鹰古、萧□芝、王东原题”。公元1932年刊立。

民国题刻

此摩崖石刻位于衡山县南岳南台寺庙墙壁。内容为整顿寺庙财务公约，款署为“民国廿二年十月日南台常住公立”，字体为楷书。公元1933年刊立。

民国“诚真正平”题刻

此摩崖石刻位于衡山县南岳高台寺登山游路边石壁处。题刻高为260cm，宽70cm，字高35cm，宽30cm，楷书。内容为“诚真正平”。款署“戊寅孟秋，宋哲元题（已毁）”。公元1938年刊立。

民国“五岳独秀”题刻

此摩岩石刻位于衡山县南岳半山亭停车坪下。题刻高为200cm，宽80cm，字高50cm，宽40cm，楷书。题刻内容为“五岳独秀”，系东岳赵幼如于民国戊寅年题书，公元1938年刊立。

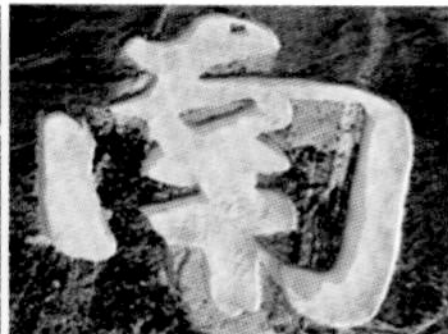

民国“南天柱石”题刻

此摩崖石刻位于衡山县南岳天柱峰下游道边石壁处。题刻高为600cm，宽1700cm，字高500cm，宽450cm，楷书。题刻内容为“南天柱石”，为何键癸酉秋月题书，于公元1933年刊立。

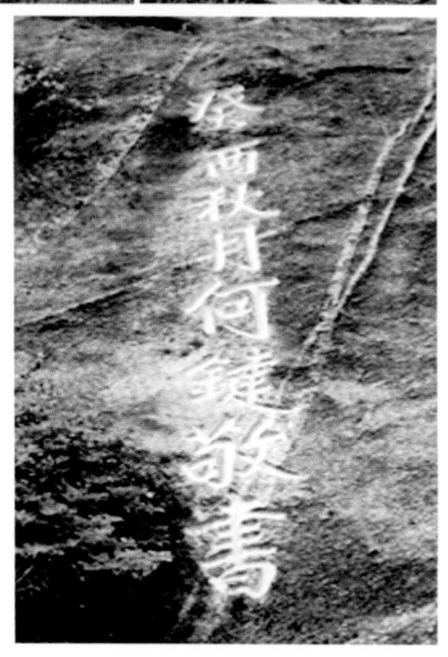

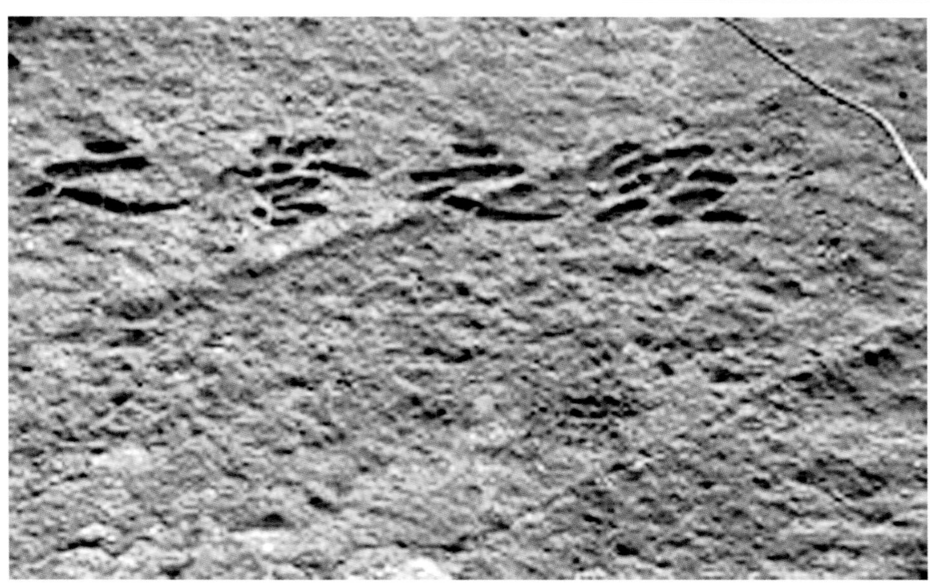

民国“经之营之” 题刻

此摩崖石刻位于衡山县南岳穿岩诗林下。题刻高为200cm，宽40cm ，字径30cm，楷书。题刻内容为“经之营之”，为浏阳陈熹题书，民国29年（公元1940年）秋刊立。

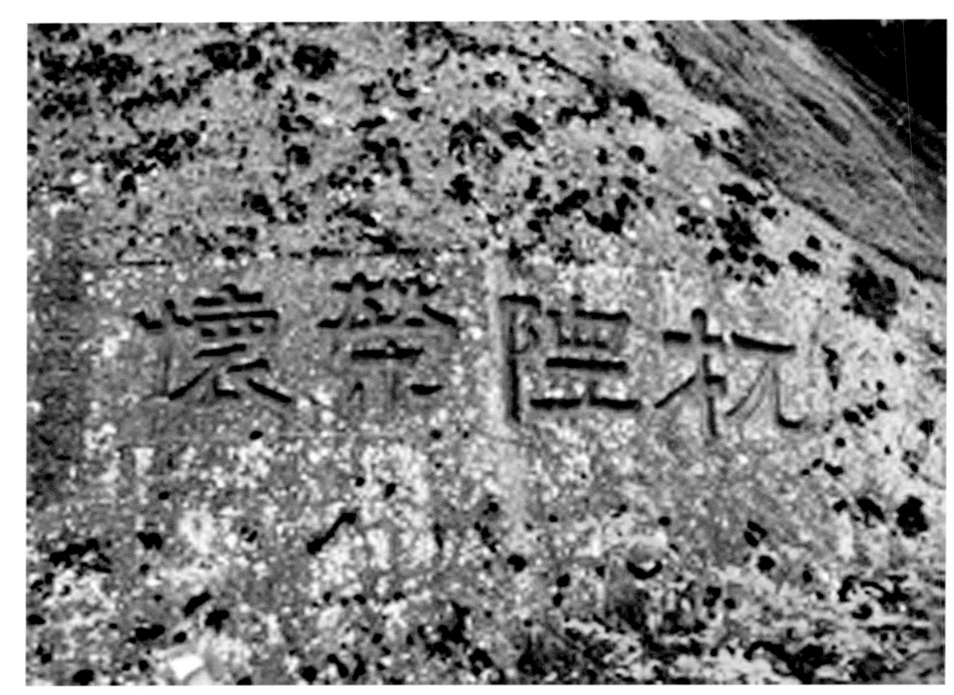

民国“杌隉荣怀”题刻

此摩崖石刻位于衡山县南岳福严寺侧石壁处。字体为阴刻隶书。题刻内容为“杌隉荣怀”，为民国27年（公元1938年）刊立。

鸣　谢：

衡阳市文物管理处

永州市文物管理处

南岳文物管理所

彭国华　　何　强　　熊建华

刘　利　　毕　枫　　李海全

孙玲玲

主　编：刘　刚

副主编：刘冬华、邓昭辉、曾东生

编　撰：刘　刚、刘冬华、邓昭辉、曾东生、周跃华、谢　平

摄　影：曾东生、周跃华、谢　平、刘冬华、毕　枫

图书在版编目（CIP）数据

湖湘碑刻㊀/刘刚主编.－长沙：湖南美术出版社，2009.8
（湖湘文库.乙编）
ISBN 978－7－5356－3343－9

I.湖… II.刘… III.碑刻－汇编－湖南省 IV.K877.42

中国版本图书馆CIP数据核字（2009）第142205号

湖湘文库（乙编）

湖湘文库编辑出版委员会

湖湘碑刻㊀

主　　编　刘　刚
副 主 编　刘冬华　邓昭辉　曾东生
责任编辑　左汉中
责任校对　伍　兰　谭　卉
整体设计　郭天民
版式设计　许　柳
出版发行　湖南美术出版社
长沙市东二环一段622号
印　　刷　深圳华新彩印制版有限公司
版　　次　2009年9月第1版
2009年9月第1次印刷
开　　本　960×640　1/16
印　　张　21.25
书　　号　ISBN 978－7－5356－3343－9
定　　价　98.00元

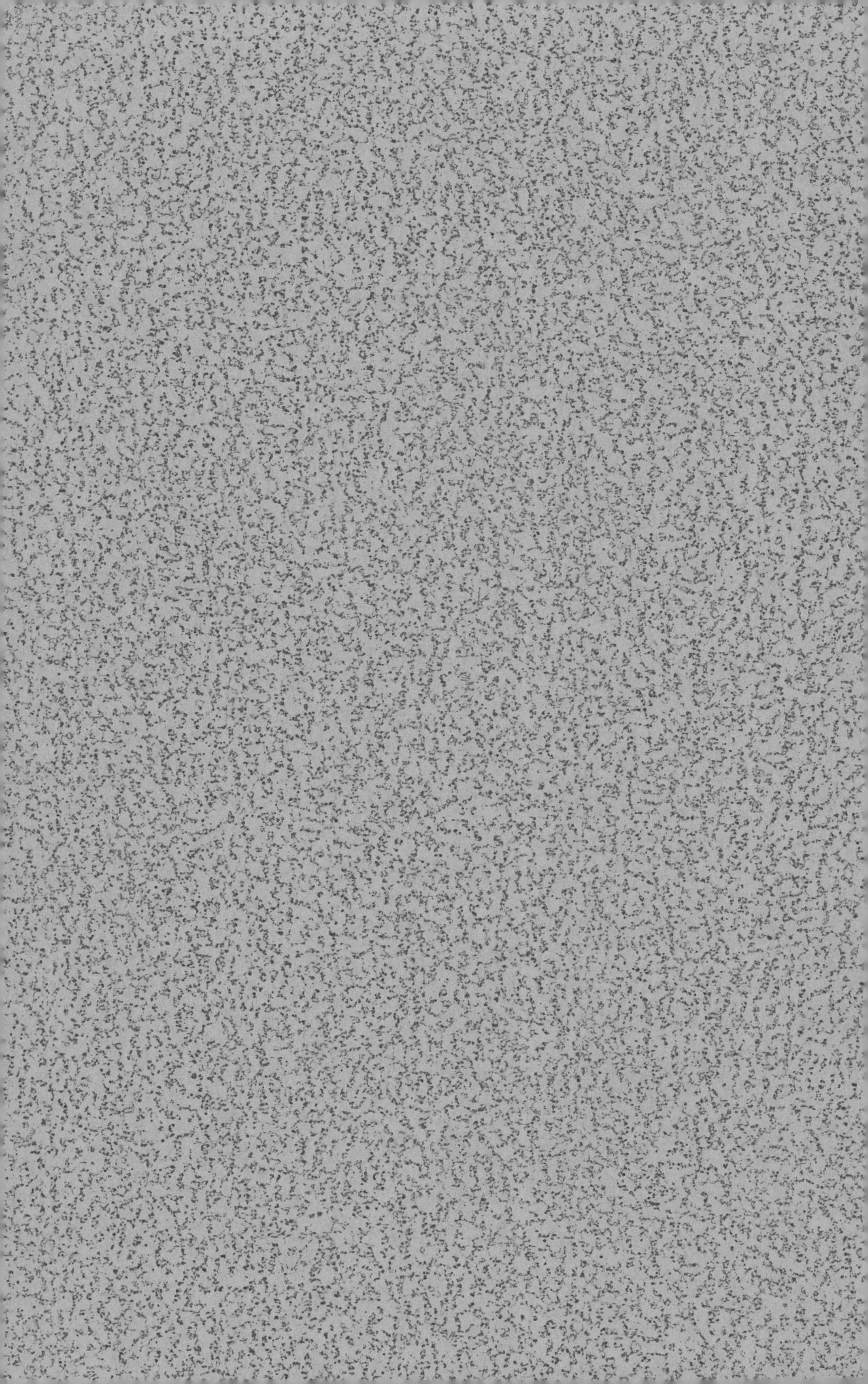

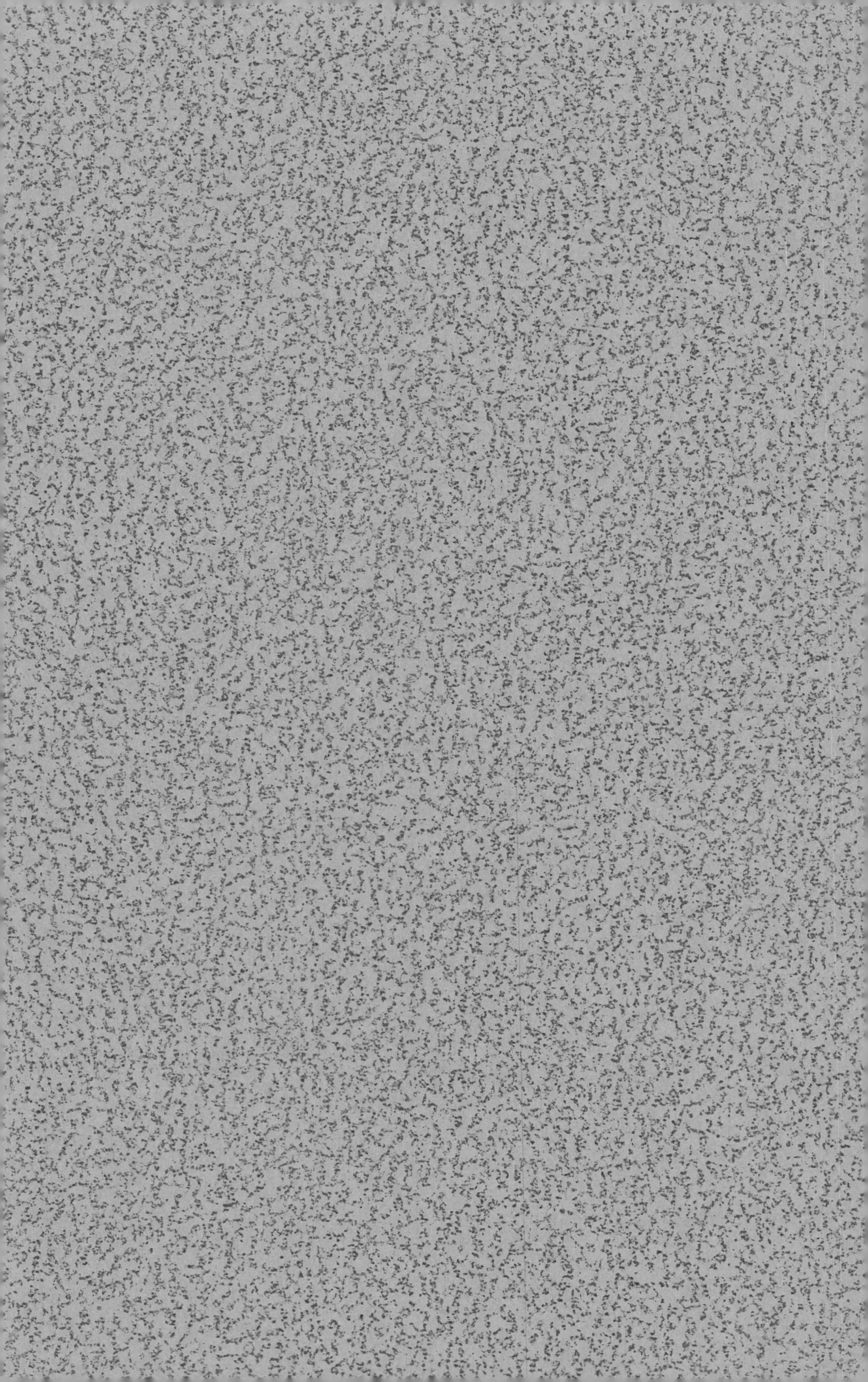